❄ | SAUERLÄNDER

# KAI MEYER

# FÜRIMMERHAUS

**SAUERLÄNDER**

Aus Verantwortung für die Umwelt hat sich der Fischer Kinder- und Jugendbuch Verlag zu einer nachhaltigen Buchproduktion verpflichtet. Der bewusste Umgang mit unseren Ressourcen, der Schutz unseres Klimas und der Natur gehören zu unseren obersten Unternehmenszielen.
Gemeinsam mit unseren Partnern und Lieferanten setzen wir uns für eine klimaneutrale Buchproduktion ein, die den Erwerb von Klimazertifikaten zur Kompensation des $CO_2$-Ausstoßes einschließt.
Weitere Informationen finden Sie unter: www.klimaneutralerverlag.de

Zu diesem Buch ist im Argon Verlag ein Hörbuch,
gelesen von Simon Jäger, erschienen, das im Buchhandel erhältlich ist.

Erschienen bei FISCHER Sauerländer

© 2021 Fischer Kinder- und Jugendbuch Verlag GmbH,
Hedderichstraße 114, D-60596 Frankfurt am Main

Dieses Werk wurde vermittelt durch die
Michael Meller Literary Agency GmbH, München.
Innenabbildungen: Motive von Shutterstock
Satz: Dörlemann Satz, Lemförde
Druck und Bindung: CPI books GmbH, Leck
Printed in Germany
ISBN 978-3-7373-5828-6

# 1

Als Mitternacht auf Mittag fiel, kam Carter ins Fürimmerhaus.

Er erwachte – und begriff, dass er ertrank. In Panik riss er die Augen auf. Er trieb in lauwarmem Wasser, in absoluter Dunkelheit. Strampelte mit Armen und Beinen, bis sein Gesicht durch die Oberfläche stieß. Schnappte verzweifelt nach Luft, schluckte Wasser, ging unter, kämpfte sich erneut nach oben und atmete begierig ein.

Hoch über ihm in der Finsternis schimmerte jetzt ein grauer Punkt. Der Mond, dachte er, bis ihm klarwurde, dass dieser Mond immer näher kam und größer wurde, so als stürzte er aus einem sternenlosen Himmel auf ihn herab. Das Plätschern des Wassers hallte hohl von unsichtbaren Wänden wider. Da dämmerte Carter, dass er in einem Brunnenschacht trieb, dass das Wasser rasend schnell anstieg und ihn nach oben presste wie eine Kugel durch ein Kanonenrohr. Wieder verschluckte er sich, versuchte zugleich, seine rudernden Arme unter Kontrolle zu bringen, ruhiger zu werden, die Todesangst in den Griff zu bekommen.

Das Wasser drückte ihn mit irrwitzigem Tempo aufwärts,

immer weiter aufwärts, und die helle Öffnung über ihm flirrte und funkelte, während Nässe in seine Augen drang und seine Sicht in ein Kaleidoskop aus Reflexionen und Schwärze zersplitterte. Mal setzte sich die Helligkeit dort oben aus Facetten zusammen wie ein geschliffener Diamant, dann wieder war sie scharf umrissen wie ein Auge, das auf ihn herabsah. Irgendwann bekam sie einen unwirklichen Lichtkranz, als rings um ihn das Mauerwerk beschienen wurde. Da wusste Carter, dass er das Ende des Schachts fast erreicht hatte. Nur noch ein paar Sekunden durchhalten.

Er glaubte, goldene Fische zu sehen, die mit offenen Mäulern wie mit Saugnäpfen an seinem Körper hingen, überall an seiner Haut. In einem Augenblick irrwitziger Klarheit fragte er sich, ob sie es waren, die ihm seine Erinnerung raubten, seine Vergangenheit verschlangen wie Algen oder Plankton. Oder waren sie Trugbilder, glitzernde Lichtgebilde und Spiegelungen, nichts als fiebrige Einbildung?

Seine Beine traten Wasser, während er versuchte, sich an der Oberfläche zu halten, um nur ja nicht wieder unterzugehen, nicht zu ertrinken auf den letzten zwanzig, den letzten fünfzehn Metern. Als wollte sich das Schicksal zuletzt noch einen bösen Scherz erlauben, spülte ihm eine Woge übers Gesicht, flutete seinen Mund und schnitt ihm die Luft ab. Er würgte und hustete, verlor die Brunnenöffnung aus den Augen, wurde von dem heftigen Druck aus der Tiefe herumgewirbelt und verlor jedes Gefühl für oben und unten.

Und dann, als er Leben kaum noch von Tod unterscheiden konnte, spie ihn der Schacht in einer Explosion aus Wasser und Schaum in die Oberwelt. Wie auf einer gewaltigen gläsernen Blüte wurde er emporgehoben, wirbelte inmitten der Fontäne um sich selbst, dann brach die Wassersäule auseinander und schleuderte ihn über eine Brüstung auf den steinharten Boden.

Der Aufschlag tat weh, doch Carter stand viel zu sehr unter Schock, als dass er hätte sagen können, mit welchem Körperteil er aufgeprallt war. Einige Herzschläge lang erfüllte ihn der Schmerz von Kopf bis Fuß, ehe er ebenso abrupt abebbte. Wasser prasselte auf ihn herab, die Flut quoll über die Brüstung und den Boden, und er riss rasch den Kopf hoch, um nicht in letzter Ironie außerhalb des Brunnens zu ertrinken.

Erst auf dem Bauch, dann auf allen vieren kroch er ein Stück weit fort, patschte durch die Nässe, weg von dem Brunnenschacht, so als könnte eine riesige Hand aus der Öffnung greifen, ihn von hinten packen und zurück in die Tiefe ziehen.

Tatsächlich aber brach das Fauchen und Schäumen der Flut gleich darauf ab. Als Carter sich umdrehte, stürzte die Wassersäule zurück in den Brunnen und verschwand hinter der Brüstung. Er hörte sie im Inneren des Schachts lautstark tosen und gurgeln, doch der Lärm entfernte sich, fiel zurück in den Abgrund und war bald nur noch ein diffuses Murmeln in der Ferne.

Er versuchte aufzustehen, rutschte mit einem Fuß nach hinten weg, schlug abermals hin und bemerkte mit dem Gesicht am Boden, dass auch hier das Wasser ablief, durch ein Gitterwerk aus Fugen zu einer gemauerten Rinne. Er mühte sich erneut auf die Beine, jetzt viel vorsichtiger, und diesmal kam er schwankend zum Stehen. Keuchend und schnaubend stand er da, leicht gebückt von der Strapaze und zu verwirrt, um einen klaren Gedanken zu fassen. Es dauerte eine ganze Weile, ehe er seine Sinne weit genug beisammen hatte, um zu realisieren, dass er nackt war. Daran konnte er gerade nichts ändern, also blickte er sich erst einmal um.

Er befand sich in einer riesigen Halle, acht Meter hoch, vielleicht auch zehn, und niemand war da außer ihm. Keine Menschen, keine Einrichtung. Nur die runde, hüfthohe Brüstung des Brunnenschachts im Zentrum. Die dunklen, rohen Steinwände waren weit entfernt, in großen Abständen flackerten Gaslaternen. Sie tauchten den Saal in gelben Schein, hell genug, um sich zu orientieren. In einer Mauer entdeckte Carter eine Doppeltür, ein regelrechtes Portal, und er wartete angespannt darauf, dass es sich öffnen und irgendwer eintreten würde.

Niemand trat ein.

Benommen machte er sich auf den Weg zurück zur Einfassung des Schachts, wurde auf den letzten zwei Schritten langsamer und zögerte. Er hatte keine Ahnung, wohin es ihn hier verschlagen hatte, und er besaß keine Erinnerung an alles, was vor seinem Erwachen im Wasser gewesen war. Mit Ausnahme seines Namens. *Falls* Carter sein Name war. Tausend Fragen kreisten in seinem Kopf, und die Antworten mussten sich an jenem Ort befinden, von dem er gekommen war. Nach dem wenigen, was er wusste, war das der Grund des Brunnenschachts. Dort unten lag das Geheimnis seiner Herkunft und Identität.

Er gab sich einen Ruck und legte zitternd beide Hände auf die Brüstung. Der Schacht war gut zwei Meter breit, und als Carter sich vorbeugte und behutsam über den Rand in die Tiefe spähte, fand er darin nichts als Finsternis. Das trübe Licht in der Halle beschien die nasse Brunnenwand keine zehn Meter tief, darunter lag alles in undurchdringlicher Schwärze. Das Wassergetöse war nicht mehr zu hören, nur ein fernes Rauschen, so schwach, dass Carter die Luft anhalten musste, um es wahrzunehmen. Im Saal gab es nichts, das er hätte hinabwerfen können, um die Tiefe auszuloten. Zudem wollte er dort unten nichts aufwecken, dem er womöglich gerade erst entkommen war. Das mochte aller Vernunft widersprechen, aber er kam nicht dagegen an. Auch den Gedanken, einfach in den Schacht zu rufen und auf Antwort zu hoffen, verwarf er sofort.

Stattdessen horchte er erneut und bemerkte diesmal ein leises Geräusch. Ein leichtes Patschen, mal schnell, dann langsam, jetzt wieder schneller. Vor seinem inneren Auge sah er etwas Bleiches, Gespenstisches, das mit bloßen Händen und Füßen am Mauerwerk emporklomm – *patschpatsch, patsch-patsch* – und jeden Moment ans Licht klettern mochte. Dann wurde ihm klar, dass die Laute keineswegs aus dem Inneren des Schachts kamen. Er trat einen Schritt zurück und sah sich um. Noch immer war er allein. Langsam machte er sich daran, die Einfassung zu umrunden. Nach der Hälfte wurde er fündig.

Ein Fisch lag unweit des Brunnens auf dem Boden, golden wie ein Schmuckstück und nicht länger als Carters Zeigefinger. Sein Maul öffnete und schloss sich verzweifelt, während die Schwanzflosse auf die nassen Steinplatten schlug und dabei die klatschenden Laute erzeugte.

Carter hob ihn behutsam auf, betrachtete ihn einen Moment lang und ging dann hinüber zu der Ablaufrinne im Boden. Sie war noch immer halbhoch mit fließendem Wasser gefüllt. Er ließ den kleinen Kerl hineingleiten und beobachtete, wie er nach der unverhofften Rettung einen Augenblick brauchte, um sich zu orientieren. Schließlich verfiel er in muntere Bewegung und trieb mit der Strömung die Rinne hinab durch die Halle. Carter folgte ihm, bis er selbst die Nässe rund um den Brunnen hinter sich gelassen hatte und seine nackten Füße über trockenen Stein liefen.

Es fiel nicht schwer, den Fisch im Blick zu behalten: Das Gaslicht fiel auf seine goldenen Schuppen und brachte ihn zum Schimmern wie eine kostbare Brosche.

Die Rinne endete in einer faustgroßen Öffnung am Fuß einer Wand. Ein wenig wehmütig sah Carter den Fisch darin verschwinden, ließ sich auf die Knie sinken und brachte ein Ohr ganz nah an das Loch. Tief im Mauerwerk hörte er Wasser rauschen, womöglich eine Art Kanalisation. Es war das Beste, was er seinem kleinen Leidensgenossen zu bieten hatte. Mehr konnte er nicht für ihn tun.

Er stand auf, streckte sich, ignorierte seine schmerzenden Muskeln und blauen Flecken, dann machte er sich auf den Weg zum Portal. Es waren etwa dreißig Schritt bis dorthin, und er legte sie zurück wie in Trance. Er hätte Angst haben müssen – nackt, allein und ohne Erinnerung an einem fremden Ort –, aber womöglich hatte die Panik im Schacht bereits all seine Furchtreserven aufgebraucht. Konnte ihn irgendetwas Schlimmeres erwarten als zu ertrinken? Außerdem brauchte er Hilfe, genau wie der Fisch, und wenn die Hilfe nicht zu ihm kam, dann würde er sie finden müssen.

Die Tür war schwer, jedoch nicht verschlossen, und dahinter lag ein zweiter Saal, nicht ganz so groß wie der erste, wenn auch auf seine Weise noch ehrfurchtgebietender. War die Halle mit dem Brunnen schmucklos gewesen, so war diese hier mit einer Vielzahl steinerner Ornamente verziert. Geschwungene Bögen rahmten die Wände, darüber spannten sich Kreuzgewölbe.

In der Mitte des Saals stand ein leerer Tisch ohne Stühle.

Und da war eine zweite Tür, genau gegenüber. Sie stand einen Spaltbreit offen.

Während er darauf zuging, fiel plötzlich ein weißer Lichtschimmer durch die Öffnung. Carter blieb stehen. Das Licht wurde heller, dann schob sich eine zierliche Gestalt durch den Spalt. Ein Mädchen in einem knielangen Kleid.

Alles an ihr war schneeweiß – die Haut, das Haar, das Kleid. Das helle Licht ging von ihr aus.

»Hab keine Angst«, sagte sie. Er schätzte sie auf fünfzehn oder sechzehn, ohne dass er hätte sagen können, wie er darauf kam. Er konnte sich an niemanden erinnern und somit auch an niemandes Alter.

»Bist du ein Geist?«, fragte er.

»Jedenfalls seh ich aus wie einer«, erwiderte sie, was ihm nicht weiterhalf, weil er zwar nackt und verwirrt war, aber nicht blind. Sie lächelte. »Ich hab dir Sachen zum Anziehen mitgebracht. Sie gehören Diabondo, aber sie müssten dir einigermaßen passen.«

Sie zog ein Kleiderbündel hervor, das sie bislang hinter ihrem Rücken versteckt hatte, als wollte sie ihn mit ihrem Geschenk überraschen. Dabei war doch sie selbst die größtmögliche Überraschung, denn als sie jetzt näher kam, gab es keinen Zweifel mehr: Das weiße Licht drang aus ihrem Inneren, brachte sie zum Glühen wie einen menschlichen Lampion.

»Du musst dich beeilen«, sagte sie mit einer Sorgenfalte zwischen den weißen Augenbrauen. »Wir müssen hier weg. Sie werden bald kommen und nach dir suchen.«

»Wer?«

»Ein Archon und seine Diener. Und wenn nicht sie, dann der Haushofmeister oder der Kammerherr.« Sie presste ihm die Kleidung mit Nachdruck vor die Brust. »Zieh das an! Schnell! Wir müssen los.« Das Lächeln war nun gänzlich von ihren Zügen gewichen.

Die Hose und das schlichte Leinenwams waren ein wenig zu groß. Wer immer dieser Diabondo war, er hatte längere Beine und breitere Schultern als Carter, der selbst recht kräftig war, wenn auch nicht allzu hochgewachsen.

»Ich bin Emmeline«, sagte das Geistermädchen. Als sie nach Carters Hand griff, waren ihre Finger kühl und dennoch solide wie seine eigenen.

»Carter«, sagte er.

»Carter«, wiederholte sie leise und legte erneut die Stirn in Falten. »Aber es war noch gar keiner hier, der dir gesagt hat, wie du heißt, oder?«

»Nein.«

»Das ist seltsam.« Sie neigte den Kopf zur Seite und musterte ihn argwöhnisch. »Du solltest dich an gar nichts erinnern können, auch nicht an deinen Namen.«

Hilflos zuckte er mit den Schultern. »Ich glaube jedenfalls, dass ich so heiße. Das ist auch schon das Einzige, was ich weiß.«

Sie blickte ihn einen Moment länger durchdringend an, dann nickte sie. »Am Anfang macht einen das verrückt. Aber irgendwann gewöhnt man sich daran.« Er wollte nachhaken, doch sie legte einen Finger an ihre Lippen. »Später. Erst mal bring ich dich zu den anderen.«

Damit zog sie ihn mit sich zum Ausgang und den ungewissen Räumen auf der anderen Seite der Tür. Bevor sie den Saal verließen, hielt sie kurz inne und wandte ihm noch einmal ihre schmalen, zarten Züge zu.

»Willkommen«, flüsterte sie. »Willkommen im Fürimmerhaus.«

# 2

Auf einem Wachturm hoch über den Dächern hielt Ambra ihr Gesicht in den Seewind und schloss die Augen. Eine salzige Böe hob ihr dunkelrotes Haar von den Schultern und kitzelte damit die Haut in ihrem Nacken.

»Wir sollten nicht länger warten«, sagte Diabondo, der neben ihr hinter dem Zinnenkranz stand. Sein linkes Auge war mit einer Augenklappe bedeckt, die er mit ins Haus gebracht hatte. Sie ließ ihn älter erscheinen, und manchmal fragte Ambra sich, ob er das Ding nicht nur aus diesem Grund trug. Er hätte sich auch ein Holzbein umgeschnallt, wenn ihn die anderen dann endlich als ihren Anführer akzeptiert hätten.

»Wirklich«, sagte er, als sie nicht reagierte, »noch länger zu warten wird Calamina nicht retten.«

Dafür hätte sie ihm am liebsten das zweite Auge ausgestochen oder wenigstens die Nase gebrochen, aber sie blieb ruhig, auch weil sie wusste, dass Diabondo zwar eine Reihe elender Eigenschaften hatte, Böswilligkeit aber nicht dazugehörte. Und, zugegeben, Fingerspitzengefühl war auch keines *ihrer* Talente.

»Ich meine«, setzte er hinzu, als er ihr Schweigen korrekt als Wut deutete, »keinem ist geholfen, wenn wir die Sache hinauszögern. Geh du runter zu Calamina und kümmer dich um sie, dann sorge ich dafür, dass hier oben alles nach Plan läuft.«

Natürlich machte er es noch schlimmer. Wie üblich.

»Ich weiß schon, du hast ihre Schicht auf dem Turm übernommen, weil man es hier zu zweit besser aushält«, fuhr er fort. »Das rechne ich dir hoch an. Aber, ehrlich, mir macht's nichts aus, wenn ich das hier allein machen –«

»Diabondo«, unterbrach sie ihn so gefährlich leise, dass der Seewind sie fast übertönte, »halt einfach die Klappe.«

»Ich hab's nur gut gemeint.«

»Du meinst es verdammt nochmal *immer* gut, und das ist das Problem!« Nach wie vor schaute sie ihn nicht an, hatte aber die Augen wieder geöffnet und blickte hinaus aufs Meer, auf das Riff und das Wrack, das vor Urzeiten daran zerschellt war. Mit all seinen gesplitterten Planken sah es aus wie ein übergroßes Vogelnest, das auf der windumtosten Felsspitze thronte. Und im Grunde war es genau das. Ein Nest. Ein Außenposten der Treibholzmenschen.

Verwundert stellte sie fest, dass Diabondo schwieg, und sie beschloss, die unverhoffte Ruhe auszukosten. Ihr Blick wanderte abwärts zur Innenseite der Zinne, hinter der sie stand. Jemand hatte Verse in den Steinquader geritzt, und über die Jahre hatte sich Salz wie weiße Tinte in den Buchstaben festgesetzt. Das Gedicht mochte aus Zeiten stammen, in denen die Angriffe der Treibholzmenschen viel häufiger vorgekommen waren.

*Eins für Horchen, Zwei für Sicht,*
*Drei für Licht und Widerlicht.*
*Vier für Angriff, Fünf für Blut,*
*Sechs für Furcht und Wagemut.*
*Sieben für die schwarzen Sterne,*
*Acht und Neun der letzten Ferne.*
*Doch die Zehn, das merk dir, Kind,*
*nur für uns und was wir sind.*

Sie verstand nicht alles – was zum Kuckuck war ein Widerlicht? –, aber im Grunde war die Sache klar: Ein Wächter wie sie hatte sich beim Warten auf die nächste Attacke die Zeit vertrieben. Ambra verstand nicht das Mindeste vom Dichten, doch im Augenblick hätte sie sich lieber ein paar schiefe Reime abgerungen, als mit Diabondo über die ewig gleichen Themen zu streiten.

Sie nahm an, dass da noch mehr kommen würde, ein paar gutgemeinte Ratschläge und freundlich verpackte Vorwürfe. Gereizt wartete sie darauf, dass er fortfuhr und es hinter sich brachte.

Aber Diabondo blieb stumm, und das war ungewöhnlich. Als sie sich zu ihm umdrehte, bemerkte sie, dass er etwas ansah, das sich hinter ihnen befand.

»Ausgerechnet jetzt«, murmelte er.

Beunruhigt folgte Ambra seinem Blick über das endlose Dächerlabyrinth des Fürimmerhauses. Die niedrige Wolkendecke schien das Licht über den Giebeln und Schindelschrägen zusammenzupressen, bis alle Helligkeit in den ungezählten Innenhöfen und Kaminschächten versickerte.

Übrig blieb ein endloser Dämmer, der niemals von Nacht oder Sonnenschein unterbrochen wurde. Hier gab es nichts als ewiges Halblicht, eine monotone Düsternis, die weder Morgen noch Abend war und erst recht nichts dazwischen. Vierundzwanzig Stunden am Tag dasselbe Grau, das sich am Himmel in den Wolken und in der Ferne in Nebelwänden verlor, seltsam körnig und dicht wie Grießbrei.

Die Dächerlandschaft des Hauses erstreckte sich in drei Richtungen, in der vierten lag die aufgewühlte See. Der Wachturm, von dem aus Ambra und Diabondo das Meer beobachteten, stand am einzigen bekannten Rand des Fürimmerhauses, hoch über der Steilküste. Die verschachtelte Masse des Hauses bedeckte jeden Quadratmeter Festland, womöglich einen ganzen Kontinent – so ganz genau wusste das niemand.

Ein gutes Stück weiter landeinwärts erhob sich zwischen Dachfirsten und moosbewachsenen Steinfeldern der Uhrturm, ein wuchtiges, viereckiges Ungetüm, höher als der Wachturm. Von ihrem Standpunkt aus konnte Ambra zwei der vier Uhren sehen, und auf beiden drehten sich die Zeiger so schnell, dass der kleine in kurzer Zeit zwölf Mal über das Ziffernblatt raste.

Diabondo hatte recht. Ausgerechnet jetzt.

Die Zeiger vollendeten ihre Runden auf der Zwölf. Ambra wusste, dass gerade dasselbe auf allen Uhren des Hauses geschah. Innerhalb einer Minute waren zwölf Stunden verstrichen. Mitternacht fiel auf Mittag. Und Mittag auf Mitternacht.

»Halbtag«, sagte Diabondo bitter. »Als hätte jemand geahnt, was wir vorhaben.«

»Das ändert gar nichts.«

Der hochgewachsene Junge schenkte ihr mit seinem einen Auge einen zweifelnden Blick. »Vielleicht ändert es nichts. Vielleicht aber auch eine ganze Menge.«

An Halbtagen kamen Neuzugänge ins Fürimmerhaus. Jede Ankunft kostete das Haus so viel Energie, dass es sich einen Teil davon anderswo beschaffen musste. Dann zapfte es die Zeit selbst an, verschlang einen halben Tag, um sich zu stärken.

»Wenn jemand Neues angekommen ist, wird ihn ein Archon in Empfang nehmen«, sagte Ambra. »Das wird sie ablenken, und wir können den Plan umso leichter durchführen.«

Diabondo sah aus, als wollte er widersprechen, presste dann jedoch die Lippen aufeinander, bis alle Farbe daraus entwichen war. Genau wie Ambra wollte er mit aller Macht daran glauben, dass ihr Vorhaben gelingen konnte. Dass ihr Fluchtplan so erfolgversprechend war, wie sie und die vier anderen es sich seit Wochen gegenseitig einredeten.

Auf beiden Turmuhren rückten die großen Zeiger eine Minute vor und standen wieder still. Alles war wie zuvor. Nur dass aus einem ganzen Tag ein halber geworden war. Und dass es womöglich einen siebten Gefangenen im Haus gab.

»Das ist der Ersatz für Calamina«, sagte Ambra niedergeschlagen. »Die wissen, dass sie bald sterben wird.«

Diabondo deutete auf die schwere Bronzeglocke, die über ihnen unter dem Holzdach des Wachturms hing. »Wir sollten jetzt endlich läuten und loslegen.«

Sobald das Alarmsignal erklang, würden die Famuli – die Diener der Archonten – zur Küstenseite des Hauses eilen, um sich dem vermeintlichen Angriff der Treibholzmenschen entgegenzustellen. Diesen Moment der Aufregung und des Durcheinanders wollten die sechs nutzen, um zu verschwinden – tiefer ins Haus hinein, dorthin, wo sich den Legenden nach der einzige Weg in die Freiheit befand.

*Acht und Neun der letzten Ferne.*

Hatte der Verfasser damit den Ausgang gemeint? Oder den Tod?

»Warte«, sagte sie, als Diabondo zu dem schweren, salzverkrusteten Hammer ging, der an der Ummauerung lehnte. »Siehst du das da unten?«

Verärgerung flammte über sein Gesicht, aber er ließ den Griff wieder los und trat zurück zu ihr an die Seeseite des Wachturms. »Was soll ich sehen?«

Sie hatte es selbst gerade erst entdeckt und war nicht sicher, ob sie sich getäuscht hatte.

Nein, da waren sie wieder. Menschliche Umrisse in der Brandung, inmitten des Tosens und Schäumens am Fuß der Steilküste. Die Fassade des Fürimmerhauses befand sich gut dreißig Meter über dem Wasser, die Felswand ging geradewegs in das Mauerwerk über. Nur an einer Stelle gab es einen schmalen Sims, oberhalb einer ehemaligen Anlegestelle, die längst vom Meer verschlungen worden war. Vielleicht war das Wrack auf dem Riff einst dorthin unterwegs gewesen – woher auch immer es gekommen sein mochte in einer Welt, in der nichts anderes existierte als das Fürimmerhaus.

»Da sind sie wieder!«, rief Ambra aufgeregt. »Genau unter dem Sims, in der Brandung.«

Diabondo blinzelte angestrengt in die Richtung und schüttelte langsam den Kopf.

Sie konnte durchaus nachvollziehen, dass er an ihr zweifelte. Sie hatten heute einen Überfall der Treibholzmenschen vortäuschen wollen, um das Durcheinander zur Flucht zu nutzen. Stattdessen sollte es nun *tatsächlich* einen Angriff geben? Es wäre der erste seit über einem Jahr und gerade mal der zweite, den Ambra selbst miterlebte.

Diabondo stieß einen Fluch aus. »Jetzt seh ich sie!«

Dürre Gestalten trieben in den Wogen, wippten in der weißen Gischt auf und ab und trotzten den Elementen. Die ersten zogen sich auf die vorderen Felsen und machten sich daran, die Steilwand zu erklimmen. Obwohl sie annähernd menschlich waren, ähnelten sie von weitem eher bleichen Insekten, die mit bizarren Bewegungen am Fels heraufkrochen.

Ambra zählte zehn, dann fünfzehn, doch Diabondo, der mit seinem einen Auge besser sah als sie mit beiden, sagte: »Das sind mindestens fünfzig. Vielleicht hundert. Die meisten sind noch unter den Wellen.«

Sie holte tief Luft, dann löste sie sich von den Zinnen und eilte zur Falltür. »Umso besser«, sagte sie, während sie die Klappe nach oben zog. Dämmerlicht fiel auf die Stufen darunter. »Dann nutzen wir das für uns. Gib mir drei Minuten, dann schlag die Glocke!«

»Was hast du –« Er brach ab, als ihm klarwurde, was sie plante. »Das ist Irrsinn!«

»Ja«, sagte sie. »Aber es ist die beste Ablenkung, die wir kriegen können.«

»Du kannst sie nicht ins Haus lassen!« Diabondos Stimme überschlug sich fast. »Die werden uns genauso angreifen wie die Famuli!«

»Nicht, wenn wir ihnen aus dem Weg gehen. Wir kennen uns hier aus, die nicht. Und die Famuli werden alle Hände voll damit zu tun haben, sie abzuwehren, während wir uns aus dem Staub machen.«

Sein Auge war weit aufgerissen, das Hellblau fast weiß, und sie sah den Anflug von Panik darin. »Ambra, tu das nicht!«

Aber sie dachte nicht daran, sich von ihm aufhalten zu lassen. Er war neidisch, weil sie als Erste auf diese Idee gekommen war. Und vielleicht auch, weil ihm der Mut dazu fehlte, während sie nur daran denken konnte, dass ihre beste Freundin starb und die Herren des Hauses nicht einmal den Versuch gemacht hatten, sie zu heilen.

»Ich weiß, warum du das machst!«, rief Diabondo, als sie gerade in der offenen Luke abtauchen wollte. »Dir geht's nicht um die Flucht. Und schon gar nicht um uns andere. Dir geht's nur um dich selbst, Ambra! Du erträgst die Untätigkeit nicht mehr und die Langeweile. Und du willst Rache.«

Noch einmal kreuzte sie wutentbrannt seinen Blick. Ihr Inneres fühlte sich jetzt sehr kalt an, und sie war so standfest in ihrer Entscheidung wie das uralte Riff da draußen im Nebelmeer. »Ja«, sagte sie, »ich *will* Rache. Ich will, dass sie alle verrecken, lieber heute als morgen. Und wenn die Treibholzmenschen dafür sorgen, umso besser. Aber wir wissen beide, dass das nicht geschehen wird. Die werden auch diesmal nicht weit kommen. Ob du's glaubst oder nicht, Diabondo – ich tu das für mich, aber genauso auch für dich und die anderen.«

»Vielleicht für Calamina«, sagte er aufgebracht. »Und ausgerechnet sie würde es am allerwenigsten wollen!«

Ambra starrte ihn einen Moment lang zornig an, dann zog sie den Kopf ins Innere des Turms und stürmte die Treppen hinab, um ihren Feinden die Tür zu öffnen.

# 3

Emmeline führte Carter durch das Portal auf eine Galerie mit gemauertem Geländer. Von dort zog sich eine breite Treppe hinab in einen Saal, dessen Wände mit dunklem Holz getäfelt waren. Wie in den beiden Räumen zuvor bestanden der Boden und die Treppenstufen aus sandfarbenen Steinfliesen, die Decke wölbte sich zu einem hohen Kreuzgewölbe. Das alles strahlte kühle Erhabenheit aus. Zugleich wirkte es durch die schiere Größe erdrückend.

»Wo sind wir hier?«, fragte er.

»Im Saal vor dem Saal vor der Halle der Ankunft«, erwiderte sie mit einem Schulterzucken. »Er hat keinen Namen, weil es hier keine Fresken mehr gibt.« Sie deutete auf die einzige Wand, die nicht von einer Täfelung bedeckt war. »Da drüben war mal eins, aber angeblich hat ein Erlöser es verschandelt, und da haben die Archonten der Äußeren Sphären es übermalen lassen.« Sie musste ihm ansehen, dass sie damit weniger erklärte als vielmehr neue Fragen aufwarf, denn sie fügte hinzu: »Es gibt Hunderte, vielleicht Tausende solcher Säle im Haus, und wir geben ihnen ihre Namen nach den Gemälden an den Wänden. So fällt es leichter, sie auseinanderzuhalten.«

25

Erlöser. Archonten. Äußere Sphären. Carter begann zu frieren, und das lag nicht nur daran, dass er die Sachen dieses Diabondo über seinen nassen Körper gestreift hatte. Er hatte nicht die geringste Ahnung, wovon Emmeline sprach, und je mehr sie redete, desto größer wurde seine Verwirrung.

»Deine Lippen sind fast so weiß wie meine«, sagte sie, als sie ihn ansah. »Aber dir wird warm werden, wenn du läufst. Also komm!«

Damit ließ sie seine Hand los und sprang flink die Treppe hinunter, immer zwei Stufen auf einmal. Erst auf halber Höhe blieb sie stehen und kontrollierte mit einem Blick über die Schulter, ob er ihr folgte.

Carter aber stand noch immer oben auf der Galerie und versuchte, sich in der neuen Situation zurechtzufinden, an diesem Ort und in einem Zustand völliger Ungewissheit.

»Das hier ist kein Traum, oder?«

»Nein«, sagte Emmeline. »Kommst du nun endlich?«

Er rührte sich nicht von der Stelle. »Bin ich tot?«

»Wenn einer von uns tot wäre, wer wäre das dann wohl?« Dass das Geistermädchen dabei mit den Augen rollte, ließ es ziemlich lebendig erscheinen.

Dennoch fragte er: »Bist *du* tot?«

»Kein bisschen.«

»Ich versteh das alles nicht.«

»So ging's uns allen«, entgegnete sie. »Mit der Zeit gibt sich das.«

»Aber diese Leute, die mich abholen wollen, würden mir Erklärungen geben?«

»Ja, aber dafür ist jetzt keine Zeit. Oder du bleibst wirklich für immer im Fürimmerhaus.«

Versuchte sie gerade, ihn mit albernen Wortspielen aufzuheitern? Dann aber sah er wieder die tiefe Sorge auf ihrem kreideweißen Gesicht, und er bekam ein schlechtes Gewissen, weil sie ihm helfen wollte und dafür womöglich selbst ein Risiko einging.

Mit einem Schwindelgefühl, das nur zum Teil von der Höhe der Treppe herrührte, setzte er sich in Bewegung.

»Sehr gut«, sagte sie, als spräche sie mit jemandem, der gerade die ersten Schritte im Leben machte. »Und ich dachte schon, da, wo du herkommst, gäb's keine Treppen.«

Tatsächlich erinnerte er sich durchaus an Treppen. An Gebäude. An die Wörter für Wände und Geländer und sogar Kreuzgewölbe. Er wusste, was eine Hose war und dass man sich die Nase putzte, wenn sie lief. Was immer ihm seine Vergangenheit geraubt hatte, war nicht gründlich genug gewesen, um ihm auch die Erinnerung an grundlegende Alltagsdinge zu nehmen.

»Jemand hat das absichtlich getan, oder?«, fragte er im Gehen. »Mich alles vergessen lassen, was vorher war.«

»Ja, und normalerweise dürftest du dich auch nicht an deinen Namen erinnern. Keiner von uns konnte das.«

»Aber du heißt Emmeline.«

»Ich weiß nicht, ob das immer mein Name war. Die Archonten haben ihn mir gegeben.«

»Und diese Archonten sind –«

»Sie haben hier das Sagen. Sie beherrschen die Äußeren und die Inneren Sphären.« Ehe er nachfragen konnte, setzte sie hinzu: »Die Sphären sind die Bereiche des Hauses. Hier sind wir in den Äußeren. Die Inneren Sphären darf keiner betreten außer den Archonten selbst.« Sie schenkte ihm ein kurzes Lächeln. »Wir gehen trotzdem hin. Aber ich hab dir schon zu viel verraten. Vielleicht bist du ja ein Spitzel der Archonten.«

»Ich bin kein Spitzel«, sagte er, als sie den Fuß der Treppe erreichten und die weite Halle durchquerten.

»Wär' auch besser so. Sonst bringt Hengis dich um. Oder Diabondo. Ach, wir alle, schätze ich.«

Verlockende Aussichten, dachte er und spielte noch einmal mit dem Gedanken, einfach hierzubleiben und auf diejenigen zu warten, die ihm sagen würden, wer er war und warum man ihn hergebracht hatte.

»Sie verraten dir nur deinen Namen«, sagte Emmeline, »und was du getan hast. Außerdem erklären sie dir, was alles verboten ist, und versuchen, dir Angst zu machen. *Mir* haben sie Angst gemacht. Darin sind sie ziemlich gut.«

»Was ich getan habe?« Er stutzte. »Ist das hier so eine Art Gefängnis? Haben wir irgendwelche … Verbrechen begangen?«

»Kommt darauf an, wen du fragst«, sagte sie amüsiert. »Aber, nein, ich glaube, richtige Verbrecher sind wir nicht. Eigentlich eher das Gegenteil.«

Er verstand kein Wort, und es ärgerte ihn, dass sie absichtlich so mysteriös blieb. »Warst du schon immer so … na ja – «

»Leuchtend?«

»Ja.«

»Das ist nichts Besonderes.« Sie grinste spitzbübisch. »Woher willst du wissen, dass *du* nicht außergewöhnlich bist, weil du *nicht* leuchtest? Du kannst nicht wissen, wie alle anderen ausgesehen haben, die du mal gekannt hast.«

Obwohl er ziemlich sicher war, dass gewöhnliche Menschen nicht schneeweiß waren und heller glühten als die Lampen an den Wänden, gab er sich geschlagen. »Stimmt«, sagte er. »Nicht mal das weiß ich.«

Abrupt blieb sie stehen.

»Was – «

»Sei still.« Jetzt flüsterte sie wieder. »Wir hätten nicht so laut reden dürfen.«

Er machte es genau wie sie, rührte sich nicht mehr von der Stelle und horchte. Von irgendwoher erklang das Getrappel von Schritten, die sich zügig näherten.

Emmeline legte wieder den Finger an die Lippen und zeigte mit der anderen Hand auf eine Gangmündung an der Stirnseite der Halle. Dann deutete sie mit einer Kopfbewegung nach links. Dort befand sich der Zugang zu einem weiteren Korridor, und Carter wurde klar, dass dies ihr Ziel war.

»Schneller!«, raunte sie ihm zu und lief los.

Er stellte keine Fragen mehr, sondern rannte stumm neben ihr her, noch immer benommen, und als er bemerkte, dass er schneller laufen konnte als sie, nahm er sie bei der Hand und zog sie mit sich. So erreichten sie gemeinsam den Gang, tauchten einige Meter tief hinein und pressten sich auf Emmelines Wink hin in eine Nische, gleich neben die überlebensgroße Steinfigur eines gerüsteten Recken mit Schwert.

Von ihrem Versteck aus konnten sie nur einen schmalen Streifen der Halle sehen. Die Schritte wurden immer lauter, eine ganze Gruppe näherte sich im Laufschritt von links, eilte in einiger Entfernung an der Mündung vorüber und verschwand. Kurz darauf hörte Carter, wie sie die Treppe hinaufstürmten.

»Die haben bis eben nicht gewusst, dass du kommst«, flüsterte Emmeline. »Das ist die einzige Erklärung dafür, dass sie nicht in der Halle der Ankunft auf dich gewartet haben. Bei uns anderen waren sie immer schon dort.«

Carter hörte sie kaum. Er war damit beschäftigt, zu verarbeiten, was er gerade gesehen hatte. Menschen, in gewisser Weise, und doch wieder nicht. Er redete sich ein, dass er sich getäuscht haben musste. Dass sie groteske Helme getragen hatten oder einen bizarren Kopfschmuck. Dass es absolut unmöglich war, dass sie auf ihren Schultern statt eines Schädels eine dritte, riesengroße, zur Faust geballte *Hand* getragen hatten.

Emmeline blickte ihn verstohlen von der Seite an. »Ich hätte dich warnen sollen.«

»Die hatten keine Köpfe.«

»Denken ist ohnehin nicht ihre Stärke.«

»Das waren … Hände.«

»Ja. Weil sie dumme Handlanger sind. Zu viel mehr taugen sie nicht.«

»Aber wie – «

»Das sind die Famuli. Die Diener der Archonten.«

»Famuli …«

»Famuli, Mehrzahl – Famulus, Einzahl«, sagte sie in belehrendem Tonfall. »Sie sind Soldaten und Wächter und Arbeiter. Wenn eine Mauer zusammenbricht, bauen sie sie wieder auf. Und wenn jemand versucht zu fliehen, fangen sie ihn ein. Wir sollten also schleunigst weiter.«

Und schon waren sie wieder unterwegs, schlichen erst ein Stück, dann liefen sie.

»Ich glaube nicht, dass es da, wo ich herkomme, Menschen mit Händen als Köpfe gibt.«

»Von den Füßen bis zu den Schultern sind sie gewöhnliche Menschen«, sagte Emmeline im Laufen. »Sehr stark und ziemlich schnell, aber eben Menschen. Meistens Männer. Die dritte Hand auf ihrem Hals ist ungefähr so lang wie mein Unterarm und viel beweglicher, als sie aussieht. Manchmal hangeln sie sich damit unter den Decken entlang, wenn sie da oben was reparieren müssen oder die großen Spinnenkokons aus den Ecken holen. Und sie können dich zerquetschen, wenn sie dich zu fassen kriegen.«

»Wo haben sie ihre Augen?«

»Sie brauchen keine. Sie sind wie die Riesenfledermäuse auf den Dachböden. Sie hören besser als wir, und sie können einen wittern.« Sie schüttelte über sich selbst den Kopf. »Wir haben zu viel Zeit verplempert.«

»Das war meine Schuld.«

»Ja«, sagte sie, »das stimmt.«

Eine Weile lang liefen sie schweigend durch verwinkelte Gänge, bogen häufig ab, hasteten Treppen hinauf und andere hinunter, durchquerten spitze Torbögen und kamen an Dutzenden Statuen vorbei, die für Carter schon nach kurzer Zeit alle gleich aussahen. In den meisten Korridoren flackerten Gaslampen, aber manchmal kamen sie durch Regionen, in denen das einzige Licht von Emmeline ausging. Dann war es, als würden die Schatten der Steinfiguren zum Leben erwachen und ihnen aus dem Weg gehen, um sich in ihrem Rücken wieder zusammenzurotten. Carter gewöhnte sich ab, Blicke über die Schulter zu werfen, und vertraute sich notgedrungen seiner geisterhaften Führerin an.

Irgendwann wurde sie langsamer, und da erst bemerkte er, wie schnell sein Atem ging. Bislang hatte er keine Zeit gehabt, daran auch nur einen Gedanken zu verschwenden.

»Da war kein Archon bei ihnen«, sagte Emmeline.

Carter wischte sich mit dem Ärmel über die Stirn. »Archonten, Mehrzahl – Archon, Einzahl?«

Sie lächelte verschmitzt. »Du bist ein ganz Schlauer, was?«

»Im Moment komm ich mir eher dumm vor.«

»Geht mir auch manchmal so. Diabondo ist ziemlich gut darin, einem das Gefühl zu geben, dass man dümmer ist als er.«

Carter verzog das Gesicht. »Du magst ihn nicht besonders.«

»Vor allen Dingen wird er *dich* nicht mögen, wenn er sieht, dass du seine Sachen anhast. Die *ich* ihm geklaut hab. Aus seiner Kiste. Uns allen sind unsere Kisten heilig. Da ist alles drin, was wir haben. Sie stehen neben unseren Betten, und alle anderen lassen die Finger davon.«

»Wie viele seid ihr?«

»Sechs. Du bist der siebte. Aber …« Sie brach ab und senkte im Gehen den Blick.

Er wartete einen Moment, dann fragte er: »Aber?«

»Calamina ist krank. Sie wird bald sterben.«

»Tut mir leid.«

»Am schlimmsten ist es für Ambra. Calamina ist ihre beste Freundin.« Sie schluckte. »Wenn ich mir vorstelle, dass Hyazinthe sterben müsste … Ich *kann* mir das gar nicht vorstellen.«

»Dann ist Hyazinthe deine beste Freundin?«

»So was Ähnliches, ja.«

Aus den Schatten vor ihnen löste sich ein Umriss und trat als Silhouette vor ein Spitzbogenfenster, das auf einen grauen Innenhof wies.

Carter blieb stehen.

Auf den Schultern der Gestalt saß ein Kopf, keine Faust, aber er war nicht sicher, ob das Grund genug zum Aufatmen war. Als sie sich bewegte, erklangen klickende und klackende Geräusche, so als trüge sie eine Rüstung aus Holz, deren Teile an den Gelenken aneinanderstießen. Ihr Umriss war filigran, als wäre sie mit leichten Federstrichen auf das Fenster gezeichnet worden.

»Das ist er also«, sagte eine weibliche Stimme.

Emmeline ging weiter, und ihr Geisterlicht fiel auf etwas, das nur auf den ersten Blick wie ein feingliedriges Mädchen aussah. Auf den zweiten war es eine lebende Holzpuppe. Oder etwas, das auf erstaunliche Weise halb Puppe, halb Mensch war.

»Du hättest ihn nicht mitbringen dürfen«, sagte sie und richtete ihre aufgemalten Augen auf Carter. »Das war ein Fehler.«

# 4

Als Ambra sich dem Tor näherte, hörte sie auf der anderen Seite das Tosen der See. Brecher krachten dreißig Meter tiefer gegen die Klippen, ein waberndes Donnern, das die Luft in dem breiten Korridor vibrieren ließ.

Jenseits des Portals pfiff der Wind über den Felsensims, rüttelte am Holz und den schweren Beschlägen. Zumindest *hoffte* Ambra, dass es der Wind war und nicht schon die ersten Treibholzmenschen, die die Steilwand erklommen hatten und versuchten, ins Innere einzudringen. Früher musste ihnen das öfter gelungen sein, aber heute waren alle Fenster zur See hin zugemauert. Dies hier war der letzte verbliebene Zugang, von dem Ambra wusste.

Warum das Tor überhaupt noch existierte, war ein Rätsel, auf das sie bislang keine Antwort gefunden hatte. Fast schien es, als hätten die Archonten oder der Erbauer selbst nicht wahrhaben wollen, dass nie wieder ein Schiff dort draußen den Anker werfen würde. Es gab keine Anlegestelle mehr, keinen Pier – nur das Wrack auf dem Riff als verrottendes Mahnmal. Ambra hatte sich oft gefragt, ob es nicht nur makabre Dekoration war, ein düsteres Detail, das der Erbauer hinzugefügt hatte, um der

Welt außerhalb des Fürimmerhauses einen Anschein von Leben zu verleihen.

Calamina hatte einmal vermutet, dass die Treibholzleute ursprünglich nur einem einzigen Zweck gedient hatten: Sie waren eine ominöse Bedrohung, die dann und wann ihren hässlichen Schädel aus den Wellen erhob, um jeden zu entmutigen, der ein Entkommen auf See in Erwägung zog. Irgendwann mussten sie außer Kontrolle geraten sein, hatten ihre Zahl vervielfacht und sich gegen das Haus gewandt. So waren sie von Wächtern des Meeres, die man nur aus der Ferne zu Gesicht bekam, zu einer echten Gefahr geworden.

Ambra war die ganze Strecke vom Turm bis hierher gerannt, und sie hätte gern innegehalten, ein paar Mal tief Luft geholt und kurz darüber nachgedacht, ob sie die richtige Entscheidung getroffen hatte. Doch sie fürchtete, dass der Angriff von den Famuli bemerkt worden und bereits eine ganze Schar von ihnen hierher unterwegs war, um das Tor und den Sims zu sichern. Sie musste ihnen zuvorkommen, auch weil Diabondo jeden Augenblick die Alarmglocke läuten würde. Die drei Minuten, um die sie ihn gebeten hatte, waren schon abgelaufen.

Auf beiden Seiten des Gangs standen Säulen. Ambra passierte die letzten in vollem Lauf und wäre fast gegen das Tor geprallt. Mit bebenden Fingern machte sie sich an den Riegeln zu schaffen – es gab eine ganze Menge davon – und stellte fest, dass einige vom Salz verkrustet waren, das mit der Seeluft durch die Ritzen hereingeweht war. Verzweifelt rüttelte sie daran, lockerte erst einen, dann einen zweiten. Vor allem der dritte machte ihr zu schaffen.

Womöglich war es wirklich eine dumme Idee. Zumindest in einem lag Diabondo ganz richtig: Calamina hätte ihr davon abgeraten. Schlimmer, sie hätte Ambra ins Gesicht gesagt, dass sie den Verstand verloren habe. Doch Calamina würde wohl nie wieder etwas sagen. Seit zwei Tagen drang aus ihrem Mund nichts als ein heiseres Röcheln.

Noch zwei Riegel.

Draußen heulte der Wind. Die Brandung donnerte gegen die Steilwand, als wollte sie das Haus unterspülen und ein für alle Mal in den Ozean reißen. Ambra hätte einiges für ein Schlüsselloch gegeben, um einen Blick hinaus auf den Sims zu werfen, doch es gab keines.

Der vorletzte Riegel erwies sich als besonders widerspenstig. Wäre es um pure Willenskraft gegangen, so wäre das Tor bereits aus den Angeln geflogen. So aber blieb ihr nur, sich mehr schlecht als recht abzustützen und ruckartig an dem verkrusteten Riegel zu zerren, bis er einsehen würde, dass er gegen sie keine Chance hatte.

Mit einem Knirschen gab er nach. Jetzt noch der letzte.

Aus den Tiefen des Hauses erklangen Schritte. Ambras pochender Herzschlag und der Lärm von der Außenseite konnten sie nicht mehr übertönen. Genau wie sie es befürchtet hatte: Ein Famulitrupp kam näher.

»Ambra!« Diabondo tauchte am Ende des Korridors auf, etwa zwanzig Meter entfernt. Die Lampen befanden sich an den Wänden hinter den Säulenreihen und überzogen den Gang mit einem Raster gekreuzter Schatten. Diabondo wechselte immer wieder vom Licht ins Dunkel, vom Dunkel ins Licht, während er sich atemlos näherte. »Sie kommen!«

»Du hast die Glocke nicht geläutet!«, rief sie, als sie den letzten Riegel packte.

»Das war gar nicht nötig! Die Famuli wussten schon Bescheid. Ich hab immer gesagt, dass sie uns nur auf den verdammten Turm schicken, um uns zu beschäftigen. Die haben ihre eigenen Wachtposten entlang der Küste.«

Sie alle hatten das geahnt. Trotzdem hätte ein falscher Alarm – ohne einen wirklichen Angriff – die Famuli eine Weile lang abgelenkt. Jetzt aber, da es in den Äußeren Sphären von ihnen wimmeln musste, war eine Flucht fast unmöglich.

Es sei denn, es gelang ihr, die Feinde hereinzulassen, damit sie die Archonten und ihre Diener ablenkten.

»Das hier … ist unsere letzte Chance«, presste sie hervor, während sie an dem Riegel zog.

Diabondo war noch zehn Schritt entfernt. Sie nahm an, dass er sie aufhalten wollte, und sie würde ihm weh tun, wenn er es versuchte.

Der Riegel ließ sich um die Hälfte verschieben, dann hing er fest. Nicht genug, um das Tor zu öffnen. Selbst der tosende Seewind jaulte auf vor Enttäuschung.

»Irgendwie … muss das doch … gehen«, ächzte sie, während ihr Tränen der Wut kamen. Diabondo war fast bei ihr.

»Lass mich mal!«, rief er.

»Du willst ihn wieder zumachen!«

»Ganz bestimmt nicht!« Ehe sie sich wehren konnte, schob er sie beiseite. Als sie sich gerade auf ihn stürzen und ihn fortreißen wollte, begriff sie, dass er es ernst meinte. Er packte den Riegel mit beiden Händen, stemmte sich mit einem Fuß gegen die Beschläge und zerrte mit aller Kraft.

Die Schritte der Famuli dröhnten in ihren Ohren, als die Schatten am Ende des Gangs zu Gestalten gerannen. Die riesigen Fäuste auf ihren Hälsen öffneten sich und spreizten die Finger, als wollten sie Ambra und Diabondo damit Zeichen geben. Im Halbdunkel sah es aus, als trügen sie groteske Geweihe mit beweglichen Enden.

»Jetzt!«, brüllte Diabondo.

Der Riegel ruckte zur Seite. Von seinem Schwung öffnete sich das Tor eine Handbreit.

Der Wind blies eisig herein, begleitet von einem neuen Geräusch: einem gespenstischen Summen.

»Weg hier!« Ambra packte Diabondo am Arm und zog ihn vom Tor fort.

Stolpernd suchten sie Schutz hinter den Säulen auf der linken Seite des Gangs, während die Famuli heranstürmten. Zwischen den Steinpfeilern und der Wand lag ein Abstand von anderthalb Metern, und bisher verstellte ihnen dort niemand den Fluchtweg.

»Warte noch!«, sagte Diabondo. »Ich will sehen, was passiert.«

Ihr ging es genauso, und so blieben sie hinter der zweiten Säule stehen und blickten um sie herum zum Tor. Die Famuli kamen näher – wie immer stumm, denn sie besaßen keine Münder –, und für einen Augenblick klangen ihre Schritte so dumpf wie unter Wasser, während Ambra ihre ganze Aufmerksamkeit auf den schmalen Spalt zwischen den Torflügeln richtete.

39

Ein feines Knirschen erklang, ganz kurz nur.

Gleich würden die Famuli am Tor sein, sich dagegenwerfen und die Riegel zurück in ihre Positionen rammen. Einige würden ausschwärmen und Ambra und Diabondo den Weg abschneiden, und was dann mit ihnen geschehen mochte, war ungewiss. Soweit Ambra wusste, hatte es zuvor noch keinen Versuch gegeben, den Feinden des Hauses Zugang zu gewähren, und sie konnte sich nicht vorstellen, dass darauf eine andere Strafe als der Tod stand. Die Entscheidung darüber oblag den Archonten. Vielleicht sogar dem Erbauer selbst.

Draußen auf dem Sims ertönte ein Knistern und Rascheln, als würde sich jemand durch ein Unterholz zwängen. Aber es waren keine Zweige, die da aneinanderrieben.

Der rechte Torflügel flog krachend nach innen.

Ein dürrer Körper, gesichtslos, mit Gliedern wie aus Korb geflochten, sprang herein und stellte sich dem Pulk der Famuli entgegen. Die Diener der Archonten waren mit Säbeln und Äxten bewaffnet, und einige hatten ihre dunklen Lederuniformen gegen Rüstzeug getauscht, wie Ambra es sonst nur von den Statuen kannte: Brustpanzer, Armschienen und Schulterprotektoren. Das machte sie schwerfällig im Vergleich zu ihren flinken Gegnern, schützte sie aber vor deren messerspitzen Gliedmaßen, vor dolchlangen Fingern aus Holz und abstehenden Dornen, die jeden Körper mühelos durchstoßen konnten.

Hinter dem ersten Angreifer erschienen nun weitere, erst eine Handvoll, dann eine ganze Flut. Kein Treibholzmensch glich dem anderen, denn ihre Körper setzten sich aus dem zusammen, was vom Meeresgrund aufstieg. Eine Macht, die womöglich über jener des Erbauers stand, hatte abgestorbene Pflanzen, Fischgräten und das Holz versunkener Schiffe zu menschenförmigen Leibern geformt. Wie die Famuli besaßen sie keine Augen und Münder. Im Gegensatz zu den Dienern der Archonten liefen sie leicht gebückt, und oft waren ihre Beine zu lang für die Oberkörper. Manche hatten Arme mit doppelten Ellenbogen, andere Hände mit zu vielen Fingern.

Ein ohrenbetäubendes Knirschen und Bersten erklang, als die beiden Gruppen stumm aufeinanderprallten, und sogleich begann ein wildes Hauen und Stechen, ein Klammern und Reißen. Ambra sah, wie ein Famulus einen springenden Treibholzmann mit seiner Kopfhand packte und in der Luft zerknüllte wie ein Bündel brüchiger Äste.

»Komm jetzt!« Diabondo zog Ambra mit sich. »Hinter den Säulen können wir's schaffen.«

Sie riss sich los, lief aber geduckt mit ihm von einer Säule zur nächsten, während auf der anderen Seite die Schlacht der Famuli gegen die Treibholzmenschen tobte. Immer wenn die beiden einen der Zwischenräume passierten, sahen sie groteske Duelle: knorrige, staksende Angreifer, die Famuli mit ihren Armen und Beinen durchbohrten, und Treibholzmenschen, die unter Äxten zersplitterten oder von bloßen Händen in Stücke gerissen wurden.

Der Gang war jetzt zur Hälfte mit den Kämpfenden gefüllt, und sicher waren längst weitere Verteidiger auf dem Weg hierher. Falls Diabondo recht behielt und dort draußen wirklich hundert Treibholzmenschen aus dem Meer gekrochen kamen, dann würden die Famuli das Tor nicht lange halten können, und die Schar der Angreifer würde die Äußeren Sphären stürmen und womöglich sogar tiefer ins Haus vordringen.

Ambra und die anderen mussten ihnen zuvorkommen.

Sie erreichten das andere Ende des Gangs, hörten in einiger Entfernung einen weiteren Trupp, trafen aber vorerst auf niemanden.

»Dort entlang!« Diabondo zeigte auf einen schmalen Durchgang, der in die falsche Richtung führte, aber vermutlich eine bessere Wahl war als der hohe Bogen zu einem der Hauptkorridore. Von dort würde die Verstärkung anrücken.

Sie rannten eine Wendeltreppe hinauf, schwitzend und ächzend und immer wieder stolpernd, wenn hinter einer Biegung unverhofft ein Absatz auftauchte oder eine Stufe schon vor langer Zeit zerbröselt war wie das spröde Brot von Köchin Karbunkel.

Irgendwann kamen sie ans Ende der Treppe. Sie fielen fast übereinander, als sie hinaus auf einen weiteren Korridor liefen, viel schmaler, aber doppelt so hoch wie der am Tor, mit Gewölbedecke und Nischen voller Statuen von Helden, an die sich niemand mehr erinnerte.

Im Laufen wechselten sie einen gehetzten Blick. Sie durften jetzt nicht innehalten, nicht mal kurz verschnaufen. Sie mussten zurück zu den anderen, zu Hengis und Calamina, zu Hyazinthe und Emmeline.

Dann, endlich, konnte ihre Flucht beginnen.

# 5

»Du solltest nicht hier sein«, sagte die lebende Puppe zu Carter. Sie war fast so groß wie er selbst und trug ein schwarzes Kleid aus Spitze. Ihr schimmerndes Antlitz schien aus poliertem Holz zu bestehen, doch ihre Mimik war so beweglich wie ein Gesicht aus Fleisch und Blut. Im Moment verriet es nichts als Abneigung. »Calamina ist noch nicht tot. Und wir waren immer zu sechst. Niemals mehr als sechs. Sieben ist eine ungerade Zahl, und das bringt Unglück.«

»Lass ihn«, kam Emmeline ihm zu Hilfe. »Er ist total verwirrt und weiß von gar nichts.«

»Danke«, sagte er, »aber ich kann selbst sprechen.«

Emmeline überging den Einwand. »Irgendwer musste sich um ihn kümmern. Wir können ihn nicht einfach zurücklassen.«

»Warum nicht?«

»Das meinst du nicht ernst.«

Hyazinthe seufzte. »Wir kennen ihn gar nicht.«

»Und? Du hast keinen von uns gekannt, als wir angekommen sind. Mich auch nicht. Hättest du mich denn zurückgelassen?«

»Das ist nicht fair.«

»So bist du nicht, Hyazinthe«, sagte Emmeline sanft, trat vor und gab dem Puppenmädchen einen Kuss auf Lippen, die sich wie das perfekte Werk eines Meisterschnitzers wölbten. »Ich kenn dich. Du bist niemand, der andere im Stich lässt.«

»Entschuldigt«, sagte Carter, »aber sollten wir nicht weiterlaufen … wohin auch immer?«

»Wir haben sie abgeschüttelt«, sagte Emmeline. »Schon vor ein paar Minuten.«

»Nein«, entgegnete Carter. »Ich kann sie noch hören.«

Die beiden Mädchen – das eine ein Geist, das andere eine menschengroße Marionette ohne Fäden – wechselten einen Blick. Emmeline runzelte die Stirn und horchte.

»Verdammt«, flüsterte sie. »Er hat recht.«

»Bist du sicher?«, fragte Hyazinthe. Womöglich hörte sie mit ihren hölzernen Ohren nicht so gut wie ihre Freundin.

Carter näherte sich den beiden und wurde mit jedem Schritt schneller. »Irgendwer kommt da, und wenn es nicht diese Famuli sind, dann ist es jemand anders.«

»Vielleicht Ambra und Diabondo«, schlug Hyazinthe vor.

Emmeline schüttelte den Kopf. »Dann hätten wir die Glocke gehört. Vorher hätten sie den Wachturm nicht verlassen.«

»Vielleicht haben sie alles abgeblasen.« Hyazinthe streckte anklagend einen Zeigefinger aus. »Wegen ihm.«

»Ambra würde nicht einfach aufgeben. Nie im Leben.«

Hyazinthe verzog den Mund, hielt kurz inne, dann nickte sie widerwillig. »Jetzt hör ich sie auch.«

Als sie wieder losliefen, bemerkte Carter, dass Hyazinthe bei jedem Schritt leicht erzitterte, als wären ihre Gelenke und Glieder nicht so stabil wie die eines Menschen. Trotzdem war sie mindestens so schnell wie er, wenn nicht gar schneller, denn mit ihren langen, schmalen Beinen war jeder ihrer Schritte fast ein Sprung.

Minutenlang rannten sie schweigend, horchten nur dann und wann auf ihre Verfolger, kamen durch Säle voller Säulenwälder, liefen unter Spitzbögen und Strebepfeilern hindurch, in einem düsterbunten Licht, das durch kunstvolle Rosettenfenster fiel. Staub tanzte in flirrenden Diagonalen vor Schattenwänden, die erst von Emmelines weißem Schein geteilt wurden wie schwarzer Samt.

Irgendwann blieben sie vor dem verblichenen Wandgemälde einer Frau im langen Gewand stehen. In einer Hand hielt sie ein Schwert, in der anderen eine Waage. Carter versuchte über seinen jagenden Atem hinweg auf die Schritte ihrer Verfolger zu horchen, doch selbst als er die Luft anhielt, konnte er sie nicht mehr hören.

»Wir haben sie abgehängt!«, stieß Emmeline erleichtert aus.

»Wie lebt ihr hier?«, fragte Carter. »Ich meine, gibt es Wohnräume oder Schlafsäle?«

»Im Fürimmerhaus gibt es so viele Zimmer, dass du dir jeden Tag ein anderes aussuchen könntest«, sagte Emmeline. »Du musst niemals im selben Raum schlafen, falls du das nicht willst.«

Immerhin kein Gefängnis mit Zellen und Gittertüren, dachte er.

Sie gingen weiter, durch einen Gang, in dem es zahlreiche Nischen gab, aber darin nur leere Sockel, so als wären alle Statuen eines Tages herabgestiegen, um das Weite zu suchen. In einer Nische stand verloren eine schwarz lackierte Standuhr, die ganz und gar fehl am Platze wirkte. Den Mädchen schien sie nicht aufzufallen, aber Carter blieb stehen und betrachtete das goldene Zifferblatt, die beiden Zeiger und das feingeschliffene Glas in der Tür des Uhrkastens.

»Was machst du denn?«, fragte Emmeline, als sie über die Schulter sah.

»Warum steht hier eine Uhr?«

»Warum nicht?«

»Wer hat sie aufgestellt? Und wer zieht sie regelmäßig auf?«

»Wahrscheinlich der Kammerherr.« Hyazinthe kam zu Carter zurück. Neugierig streckte sie die rechte Hand aus und fuhr fast zärtlich mit den hölzernen Fingerspitzen über das Gehäuse.

»Können wir jetzt weitergehen?«, fragte Emmeline ungeduldig.

Hyazinthe zog die Hand blitzschnell zurück. »Da drinnen bewegt sich was.«

»Das Pendel?« Das Geistermädchen stand zu weit entfernt, um Genaueres zu erkennen.

Carter verstand nicht, warum in einem Labyrinth wie diesem, das so gut wie unbewohnt zu sein schien, eine Uhr aufgestellt worden war. Jemand hatte gezielt diese Nische ausgewählt, obwohl es allein in diesem Korridor mindestens fünfzig weitere gab.

»Vielleicht ist es eine Tür«, sagte er.

Emmeline kam dazu. »Eine Geheimtür? Getarnt als Uhr?«

Carter hob eine Hand und fuhr seitlich an der Tür des Uhrkastens hinab, bis er auf einen kleinen Metallhaken stieß. »Sehen wir mal nach.«

»Hatten wir es nicht gerade noch eilig?«, fragte Emmeline.

»Ich will das auch wissen.« Auf Hyazinthes Stirn war eine einzelne Falte erschienen, schnurgerade wie mit dem Lineal gezogen.

Carter löste den Haken aus einer Öse und klappte ihn hoch. Ein Knacken erklang, und die Tür des Uhrkastens sprang ein winziges Stück weit auf.

»Es gibt eine Menge Geheimtüren hier im Haus«, flüsterte Hyazinthe. Von ihrer Feindseligkeit war nichts mehr zu spüren.

»Achtung!« Carter öffnete die Uhr.

Ein Schwarm silbriger Falter drängte durch den Spalt ins Freie, flatterte aufgeregt um die Köpfe der drei und verteilte sich im Korridor. Emmeline gab einen überraschten Laut von sich, während sich Hyazinthes Erschrecken in ein gelöstes Lachen verwandelte. Es war das erste Mal, dass Carter das Puppenmädchen fröhlich sah. An ihr sah ein Lächeln aus wie die Verzierung eines Kunstwerks.

Der Strom der Falter verebbte allmählich. Ein regloses Pendel kam zum Vorschein, dahinter eine Rückwand aus dunklem Holz. Kein geheimer Durchgang.

»Da habt ihr eure Antwort«, sagte Emmeline und fuchtelte mit der Hand vor ihrem Gesicht herum, weil ihre Helligkeit die Falter anzog wie eine Kerzenflamme.

»Schade«, sagte Hyazinthe enttäuscht.

Am Ende des Gangs rief eine Männerstimme: »Was treibt ihr da?«

Carter, der am tiefsten in der Nische stand, spürte, wie Hyazinthe ihn weiter in Richtung des offenen Uhrkastens schob. Ohne zu zögern, zwängte er sich durch die Tür, stieß gegen das Pendel und verursachte dabei ein kurzes, metallisches Geräusch in den Tiefen des Uhrwerks. Vorsichtig zog er die Tür hinter sich zu und bewegte sich nicht mehr. Das Fenster aus geschliffenem Glas reichte ihm gerade mal bis zum Kehlkopf, deshalb konnte er nicht sehen, wer da herankam und bei den Mädchen stehen blieb.

»Was sind das für Tiere?«, fragte der Mann ungehalten.

»Schmetterlinge«, antwortete Hyazinthe. »Aus Papier. Wir haben sie ausgeschnitten und fliegen lassen. Sind sie nicht wunderschön?«

Einen Moment lang schien ihr Gegenüber konsterniert. »Ich wusste nicht, dass das möglich ist«, sagte er steif. »Aus Papier, sagt ihr?«

»O ja«, bestätigte Emmeline zuckersüß. »Und sie mögen mein Licht.«

Der Mann räusperte sich, als helfe ihm das, zurück in seine Rolle zu finden. »Ihr seid zu wirklich gar nichts nütze!« Der herablassende Tonfall war in seine Stimme zurückgekehrt. »Nur zu Übermut und Firlefanz.«

»Und wie viele Welten habt *Ihr* so gerettet, Haushofmeister?«, fragte Emmeline.

»Lass das«, entgegnete er. »Ich weiß genau, was ihr getan habt.«

»Wir wollen Euch keineswegs von Euren wichtigen Aufgaben abhalten, Haushofmeister«, sagte Hyazinthe.

Er knurrte übellaunig vor sich hin, dann sagte er: »Ich bin auf der Suche nach jemandem. Es gibt einen Neuen im Haus. Habt ihr ihn gesehen?«

»Ach«, sagte Hyazinthe mit gespielter Verblüffung. »Ist er denn nicht in Empfang genommen worden?«

Der Haushofmeister fluchte. »Anscheinend hat keiner gewusst, dass er auftaucht. Alles höchst ungewöhnlich und unerfreulich. Ihr beiden habt also niemanden gesehen?«

»Nie-nie-niemanden«, sang Emmeline zu einer Melodie, die sie sicherlich gerade erfunden hatte. »Nur die schönen Falterlein.«

»Eine Menge Falterlein«, sagte Hyazinthe.

»Aus Papier«, setzte ihre Freundin hinzu. »Und alle, alle selbst gemacht.«

Dem Haushofmeister blieb keine Zeit für eine Erwiderung, denn in der Ferne erklang das Läuten einer Glocke. Carter, dem eingequetscht in seinem Versteck die Arme und Beine einschliefen, hörte, wie der Mann mit raschen Schritten davoneilte.

»Es gibt Wichtigeres«, rief er aus einiger Entfernung. »Wenn ihr einen Fremden seht, meldet es einem Famulus!«

»Machen wir«, sagte Emmeline.

»Ganz bestimmt«, sagte Hyazinthe.

Endlose Sekunden vergingen, dann klopfte eine von ihnen ans Glas. »Du kannst wieder rauskommen. Oder hast du da drinnen doch noch eine Geheimtür gefunden? In eine Schatzkammer?«

Carter stieg erleichtert aus dem muffigen Uhrkasten und atmete tief durch. »Ist das die Glocke, auf die ihr gewartet habt?«

Rund um Emmelines Augen hatte das Leuchten ihrer Haut ein wenig nachgelassen. »Es ist *eine* Glocke, aber nicht die richtige.«

Nun ertönte das Läuten aus verschiedenen Richtungen. Drei oder vier Glocken, schätzte Carter, dann wurden es zu viele, und er konnte sie nicht mehr auseinanderhalten.

Hyazinthe schlenkerte vor Aufregung mit den Armen. »Die Famuli geben Alarm. Es hat geklappt!«

Emmeline schüttelte nachdenklich den Kopf. »Warum haben wir dann unsere Glocke auf dem Wachturm nicht gehört?«

»Spielt das eine Rolle?«, fragte Carter. »Und wer war das gerade?«

»Haushofmeister Hochmut«, sagte Hyazinthe.

Emmeline musste ihm ansehen, was er dachte. »In Wirklichkeit heißt er wahrscheinlich anders. Aber wir nennen ihn schon immer so.« Wieder wedelte sie einige Falter fort, die von ihrem Glühen angezogen wurden. »Wir sollten uns jetzt *wirklich* beeilen.«

Die Mädchen fassten sich an den Händen, und gleich darauf rannten sie wieder. Carter beschloss, vorerst keine Fragen mehr zu stellen – nicht über Kopfhände und Haushofmeister, über Geheimtüren und Uhrfalter, über Geistermädchen und lebende Marionetten.

Er hielt sich daran, bis sie Kammerherrn Kummer in die Arme liefen.

# 6

Ambra und Diabondo stürmten durch die weiten Hallen des Hauses, geschwind wie der Luftstrom, der im steinernen Strebewerk säuselte und flüsternd um stumme Skulpturen strich.

Sie durchquerten den *Saal der Frau mit den Fingern im Maul des Löwen*. Den *Saal des Magiers mit der mahnenden Hand*. Den *Saal des hängenden Diebes am Baum*.

Im *Saal der zwei Hunde, die den Mond anheulen*, blieben sie stehen, um zu verschnaufen, lehnten sich mit dem Rücken gegen die jaulenden Wolfshunde auf dem Wandgemälde und blickten angespannt zu der Toröffnung hinüber, durch die sie die Halle betreten hatten.

Der Korridor dahinter blieb leer. Niemand verfolgte sie.

»Das … war knapp«, brachte Ambra mühsam hervor und konnte sich selbst kaum hören, weil ihr Pulsschlag so laut in ihren Ohren pochte.

Diabondo brachte ein erschöpftes Grinsen zustande. »Eigentlich sollten wir an Schlimmeres gewöhnt sein.«

Sie schnaubte verächtlich. »Wenn wir uns denn daran erinnern könnten …«

»Du glaubst ihnen noch immer nicht, oder?«

Ambras Tonfall wurde schärfer. »Die haben uns entführt, uns alle Erinnerungen gestohlen und uns stattdessen irgendwelchen Unsinn weisgemacht! Die Archonten sind nicht unsere Freunde, Diabondo. Sie sind unsere Aufseher! Warum sollte ich ihnen nur ein einziges Wort glauben?«

»Aber du musst es doch auch spüren«, sagte er.

Es war die alte Diskussion, die sie wieder und wieder führten, und sie hatte keine Lust darauf. Erst recht nicht hier und jetzt. Doch er hatte seine Überzeugung nie zuvor so deutlich ausgesprochen.

»Was soll ich spüren?«, fragte sie. »Dass alles wahr ist, was sie sagen, nur weil es meiner Eitelkeit schmeichelt? Vielleicht *hast* du deine Welt gerettet, und vielleicht hab ich das Gleiche für meine getan. Aber welchen Unterschied macht das? Wir können uns beide nicht daran erinnern. Du könntest ein Held gewesen sein oder ein Massenmörder, aber solange du keine Erinnerung daran besitzt, spielt es überhaupt keine Rolle. Hier im Haus zählt nur, was du seit deiner Ankunft getan hast. Und das gilt für jeden von uns.«

Diabondos Miene verhärtete sich, und sie sah wieder den Jähzorn in seinem einen Auge. »Ich kenne mich, Ambra, auch ohne Erinnerungen. Ich weiß genau, was für eine Art Mensch ich bin.«

»Ein strahlender Held?« Sie rettete sich in Spott, weil sie Worte wie Held und Schurke einfach nicht mit demselben weihevollen Ernst über die Lippen brachte wie er. In ihren Augen war niemand nur gut oder schlecht. Sie selbst wäre die Letzte gewesen, die von sich selbst mit aller Überzeugung behauptet hätte, eine blütenweiße Weste zu haben. Im Gegenteil: In sich fand sie genug Charaktereigenschaften für eine ganze Bande von Bösewichten. Angefangen mit der Tatsache, dass sie in Augenblicken wie diesem Diabondo liebend gern an die Gurgel gegangen wäre.

Sie waren einfach zu unterschiedlich, um je echte Freunde zu werden. Ohne es mit Sicherheit wissen zu können – und wie auch, ohne jede Erinnerung an die Zeit vor seiner Ankunft? –, war Diabondo überzeugt davon, dass sein Gewissen rein, seine Gesinnung heldenhaft und sein Herz ohne Makel war. Manchmal zog Ambra ihn damit auf, und da er in Bezug auf sich selbst völlig humorlos war, brachte sie ihn damit in Sekundenschnelle auf die Palme.

Natürlich wusste sie genau, dass dies der falsche Zeitpunkt dafür war.

Trotz der Gefahr durch mögliche Verfolger stieß er sich von dem Wandgemälde ab und baute sich vor ihr auf. »Du kannst kein Held sein, wenn du selbst nicht daran glaubst!«, fuhr er sie an, und sie fürchtete, er könnte zu einem seiner belehrenden Vorträge ausholen.

»Und genau deshalb kommen wir zwei bei diesem Thema auf keinen grünen Zweig«, sagte sie rasch. »Meiner Meinung nach müsste man erst mal was Heldenhaftes leisten, ehe man sich selbst zum Helden ernennt.« Und wenn ich dieses Wort noch ein einziges Mal aussprechen muss, dachte sie, werde ich schreien, bis uns die Treibholzmenschen oder die Famuli finden.

»Und was wir gerade getan haben, das an der Tür, war das nicht ein kleines bisschen heldenhaft?«, stichelte er.

»Erstens wolltest du mich eben noch davon abhalten«, sagte sie, »und zweitens war es vor allem eines: verzweifelt.«

Er öffnete den Mund, aber sie kam ihm zuvor.

»Und drittens war es umsonst, wenn wir jetzt nicht endlich weiterlaufen und tun, was wir uns vorgenommen haben.«

Zwei, drei Herzschläge lang funkelte sein Auge streitlustig, dann lenkte er ein. »Du hast recht«, sagte er. »Komm jetzt!« Zumindest das ließ er sich nicht nehmen: Aus der Rolle des Unterlegenen musste er in die des Anführers wechseln. Ihr war es gleich. Hauptsache, er hielt den Mund und rannte.

Sie liefen gerade vom *Saal der liebenden Gerippe* hinaus auf eine überdachte Brücke, die über einen der großen Innenhöfe führte, als sie Stimmen hörten. Am Ende der Brücke befand sich eine Tür, deren linker Flügel schon vor langer Zeit aus den rostigen Angeln gebrochen war. Dahinter lag ein tonnenförmiges, schlecht beleuchtetes Gewölbe. Schon von weitem erkannten sie darin mehrere Gestalten.

Im Schutz des unversehrten Türflügels schlichen Ambra und Diabondo langsam bis zur Schwelle und horchten. Die anderen waren nur als Silhouetten vor dem schwefelgelben Lampenschein auszumachen.

»Emmeline und Hyazinthe«, flüsterte Diabondo.

»Und der Kammerherr.«

Sie wechselten einen Blick, und diesmal verstanden sie sich auf Anhieb. Kammerherr Kummer war dem Haushofmeister unterstellt, spielte sich aber auf wie der leibhaftige Erbauer. Offenbar hatte er die Mädchen aufgehalten, weil sie sich beim Läuten der Alarmglocken nicht umgehend in eine der Zufluchtskammern begeben hatten, wie es das Protokoll des Fürimmerhauses vorsah. Ambra und die anderen Erlöser mussten zwar reihum die lästigen Wachdienste auf dem Turm leisten, doch sobald es zu einem Angriff kam, hatten sie sich zurückzuziehen und in einer Zufluchtskammer abzuwarten, bis die Angreifer zurückgeschlagen waren.

Ambra und Diabondo traten von der Brücke in den langen Gewölbegang und näherten sich der Gruppe. Zu Ambras Überraschung war da noch jemand bei den Mädchen. Weil es nicht Hengis sein konnte – ihn hätte sie längst am Umriss erkannt –, kam eigentlich nur Calamina in Frage.

Aber Calamina lag im Sterben, nur wenige Räume entfernt.

Kammerherr Kummer war eine grauhäutige, hochgewachsene Erscheinung. Sein bodenlanges Gewand hatte wie er selbst bereits bessere Tage gesehen: Die Stoffe waren verblichen, die kunstvollen Stickereien abgeschabt. Das lange, schmale Dreieck seines Gesichts war das eines alten Mannes, aber Ambra musste dabei stets an einen zweischneidigen Opferdolch denken. Seine Augen waren kaum größer als Kirschkerne.

Sie bemerkte, dass Diabondo die Hände zu Fäusten ballte, und fragte sich, ob das eine gute Idee war. Der Kammerherr war kein Dummkopf. Außerdem lebte er seit Jahrhunderten im Halblicht dieser Hallen und Gänge. Seine Augen mussten selbst in der Düsternis des Gewölbes erkennen, dass Diabondo auf Ärger aus war.

»Bleibt stehen!«, rief er den beiden entgegen. »Oder ich rufe die Famuli!«

Noch lagen rund zehn Meter zwischen ihnen und der Gruppe, und Ambra betrachtete jetzt die vierte Person neben Emmeline und Hyazinthe. Es war ein Junge, wahrscheinlich nicht älter als sie selbst, etwas größer, mit unauffälligem Körperbau. Angespannt, wenn auch nicht furchtsam.

Halbtag, durchzuckte es sie. Ein Neuer im Haus. Das mochte erklären, warum der Kammerherr derart auf der Hut war. Womöglich witterte er, dass Aufruhr in der Luft lag. Bislang war jedoch keine Verstärkung aufgetaucht. Normalerweise hätte er nicht einmal die Stimme heben müssen, um einen Trupp Famuli herbeizurufen. Zwischen dem Kammerherrn, dem Haushofmeister und der Köchin gab es eine stumme Verbindung, genau wie zu den Famuli. Ein Gedankenbefehl genügte, und ihre Handlanger eilten herbei.

Dass sie noch nicht hier waren, konnte nur eines bedeuten: Ambras Plan war aufgegangen. Die Archonten mussten alle Famuli in die Schlacht mit den Treibholzmenschen geworfen haben.

Diabondo war wohl der gleiche Gedanke gekommen. »Die Famuli sind beschäftigt, hochverehrter Kammerherr«, sagte er mit einem Grinsen. »Ihr tätet gut daran, uns nicht aufzuhalten.«

Die Stimme des Kammerherrn wurde lauernd. »Hast du vergessen, was beim letzten Mal passiert ist, als du auf diese Weise mit mir gesprochen hast?«

Niemand hatte das vergessen. Natürlich nicht. Die Famuli hatten Diabondo abgeholt und erst nach einer Woche zurückgebracht. Er war in einen dunklen Mauerschacht gesteckt worden, in dem er geradeso aufrecht stehen konnte.

Dort hatten sie ihn zurückgelassen. Er hatte weder gewusst, wie lange er dort bleiben musste, noch ob er je wieder Tageslicht sehen würde. Gelegentlich hatte man von hoch oben Wasser auf ihn herabgegossen, das er von der schmutzigen Ziegelwand lecken musste, um zu überleben. Der Rest waren Finsternis und Ungewissheit gewesen.

Das alles war fast zwei Jahre her. Ambra war erst wenige Wochen im Fürimmerhaus gewesen, und Calamina hatte einmal gesagt, dass eigentlich sie, Ambra, das Ziel dieser Strafaktion gewesen sei. Die Archonten hätten ihr schleunigst klarmachen wollen, wohin Aufsässigkeit und Rebellion führen würden. Diabondo hatte leiden müssen, um der Neuen im Haus ihre Grenzen aufzuzeigen. Und da er ohnehin zu Widerworten neigte, hatte man zwei Fliegen mit einer Klappe schlagen wollen.

Nur dass die Archonten und der Kammerherr das Gegenteil erreicht hatten: Diabondos Hass auf die Herren des Hauses war geradezu maßlos geworden, manchmal kaum mehr unter Kontrolle zu halten, während Ambra beschlossen hatte, sich von solchen Machtdemonstrationen nicht beeindrucken zu lassen.

Sonderbarerweise hatten Diabondo und sie später nie über seine Woche in der Dunkelheit gesprochen – vor allem, weil er Momente der Schwäche lieber verdrängte. Trotzdem glaubte sie, dass er Calaminas Vermutung stillschweigend teilte: Insgeheim gab er Ambra die Schuld an dem, was er durchgemacht hatte, und das mochte einer der Gründe sein, weshalb sie zwar Verbündete, aber eben keine Freunde waren.

Als der Kammerherr die Hand hob und anklagend auf den fremden Jungen deutete, glitt der weite Ärmel zurück und entblößte einen weißen Unterarm. Er bestand nur aus Haut und Knochen. »Dieser Junge wird auf der Stelle mit mir kommen«, sagte er befehlsgewohnt, »um nach alter Sitte in die Gepflogenheiten des Hauses eingewiesen zu werden.«

»Und wenn ich mich weigere?« Der Neue wirkte wenig beeindruckt vom schneidenden Ton des Kammerherrn.

Emmeline schien etwas sagen zu wollen, doch Diabondo kam ihr zuvor. »Wir haben keine Zeit für so was. Die Treibholzmenschen haben einen Weg ins Haus gefunden, die Famuli haben alle Hände voll zu tun, und ich sehe weit und breit niemanden, der Euer … Anliegen unterstützen würde, Kammerherr.«

»Was erlaubst du – «

Ambra machte einen Schritt auf den Kammerherrn zu. »Geht aus dem Weg!«

Sie spürte, dass der fremde Junge sie neugierig musterte, so wie er vorhin bereits Diabondo taxiert hatte. Emmeline und Hyazinthe mussten ihn unmittelbar nach seiner Ankunft aufgegabelt haben, was bedeutete, dass er noch nichts über das Fürimmerhaus wusste – und über seine eigene Vergangenheit. Er hätte ein verwirrtes Wrack sein müssen, so wie sie selbst in jenen ersten Tagen, nachdem der Wasserschacht sie ins Haus gespült hatte. Stattdessen wirkte er ungewöhnlich gefasst.

Er hatte dunkles Haar, ein offenes Gesicht und diesen leicht amüsierten Blick von jemandem, der auf Feindseligkeit mit unterkühlter Überlegenheit reagierte. Darin ähnelte er Calamina, die Diabondos Ausbrüche und aufgeblasene Reden zumeist einfach weggelächelt hatte. Ambra hatte sie oft dafür bewundert, denn sie selbst trug ihr Herz auf der Zunge, konnte bei Wut nicht an sich halten und blieb auch dann nicht still, wenn Schweigen vernünftiger gewesen wäre.

Und obwohl der Fremde sie an Calamina erinnerte, misstraute sie ihm auf Anhieb.

Erst einmal aber war ihr größtes Problem der Kammerherr – auf den Diabondo plötzlich zuglitt, ein Messer in der Hand. Er stieß die dürre Gestalt gegen die Ziegelwand und presste ihm die Klinge an die Kehle.

Sie hatte lautstarken Protest erwartet, das übliche Gekeife. Stattdessen sagte der Kammerherr kein Wort und starrte seinen Gegner nur mit diesen winzigen, kalten Augen an, so als sähe er vor sich bereits die Vollstreckung des Todesurteils, das Diabondo sich gerade eingehandelt hatte.

»Vielleicht geht das Haus heute unter«, sagte Diabondo, obwohl er so gut wie Ambra wissen musste, dass das Fürimmerhaus zu groß war, um jemals vollständig zerstört zu werden. Was keine Grenzen hat, kann auch nicht enden. Trotzdem fuhr er fort: »Und vielleicht sterben wir alle heute Nacht. Was also sollte mich davon abhalten, Euch den Hals durchzuschneiden oder Euer Herz zu durchbohren?«

»Er hat kein Herz«, sagte Emmeline trocken.

Diabondo grinste. »Ich könnte mit der Klinge ein Loch in seine Brust schneiden und nachsehen.«

Der fremde Junge räusperte sich. »Verschwenden wir hier nicht gerade eine Menge Zeit?«

Niemand gab eine Antwort, aber Ambra bemerkte aus dem Augenwinkel, dass Hyazinthe unmerklich nickte.

»Das hier ist unnötig«, sagte sie zu Diabondo. »Und nicht besonders heldenhaft.«

»Er hat es verdient, Angst zu haben.«

»Ich habe keine Angst«, sagte der Kammerherr. Sein langes, sprödes Gesicht wirkte hölzerner als das von Hyazinthe.

Diabondo drückte die Schneide des Messers tiefer in die graue Haut. »Das wollen wir doch mal sehen.«

»Er blutet nicht«, flüsterte Emmeline.

»Ich auch nicht«, sagte Hyazinthe.

Das Geistermädchen seufzte. »Ja, ich genauso wenig. Aber müsste *er* nicht bluten?«

»Diabondo!« Ambra legte ihm eine Hand auf die Schulter. »Hör auf damit. Wir müssen uns beeilen.«

»Dich hat er nicht in den Schacht gesteckt.«

»Nein. Trotzdem.« Sie nahm die Hand von seiner Schulter und wollte seinen Arm herunterdrücken, damit er das Messer sinken ließ.

Diabondo gab ein wütendes Knurren von sich und stieß sie mit der linken Hand fort, so heftig, dass Ambra überrascht nach hinten stolperte und beinahe gestürzt wäre.

Zornig federte sie wieder auf ihn zu. »Es reicht!« Diesmal packte sie Diabondo mit aller Kraft, bemerkte gerade noch das feine Lächeln auf den Zügen des Kammerherrn, als sie seinen Peiniger fortriss, und sah zugleich, wie Diabondo herumwirbelte und bereit war, sich mit ihr zu schlagen.

»Hey!« Der fremde Junge war mit einem Mal zwischen ihnen, stieß Diabondo die flache Hand vor die Brust und

ließ sich weder von dessen Wut noch von dem Messer beeindrucken. »Das ist genug.«

Einen Augenblick lang sah Diabondo aus, als wollte er tatsächlich mit der Klinge auf ihn losgehen, aber Ambra kam
ihm zuvor und zog den Jungen zu sich herum. »Misch du
dich nicht ein!«

»Ich wollte nur – «

»Wir brauchen hier nicht *noch* einen Helden!« Brüsk
schob sie ihn beiseite und fixierte stattdessen Diabondo mit
einem Blick, der ihn hoffentlich zur Vernunft brachte. »Und
du solltest dich nicht aufführen wie ein Vollidiot!«

»Ja«, sagte Hyazinthe. »Wo sie recht hat …«

Diabondo atmete einige Male schnell ein und aus, dann
entspannte er sich und bekam seinen Jähzorn allmählich in
den Griff.

»Übrigens«, sagte Emmeline, »der Kammerherr macht
sich gerade aus dem Staub.«

Tatsächlich bewegte er sich langsam an der Wand entlang
nach rechts und setzte gerade dazu an, davonzulaufen.

Als Erster reagierte der Fremde. Er machte drei rasche
Schritte hinter dem Kammerherrn her, packte ihn mit links
an der Schulter und griff mit rechts in sein Genick. Für Ambra sah es aus, als legte er lediglich Daumen und Zeigefinger
auf Punkte rechts und links der Wirbelsäule, doch alles ging
so schnell, dass sie nicht sicher sein konnte. Wie vom Blitz
getroffen brach der Kammerherr in die Knie, fiel mit dem
Gesicht nach vorn und regte sich nicht mehr.

»Oh«, machte Emmeline.

Hyazinthe klackerte aufgeregt mit ihren Gelenken.

Diabondo sah mit aufgerissenem Auge von dem Jungen zu Ambra, so als verlangte er von ihr eine Erklärung für das, was da gerade geschehen war.

»Ist er tot?«, fragte sie.

»Ich glaube nicht.« Der Fremde stand da und blickte auf den Kammerherrn zu seinen Füßen. Sie hatte den Eindruck, dass er ebenso erstaunt über sich war wie alle anderen.

»Wie hast du das gemacht?«, fragte Diabondo perplex, als hätte er vergessen, wie zornig er gerade eben noch gewesen war.

»Ich … bin nicht sicher.«

»Blödsinn«, sagte Ambra. »So was macht man doch nicht aus Versehen.«

»Hab ich auch nicht behauptet. Ich … ich hab einfach gewusst, was ich tun muss.«

Hyazinthe sagte: »Er kann sich an seinen Namen erinnern. Vielleicht ja auch an andere Dinge.«

Diabondo runzelte die Stirn. »Unmöglich. Haben ihn die Archonten vielleicht doch gleich nach der Ankunft abgefangen?«

Dieselbe Frage stellte sich auch Ambra, gefolgt von einer zweiten: Falls er wirklich einem Archon begegnet war, warum versuchte er dann, es vor ihnen zu verheimlichen?

»Er heißt Carter«, sagte Emmeline.

Ambra trat auf ihn zu. »Woher kommst du, Carter?«

»Aus dem Brunnen.«

Emmeline hob eine Hand. »Er meint den Schacht in der Halle der Ankunft.«

Ambra seufzte. »Das wissen wir, Emmeline.«

Der Fremde zuckte mit den Achseln. »Schacht. Brunnen. Tunnel. Was auch immer.«

Das Geistermädchen sah unglücklich darüber aus, wie sich die Dinge entwickelten. »Niemand war bei ihm, weder ein Archon noch die Famuli. Ich hab gesehen, wie er aus der Halle der Ankunft in die Halle vor der Halle der Ankunft kam. Danach waren wir die ganze Zeit zusammen. Im Saal vor der Halle vor der Halle der Ankunft haben wir dann Famuli gesehen, die ihn abholen sollten, und dann sind wir – «

»Lass gut sein.« Diabondo hielt noch immer das Messer in der Hand. Ambra wusste, wie oft er heimlich damit geübt hatte und wie schnell er sein konnte, wenn es darauf ankam. »Vielleicht hat er sich den Namen nur ausgedacht.«

»Vielleicht«, sagte Carter. »Er war einfach in meinem Kopf, als ich im Wasser aufgewacht bin.«

Hyazinthe trat mit einem entschlossenen Schritt in ihre Mitte. »Ist das nicht egal? Am Anfang hab ich ihm auch nicht getraut, aber im Moment haben wir ganz andere Sorgen.«

»Was ist passiert?«, fragte Ambra.

»Passiert?«

»Du sagst, du hast ihm nicht getraut. Was hat er getan, damit sich das geändert hat?«

»Schmetterlinge befreit«, sagte Emmeline.

Ambra wechselte einen Blick mit Diabondo. »Schmetterlinge?«

»Falterlein«, sagte Hyazinthe. Sie und Emmeline begannen zu kichern und konnten gar nicht mehr aufhören.

Carter, der dem Gespräch mit wachsender Verwunderung

gefolgt war, deutete auf Diabondos Messer. »Das kannst du wegstecken. Ich will hier keinem was zuleide tun. Und bewaffnet bin ich auch nicht.«

Ambra deutete auf den Kammerherrn. »*Dafür* hast du keine Waffe gebraucht.«

Carter sah irritiert auf seine Hände. »Auch wieder wahr.«

Diabondo atmete tief durch. »Irgendwas stimmt nicht mit dir. Aber das muss warten. Erst mal müssen wir uns um ihn kümmern.« Er deutete auf den Bewusstlosen. »Schaffen wir ihn irgendwohin, wo ihn keiner sieht.«

»Wir könnten ihn von der Brücke werfen«, schlug Emmeline mit Unschuldsmiene vor.

Alle starrten sie an.

»Ich mein ja nur.«

Ambra schüttelte den Kopf. »Macht keinen Unterschied, ob wir ihn liegen lassen oder verstecken. Sobald er wach ist, wird er die Famuli rufen. Falls die nicht eh alle beschäftigt sind.«

»Apropos«, sagte Hyazinthe und hob einen gemaserten Finger.

In der Ferne war ein Rumoren zu hören, fast ein bedrohliches Fauchen, und Ambra brauchte einen Augenblick, ehe sie begriff, dass dies der Lärm der Kämpfe war. Er wurde lauter. Famuli und Treibholzmenschen kamen näher, während sie einander in Stücke schlugen.

»Wir hätten längst bei Hengis und Calamina sein sollen«, sagte Ambra. »Hier verplempern wir nur Zeit.«

Diabondo steckte das Messer ein und deutete auf den Neuankömmling. »Was ist mit ihm?«

»Ich komme mit«, sagte Carter.

Ambra blickte von einem zum anderen. Niemand widersprach.

Diabondo musterte Carter von oben bis unten. »Sind das *meine* Sachen?«

# 7

Während des weiteren Weges spürte Carter, dass alle ihn musterten – Diabondo feindselig, Ambra argwöhnisch, Emmeline neugierig und Hyazinthe auf eine Weise, die ihn an die Statuen in den Gängen erinnerte: Ständig hatte er das Gefühl, dass sie ihn anstarrte, doch immer, wenn er hinsah, schaute sie stur an ihm vorbei. Das verunsicherte ihn so sehr, dass er entschied, sie alle zu ignorieren und so zu tun, als bemerke er ihre Blicke nicht.

Er wusste weder, wo er war, noch, wie es ihn hierher verschlagen hatte, aber ihm war klar, dass er Verbündete brauchte. Trotz der Abneigung, die ihm von Diabondo und Ambra entgegenschlug, hielt er sich doch lieber an sie als an die Famuli und ihre mysteriösen Meister.

Vorhin hatte er die Wahrheit gesagt: Er hatte nicht die geringste Ahnung, wie *genau* er den Kammerherrn ausgeschaltet hatte. Es musste sich um einen Handgriff handeln, der ihm einst in Fleisch und Blut übergegangen war. Dass die anderen ihn misstrauisch beäugten, konnte er ihnen kaum verdenken. Nach diesem Auftritt hätte auch er sich nicht über den Weg getraut.

Der Lärm in der Ferne wurde nicht leiser, ganz gleich,

wie weit sie sich von dem Gewölbe entfernten, in dem sie den bewusstlosen Kammerherrn zurückgelassen hatten. Die Famuli mussten die Schlacht am Tor verloren haben, denn offenbar waren mittlerweile an mehreren Stellen des Hauses Kämpfe entbrannt.

»Da vorn ist es«, sagte Emmeline zu Carter und deutete mit ihrer schimmernden Hand auf einen Durchgang, halb versteckt hinter einer Säule, in deren Oberfläche Ringe aus Figuren eingearbeitet waren.

Sie gelangten in einen schmalen, unbeleuchteten Gang, in dem nur zwei von ihnen nebeneinander gehen konnten. Ambra gesellte sich zu Carter, während Diabondo wachsam hinter ihnen blieb. Emmeline und Hyazinthe setzten sich an die Spitze. Das weiße Licht des Geistermädchens beschien die hohen Wände. Am Ende des Korridors blieben sie vor einer Holztür stehen, die auf ein Klopfzeichen hin geöffnet wurde.

»Da seid ihr ja!«

Carter konnte vom Gang aus nicht sehen, wer gesprochen hatte, und folgte den anderen ins Innere. Die Kammer sah weniger gebaut als *entstanden* aus, wie ein Hohlraum in einem Felsmassiv nach einer Reihe schwerer Erdstöße. Der Grundriss war unregelmäßig, die Wände unterschiedlich hoch, die Decke schräg.

Hyazinthe bemerkte seinen Blick. »Es gibt viele solcher Räume im Haus, wo eigentlich keine sein sollten. Versteckte Ecken, die nicht zur Architektur passen. Als wäre das Haus um sie herumgewachsen.«

Carter wunderte sich schon nicht mehr darüber, denn

während Hyazinthe sprach, hatte er entdeckt, von wem sie erwartet wurden.

Auf einem Lager aus Kissen und Decken ruhte eine abgemagerte Frau, womöglich ein Mädchen wie die anderen, aber erschreckend stark gealtert und gezeichnet von ihrer Krankheit. Calamina lag im Sterben, hatte Emmeline gesagt, und ihr Anblick ließ daran keinen Zweifel.

Carter hatte Mitleid mit ihr – und wurde schlagartig abgelenkt, als er sah, wer ihnen geöffnet hatte und gerade die Tür hinter ihnen schloss.

Ein weißes Kaninchen. Aufrecht auf zwei Beinen und so groß wie Emmeline.

In einem Winkel seines Mauls steckte ein erloschener Zigarrenstummel.

Hengis – denn nur um ihn konnte es sich handeln – besaß die Statur eines untersetzten Mannes, anderthalb Meter hoch, mit kräftigen Armen und mächtigem Brustkorb, bedeckt von schneeweißem Fell. Sein Kopf aber war der eines Kaninchens mit prachtvollen Nagezähnen und gewaltigen Ohren; das rechte war auf halber Höhe abgeknickt, entlang einer rosigen, schlecht verheilten Narbe. Seine Schnurhaare standen ab wie Degenklingen, und er trug das Lederwams eines Landsknechts mit kniehohen Stiefeln.

Hengis' schwarze Knopfaugen musterten Carter sekundenlang, dann überging er ihn kurzerhand und sah Ambra an. »Sie ist aufgewacht und hat nach dir gefragt. Jetzt schläft sie wieder.«

Ambra presste die Lippen aufeinander, eilte an das Lager ihrer kranken Freundin und ging neben ihr auf die Knie.

Derweil flüsterte Diabondo etwas in Hengis' aufrechtes Ohr. Die Schnurrhaare des Kaninchens zitterten leicht, während der ausgeglühte Stummel von einer Seite seines Mauls zur anderen wanderte.

»Hmm«, machte Hengis. Und noch einmal, sehr viel länger: »Hmhmmmm.« Dabei suchte sein Blick wieder Carter, dem das immerhin eine Entschuldigung verschaffte, um unverhohlen zurückzustarren. Nicht einmal die Famuli hatten ihn derart aus der Fassung gebracht.

»Was glotzt du denn so?«, fragte Hengis.

Emmeline flüsterte mit verstellter Stimme: »*Etwa noch nie ein weißes Kaninchen gesehen?*«

Prompt knurrte Hengis: »Etwa noch nie ein weißes Kaninchen gesehen?«

Emmeline verdrehte die Augen, und Hyazinthe kicherte.

Zwar erkannte Carter ein Kaninchen, wenn er eines vor sich sah, aber er konnte sich nicht erinnern, jemals einem begegnet zu sein. Schon gar nicht einem von dieser Größe und mit menschlichem Körperbau.

»Ich bin Carter«, sagte er. »Ich bin … neu hier.«

»Halbtag«, murmelte Hengis und deutete auf eine hölzerne Uhr an der Wand. Sie hatte ein spitzes Dach, eine kleine Tür über dem Zifferblatt und war mit einem ausgesägten Blättermuster verziert. Wahrscheinlich fanden Emmeline und Hyazinthe sie ganz bezaubernd. Zum knurrigen Hengis aber passte sie so gut wie eine Rosenblüte im Knopfloch.

»Halbtag«, bestätigte Diabondo. »Oder sie wollen uns das weismachen, um uns einen von ihnen unterzuschieben.«

»Er sieht nicht aus wie ein Famulus.« Hengis betrachtete

Carters Kopf, als könnte es daran Zweifel geben. »Auch nicht wie einer der Bosse.«

»Er meint die Archonten«, raunte Emmeline.

»Dachte ich mir«, sagte Carter.

Diabondo schnaubte leise, dann ging er hinüber zu Ambra, die neben dem Krankenlager kniete und Calaminas Hand hielt. Sie hatte den Kopf gesenkt. Ihr langes rotes Haar verbarg ihr Gesicht.

»Kennen die Archonten diesen Raum?«, fragte Carter.

Hengis bog mit einer Hand sein gesundes Ohr nach unten und strich über die pelzige Seite. Es sah aus wie etwas, das er aus Gewohnheit tat, ohne tieferen Sinn. »Kann sein. Aber sie bewegen sich meist auf denselben Wegen und zeigen sich selten in abgelegenen Winkeln wie dem hier. Gefährlicher sind die Patrouillen der Famuli.«

»Wir bringen manchmal Sachen her, die wir irgendwo finden«, erklärte Emmeline. »Wie die Uhr. Hyazinthe hat sie mal entdeckt, als sie dachte, der Zeigermann wäre hinter ihr her.«

»War er auch!« Hyazinthe schien das unangenehm zu sein. »Ich hab mir das nicht eingebildet.«

»Wer ist der Zeigermann?«, fragte Carter.

Hengis kaute auf seinem Stumpen. »Ein Schreckgespenst für Angsthasen. Nur ein Gerücht.«

Hyazinthe fuhr ihn scharf an: »Ich *hab* ihn gesehen! Genau vor mir, so wie ich dich jetzt gerade sehe! Nur besser gerochen hat er.«

»Sie hat recht …«, erklang es schwach vom Krankenlager herüber. »Der Zeigermann … existiert.«

»Calamina!« Ambra beugte sich aufgeregt über ihre

Freundin und streichelte ihre Wange. Jetzt konnte Carter sehen, dass sie weinte. Auch Diabondos Gesichtszüge zuckten, als kämpfte er mit den Tränen.

Emmeline und Hyazinthe gingen Hand in Hand zum Bett hinüber, Hengis folgte ihnen. Plötzlich stand Carter allein an der Tür und fühlte sich nutzlos und ausgeschlossen, bis Emmeline ihm mit einem Wink bedeutete, ebenfalls herüberzukommen. Das tat er und schaute über die Schultern der beiden Mädchen auf Calamina hinab.

Zu seiner Überraschung sah sie in diesem Moment zu ihm auf. Ihre Blicke trafen sich.

»Geh … mit ihnen …«, flüsterte sie schwach. »Sie sind … besser als … ihr Benehmen …«

»Nicht reden«, sagte Ambra sanft.

Doch Calamina ließ sich nicht davon abbringen. »Wie … heißt du?«

»Carter.«

»Er konnte sich an seinen Namen *erinnern*«, sagte Emmeline betont. »Gleich bei der Ankunft.«

Hengis blinzelte. »Ist das so?«

Carter nickte. »Ansonsten ist da überhaupt nichts mehr. Keine Erinnerungen, keine Bilder. Nichts.«

»Haben sie dir nicht den Satz gesagt?«, fragte das Kaninchen.

»Welchen Satz?«

»Na, *den* Satz.«

Diabondo sah zu Hengis auf. »Niemand hat ihn in Empfang genommen. Scheint so, als hätten sie nicht mal gewusst, dass er heute ankommt.«

»Das ist – «, begann Hengis.

»Sehr ungewöhnlich«, unterbrach ihn Calamina, die trotz ihrer schwachen Stimme alle anderen übertönte. Sogar in diesem Zustand strahlte sie eine ruhige Autorität aus. Kein Wunder, dass sich alle um sie scharten wie um eine Heilige.

»Bitte«, sagte Ambra leise, »hör auf zu reden. Das schwächt dich nur noch mehr.«

»Was soll ich ... sonst tun?«, fragte Calamina mit einem schwachen Aufblitzen von Humor in ihren trüben Augen. »Ich werd' nirgends mehr hingehen ...«

»Wir tragen dich«, sagte Ambra mit fester Stimme.

Carter bemerkte, dass Diabondo und Hengis einen besorgten Blick wechselten. Wie auch immer ihr Fluchtplan aussehen mochte, der Transport einer Todkranken schien nicht darin vorgesehen zu sein.

»Komm ... zu mir«, bat Calamina.

Ambra warf ihm einen Blick zu, wütend und verzweifelt zugleich.

»Das ist keine gute Idee«, sagte Carter hastig. »Du musst dich ausruhen.«

»Ich werde mich bald ... sehr lange ausruhen«, entgegnete Calamina. Ihre Stimme war noch leiser geworden, und doch ließ sie keinen Widerspruch zu. »Komm her ... Carter.«

Hyazinthe und Emmeline machten Platz, sogar Diabondo rutschte ein Stück beiseite. Nur Ambra blieb, wo sie war.

»Ambra«, wisperte Calamina, »bitte.«

Mit einem scharfen Einatmen stand Ambra auf, damit Carter sich neben die Kranke knien konnte. Er verstand

Ambra, wollte aber den Wunsch einer Sterbenden nicht ausschlagen.

»Hier bin ich«, sagte er sanft. »Tut mir leid, dass wir uns nicht unter besseren Umständen kennenlernen.«

Sie hatte die Augen einer weisen Frau, auch wenn er nun sicher war, dass sie nicht viel älter war als er. Ihre Wangen waren ausgehöhlt, die Lippen farblos. Die Augenbrauen waren ihr ausgefallen. Auch ihr Haar hatte sich gelichtet und war dünn wie das einer Greisin. Was Carter von weitem für Grau gehalten hatte, entpuppte sich jetzt als sprödes Hellblond.

»Du hast Glück«, sagte sie heiser. »Du bist genau zum richtigen … Zeitpunkt aufgetaucht.«

Diabondo verzog übellaunig das Gesicht. »Ja, so ein Zufall.«

»Lass ihn, Diabondo … Er wird … euch helfen.«

»Wenn du das sagst.«

Calamina sah wieder Carter an. »Bleib bei ihnen … und … beschütze sie.«

Hengis hüstelte vernehmlich, sagte aber nichts. Diabondo biss sich stumm auf die Unterlippe.

»Ich –« Calaminas Gesichtszüge entgleisten zu einer Grimasse aus Schmerz, ehe sie sich wieder unter Kontrolle hatte. »Ich sehe … was du bist.«

»Ich weiß nicht mal selbst, was ich bin«, sagte Carter. »Oder *wer* ich bin.«

»Unser Beschützer«, bemerkte Hengis spitz.

Calamina hatte ihm mit ihren Worten einen Bärendienst erwiesen, denn Diabondo wirkte jetzt noch abweisender, während Ambra Carter ansah, als gäbe sie ihm die Schuld am Zustand ihrer Freundin. Er wusste nicht, wie er sich verhalten sollte; ganz gleich, was er tat, für irgendwen würde es das Falsche sein. Dann aber entschied er, dass Calamina im Augenblick die Einzige war, der er es recht machen wollte.

»Ich pass auf die anderen auf«, sagte er, ohne zu wissen, was das bedeutete. »Versprochen.«

»So ein Glück«, sagte Hengis.

»Calamina …«, begann Ambra, doch ihre Freundin brachte ein kurzes Kopfschütteln zustande.

»Das alles ist … uns bestimmt«, sagte sie.

»Ich glaub nicht an Bestimmung. Das weißt du.«

»Sei nur nicht voreilig und … denk nicht an Rache.«

Ambras Augen wurden schmal. »Die Archonten haben das zugelassen.«

»Ich war schon … krank, als ich herkam.«

»Aber sie hätten dich heilen können! Sie sind mächtig. Und wenn nicht sie, dann der Erbauer.«

Emmeline beugte sich an Carters Ohr. »Der Erbauer hat das alles hier erschaffen. Nicht nur das Haus, auch die Archonten. Die ganze Welt. Wenn es denn eine Welt ist.«

Carter hatte kaum hingehört. Calaminas Hand in seiner fühlte sich so kalt an wie der Fisch am Brunnenschacht. Am liebsten hätte er Ambra wieder den Platz neben der Sterbenden überlassen, doch Calaminas Finger hatten sich fest um seine geschlossen.

»Ambra ist … voller Hass … und Diabondo voller Jähzorn«, brachte sie leise hervor. »Das macht euch verwundbar … und schwach.«

Hengis nickte. »Zum Glück bin ich noch da.«

Calamina blickte hinüber zu dem Kaninchenmann. »Du bist ein Kämpfer, Hengis … Das stimmt … Aber dir fehlen Voraussicht und … Weisheit.«

Hengis verschränkte die Arme vor seinem breiten Brustkorb. »Manchmal rettet man eine Welt eben einfach durch Kraft und Schnelligkeit.«

Calamina schenkte ihm den Schatten eines Lächelns. »Das ist wahr. Und falls das nötig sein sollte, bist du der beste Mann dafür.«

Ambra kämpfte um ihre Fassung. »Hört zu. Wir haben die Treibholzleute ins Haus gelassen, überall toben Kämpfe. Wahrscheinlich werden die Famuli sie früher oder später zurückschlagen, aber das kann dauern. Also sollten wir jetzt wirklich aufbrechen, sonst verpassen wir den richtigen Moment. Wir können dich im Wechsel tragen. Ich und Diabondo und Hengis … und Carter auch, schätze ich.«

Er sah auf. »Natürlich.«

»Nein!« Calamina deutete an ihnen vorbei zur Tür. »Ich bin … nur eine Last.«

»Du bist unsere Freundin!«

»Familie«, sagte Hengis.

Emmeline und Hyazinthe nickten. »Wir tragen dich alle zusammen«, sagte das Marionettenmädchen.

Calamina schloss die Augen, als wollte sie es ihnen leichter machen, ihrem Wunsch endlich Folge zu leisten.

»Also los«, sagte Diabondo. »Brechen wir auf.« In einer Ecke lagen mehrere gepackte Rucksäcke, und er war der Erste, der hinüberging und sich einen davon nahm.

»Calamina?« Ambra stieß Carter beiseite, nahm Calaminas Hand, presste ein Ohr auf ihre Brust und zählte die Atemzüge. »Calamina!«

Draußen auf dem Gang erklang ein Scharren.

Hengis' Ohren zuckten. »Sie kommen!« Behände sprang er zur Tür, schob mit dem Fuß drei große Holzkeile darunter, presste beide Arme dagegen und nickte in Richtung eines schweren Balkens, der in einer Ecke lehnte. »Her damit! Schnell!«

Diabondo und Carter erreichten den Balken gleichzeitig. Jeder packte ein Ende, dann trugen sie ihn zum Eingang, stellten ihn schräg dagegen und verkanteten das untere Ende an einer Bodenfuge.

Das Scharren wurde lauter und zerfiel in eine Vielzahl einzelner Schritte.

»Wie viele sind das?«, fragte Hyazinthe aufgeregt.

Carter hätte es anhand der Geräusche nicht sagen können, aber Hengis legte das aufrechte Ohr an die Tür und sagte: »Mindestens fünf. Nicht mehr als sieben.«

»Gibt es hier noch einen anderen Ausgang?«, fragte Carter.

Statt einer Antwort zerrten Emmeline und Hyazinthe einen verblichenen Wandteppich herunter, gleich neben der seltsamen Uhr. Dahinter kam ein Spalt zum Vorschein, gerade breit genug, um sich hindurchzuzwängen.

Carter dachte, dass sie Calamina niemals dort hindurchbekommen würden, als Ambra sagte: »Sie atmet kaum noch. Es geht zu Ende.« Sie deutete zum Spalt hinüber. »Lauft vor! Ich bleib hier, bis es vorbei ist.«

»Wir könnten kämpfen.« Hengis hob einen breiten Gürtel vom Boden, an dem ein Degen in einer Lederscheide hing, und schnallte ihn um. »Mit denen werde ich fertig.«

»Seit du hier bist, hast du kein einziges Mal gekämpft«, sagte Diabondo. »Nur behauptet, dass du gut darin bist.«

»Irgendwelche Zweifel?«, fragte das Kaninchen finster.

Carter schob Emmeline und Hyazinthe zum Spalt in der Wand. »Los, ihr zuerst.«

Die Mädchen sahen einander an. Da war eine Trauer in Emmelines Blick, die Carter bis ins Mark traf.

»Bitte«, sagte er. »Ambra hat recht.«

Hyazinthe nahm sich einen Rucksack und glitt in die Öffnung. Emmeline sah zurück zu der reglosen Calamina und winkte ihr traurig zu. Dann warf auch sie sich ein Bündel über die Schulter und folgte Hyazinthe.

Eine Hand pochte von außen gegen die Tür der Kammer.

»Jetzt du, Diabondo«, sagte Carter.

»Du hast hier gar nichts zu befehlen.«

»Stimmt. Aber die beiden brauchen jemanden, der sie beschützt.«

Hengis zog seinen Degen. »Wäre das, laut Calamina, nicht deine Rolle?«

»Sieht Diabondo das auch so?«

Der blonde Junge fixierte Carter mit einem finsteren Blick, dann eilte er zu Calamina, beugte sich über sie und gab ihr einen Kuss auf die Stirn. Zu Ambra sagte er: »Bleib nicht länger als nötig.«

Das Klopfen wurde heftiger, dann brach es ab.

Diabondo verschwand im Spalt.

Im nächsten Moment krachte jemand gegen die Tür. Sie knirschte lautstark, hielt aber stand. Carter stemmte sich mit dem Rücken dagegen und sah zu Ambra und Calamina hinüber. Ambra kniete noch immer am Boden und hielt die schmale Hand der Sterbenden. Auch als die Tür erneut erschüttert wurde, schaute sie nicht auf.

»Hengis«, sagte Carter. »Nun hau schon ab!«

»Ich werde kämpfen!«

»Ja, später, wenn es wirklich nötig ist!« Carter bekam einen neuerlichen Stoß in den Rücken, und diesmal löste sich eine der Türangeln um einen Fingerbreit. »Hier muss überhaupt niemand kämpfen. Ich verschaffe Ambra die Zeit, die sie braucht. Und es reicht, wenn einer von uns sein Leben aufs Spiel setzt.«

Hengis musterte ihn. »Du glaubst tatsächlich an das, was Calamina gesagt hat.«

»Geh endlich!« Carters ganzer Körper tat von den Erschütterungen weh, und er ahnte, dass die Tür nur noch einem Aufprall standhalten würde. Zwei, mit sehr viel Glück.

Hengis schob den Degen zurück in die Scheide, warf mit Schwung die übrigen Rucksäcke durch den Spalt und zwängte sich hinterher. Obwohl er fast einen Kopf kleiner war als Diabondo, der ohne große Mühe hindurchgepasst hatte, blieb er mit seinem breiten Brustkorb stecken. Fluchend und ächzend versuchte er, sich ein wenig zu drehen, aber allzu erfolgreich war er nicht.

»Ambra!«, rief Carter. »Du musst ihn da durchschieben!«

Sie reagierte nicht, hatte nur Augen für die leblose Calamina.

Abermals wurde die Tür erschüttert. Plötzlich klaffte ein fingerbreiter Riss im Holz.

»Ambra, verdammt! Ich kann hier nicht weg!«

Endlich sah sie auf. Ihre Augen waren rot geweint, aber sie brauchte nur eine Sekunde, um zu erfassen, dass Hengis ihre Hilfe benötigte. Hastig sprang sie auf und warf sich mit aller Wucht gegen den Kaninchenmann, der unter lautem Protest durch den Spalt rutschte. Weiße Fellflusen rieselten auf Ambras Seite zu Boden wie Schneeflocken.

»Zapperlot!«, erklang es jenseits des Spalts.

Carter blickte durch den Riss in der Tür, sah nichts als riesige Hände und spürte, wie sich sein Magen zusammenzog. In Gedanken überschlug er, wie lange er von der Tür bis zum Spalt brauchen würde. Drei, vier Sekunden, mindestens.

Ambra ging wieder neben Calamina in die Hocke und fühlte am Hals ihren Pulsschlag. »Sie lebt noch.«

»Ich tu hier mein Bestes«, presste Carter hervor, »aber lange geht das nicht mehr gut.« Er stemmte die Arme gegen den Balken und machte sich bereit für den letzten Stoß, der die Tür zerstören würde.

»Ich lass nicht zu, dass sie denen lebend in die Hände fällt«, sagte Ambra tonlos.

Als die Famuli erneut gegen die Tür rammten, wurde Carter von der Erschütterung nach hinten geworfen. Der Balken, den Diabondo und er gegen das Holz gestemmt hatten, zerbarst am unteren Ende und fiel polternd zur Seite.

Aber wie durch ein Wunder hing die Tür noch immer im Rahmen. Draußen wichen die Famuli erneut zurück, um Schwung zu holen.

Während Carter sich zu Ambra umdrehte, sah er gerade noch, wie sie mit bebenden Händen ein Kissen von Calaminas Gesicht hob. Die Züge der Toten sahen sehr friedlich aus, und weit mehr als vorhin machte es den Eindruck, als schliefe sie nur.

Ambra kämpfte sich schwankend auf die Beine. Sie war selbst totenbleich.

»Du bist dran«, sagte sie zu Carter. Ihre Stimme war nur noch ein raues Flüstern. »Hau ab!«

»Nein.« Er stemmte sich ein letztes Mal gegen die Tür. »Du zuerst!«

Sie schüttelte den Kopf, aber es wirkte wie die Bewegung einer Schlafwandlerin. Carter fand, dass sie sehr verloren aussah, und da stieß er sich kurzerhand von der Tür ab, packte sie an den Schultern und schob sie zum Spalt.

»Mach schon!«, sagte er. »Calamina hat es so gewollt.«

Hinter ihnen flog die Tür aus den Angeln. Von der Erschütterung fiel die hässliche Uhr von der Wand und zerplatzte am Boden zu einem Chaos aus Spiralfedern und Zahnrädern.

»Los jetzt!«, brüllte Carter, fuhr mit bloßen Händen zu den Angreifern herum und sah drei Famuli in die Kammer stolpern, vorwärtsgetrieben vom eigenen Schwung beim Aufbrechen der Tür. Sie trugen Kurzschwerter und Streitkolben, und die riesenhaften Hände auf ihren Schultern streckten gierig die Finger in Carters Richtung aus, noch bevor die Oberkörper sich ihm zuwandten.

Er spürte, wie er von hinten am Hemd gepackt und zum Spalt gezogen wurde. Ambra steckte noch immer in der Öff-

81

nung, hatte den Arm nach ihm ausgestreckt und riss ihn hinter sich her. Er stieß sich die Schulter am Rand der Öffnung, brachte eine halbe Drehung zustande, sah zugleich die Famuli heranstürmen und rutschte hinter Ambra ins Innere der Wand.

Er war bereits tief im Spalt, als ein Verfolger den Arm nach ihm ausstreckte. Die Hand verfehlte ihn nur um Haaresbreite, öffnete und schloss sich direkt vor seinem Gesicht. Das Gespenstischste aber war, dass die Famuli keinen Laut von sich gaben. Nur das wütende Scharren ihrer Leiber an der Wand war zu hören. Durch die Öffnung sah er, wie sich die Finger ihrer Kopfhände spreizten wie monströse Hahnenkämme.

Im nächsten Moment erreichte er die andere Seite des Spalts – und stürzte ins Leere. Gleich darauf fiel er auf Ambra, und für Sekunden waren sie in ein Durcheinander aus Armen und Beinen verstrickt, ehe er sich von ihr herunterrollte und dann auch schon von Hengis gepackt wurde, der ihn mit einem Ruck auf die Füße stellte. Zugleich wollte Diabondo Ambra beim Aufstehen helfen, doch die schüttelte ihn unwillig ab. Schwer atmend rieb sie sich mit den Händen durchs Gesicht. Emmeline und Hyazinthe standen im Hintergrund. Der Schein des Geistermädchens war die einzige Lichtquelle, wurde aber schon nach wenigen Metern von der Finsternis verschluckt.

»Weiter!«, befahl Hengis, und ehe Carter sich's versah, rannten sie wieder durch die uralte, staubige Dunkelheit in den Zwischenräumen der Säle und Kammern, der Korridore und Flure des Hauses.

# 8

Über eine Stunde lang liefen sie wortlos durch niedrige Gänge. Hin und wieder war durch das Mauerwerk dumpfer Lärm zu hören, Kämpfe zwischen Famuli und Treibholzmenschen. Manchmal schluchzte Emmeline leise, und dann nahm Hyazinthe sie im Gehen in den Arm und tröstete sie stumm. Carter warf verstohlene Blicke zu Ambra hinüber, aber sie sah nur stur geradeaus und verriet durch nichts, was ihr gerade durch den Kopf ging.

Niemand verriet Carter, wohin die Gruppe unterwegs war, und vorerst fragte er nicht danach.

Schließlich war es Hengis, der das Schweigen brach.

»Hat dir schon jemand die wichtigste Regel genannt?«, fragte er. Den traurigen Überrest seiner Zigarre musste er im Spalt verloren haben. Zumindest sein Gesicht sah dadurch wie das eines gewöhnlichen Kaninchens aus.

Carter schüttelte den Kopf.

»Die wichtigste Regel«, begann Hengis, wurde aber von Emmeline und Hyazinthe im Chor unterbrochen: »Das Haus ist uns nicht wohlgesonnen.«

Zu Carters wachsendem Erstaunen wiederholten Diabondo und Hengis die Worte wie eine Litanei, nur Ambra schwieg weiterhin.

Er fragte: »Das Haus oder seine Meister?«

»Das Haus lebt«, sagte Hengis.

»Das Haus wächst«, sagte Diabondo.

»Es verschiebt sich und verdreht sich«, sagte Emmeline.

»Und es hat einen eigenen Willen«, ergänzte Hyazinthe.

»Unsinn«, mischte Ambra sich ein. »Die Verantwortung für das alles trägt der Erbauer, und wenn uns irgendwer nicht wohlgesonnen ist, dann er.«

»Calamina hat – «, begann Emmeline, aber Ambra fuhr ihr barsch über den Mund: »Calamina war länger im Haus als jeder von uns, und trotzdem hat sie nicht alles gewusst. Sonst wäre sie jetzt nicht tot.«

Daraufhin verfielen sie in minutenlanges Schweigen, ehe Carter wieder das Wort ergriff.

»Wo genau liegt das Haus?«, fragte er.

»Hinter den Kulissen«, sagte Hengis.

»Den Kulissen wovon?«

»Den Kulissen von *allem*«, sagte Hyazinthe. »Von deiner Welt, von meiner und von allen anderen.«

»Das ergibt keinen Sinn.«

»Jeder von uns stammt aus einer anderen Welt«, sagte Hyazinthe. »Uns alle hat nach der Ankunft ein Archon erwartet. Er hat uns unsere Namen genannt und den einen Satz.«

»Den Satz, auf den es ankommt.« Hengis schien das sehr wichtig zu sein. »Wie wir unsere Welten gerettet haben.«

Carter blickte von einem zum anderen. Niemand schien

das in Zweifel zu ziehen. »Ihr glaubt allen Ernstes, jeder von uns hat im Alleingang eine Welt gerettet? Nur weil man euch das *erzählt* hat?«

»Nicht zwangsläufig allein«, sagte Hyazinthe. »Manche von uns hatten wahrscheinlich Helfer.«

»Gefährten«, sagte Emmeline.

Hengis rümpfte die Nase. »Ich denke, ich hab das allein hinbekommen.«

Zum ersten Mal seit Calaminas Tod lächelte Emmeline wieder, wenn auch sehr zaghaft. »Hengis glaubt, er wäre ein Einzelgänger.«

»Einzelkämpfer«, korrigierte das Kaninchen grimmig.

»Dabei kann er sich so wenig an seine Vergangenheit erinnern wie wir alle«, fuhr Emmeline unbeirrt fort.

»Manche Dinge über sich selbst weiß man eben einfach«, sagte Diabondo.

»Wie die, dass du ein großer Held bist?«, fragte Hyazinthe.

Emmeline zwinkerte Carter zu. »Diabondo glaubt ganz fest daran.«

»Ich weiß, was ich weiß«, entgegnete Diabondo stur.

»Und er hat ein ziemlich großes Selbstbewusstsein«, sagte Hyazinthe.

Gereizt blieb Diabondo stehen und verstellte ihr den Weg. »Es reicht, wenn man eine *Moral* hat.«

Hengis hob beschwichtigend eine Hand. »Ganz ruhig.«

»Krieg dich wieder ein«, sagte auch Ambra.

Carter, der sich weder für Diabondo noch sein Selbstwertgefühl interessierte, folgte dem Gespräch mit wachsender Verwunderung. Für gewöhnlich nahmen also die Archonten jeden Neuankömmling nach der Ankunft beiseite, nannten ihm einen Namen – den er vielleicht schon vorher getragen hatte oder auch nicht – und gaben ihm einen einzigen Satz mit auf den Weg, der erklärte, wie er seine Welt gerettet hatte. Das klang absurd, aber Carter beschloss, sich für einen Moment darauf einzulassen. Wenn dies also eine Art Aufnahmeritual ins Fürimmerhaus war, warum war dann er selbst nicht von einem Archon erwartet worden? Weshalb kannte er seinen Namen bereits? Und aus welchem Grund hatte man ihn *nicht* glauben lassen, dass er eine Welt gerettet hatte? Für die anderen schien dies die einzige Verbindung zu ihrem alten Ich zu sein, zu ihrer Herkunft und Vergangenheit. Ein Ersatz für ihre Erinnerungen. Als würde man einem ausgehungerten Hund einen winzigen Fleischbrocken zuwerfen, um ihn davon abzuhalten, in seiner Verzweiflung um sich zu beißen. Offenbar hatte es funktioniert. Zumindest Diabondo und Hengis schienen sich an diese eine, karge Information zu klammern, als hinge ihr Leben davon ab.

»Aber wovor sollen wir unsere Welten gerettet haben?«, fragte Carter.

»Vor dem Bösen«, sagte Diabondo.

Hyazinthe schüttelt den Kopf. »Vor den Widersachern.«

»Es gibt kein Gut und Böse«, sagte Ambra. »So wenig wie Bestimmung und Schicksal und den ganzen anderen Blödsinn.«

Diabondo schien widersprechen zu wollen, aber diesmal kam Hengis ihm zuvor. »Harmonie und Dissonanz. Das sind die richtigen Begriffe. Die Widersacher haben eine

Dissonanz verursacht, und Trottel wie wir haben nichts Besseres zu tun, als die Harmonie wieder herzustellen. Alles eine Frage des Gleichgewichts. Harmonie und Dissonanz.« Er warf Diabondo einen hämischen Blick zu. »Manche tun das, weil sie sich für besonders gute Menschen halten. Ich persönlich glaub ja eher, dass man mir eine anständige Belohnung versprochen hat.« Er grinste den Jungen mit der Augenklappe an. »Ich kenn mich nämlich auch. Ziemlich gut sogar.«

»Ihr könnt sie Widersacher nennen oder Dissonanz oder schlechtes Wetter«, sagte Diabondo. »Ich weiß trotzdem, auf welcher Seite ich stehe.«

»Auf deiner«, sagte Emmeline.

Hyazinthe kicherte leise.

Diabondo wollte abermals auffahren, aber diesmal ging Carter dazwischen. »Können wir das nur mal kurz weiterdenken, ohne Mord und Totschlag?«

Hengis winkte ab. »Darauf wären wir ohne dich natürlich nicht gekommen.«

»Wir haben das schon hundert Mal durchgespielt«, sagte Ambra. »Bis zu allen möglichen Enden.«

»Tausend Mal«, verbesserte sie Hyazinthe.

»Bitte«, sagte Carter. »Ich brauche wenigstens ein paar Antworten. Ich hab das Gefühl, dass ich sonst durchdrehe.«

»Das ist eines von den möglichen Enden«, sagte Hengis lakonisch. »Dass wir einfach alle den Verstand verloren haben und uns das hier nur einbilden. Auf die Idee kommt man ziemlich schnell.«

Emmeline zählte an den Fingern ab. »Verrückt sein. Tot

sein. *Zwischen* Leben und Tod feststecken. Das sind alles bequemere Möglichkeiten als die Wahrheit.«

»Und die Wahrheit ist, dass man uns nicht mehr gebraucht hat«, sagte Ambra. »Wir haben ihnen ihre Welten gerettet, und dann hatten sie es ziemlich eilig damit, uns loszuwerden.«

»Wer, *sie?*«, fragte Carter.

»Diejenigen, die uns losgeschickt haben, um die Widersacher zu besiegen«, sagte Hyazinthe. »Die Erwachsenen, die ohne uns nicht mehr weiterwussten. Wir sind die Auserwählten. Die Erlöser.«

»So nennen uns die Archonten«, erklärte Emmeline. »Die Erlöser. Ziemlich pompös.«

»In Wahrheit halten sie uns natürlich für verdammte Plagen«, sagte Ambra. »Erlöser ist einfach nur ein Wort, das sie benutzen. Und es klingt hübscher als Gefangene.«

»Und der eine Satz der Archonten«, sagte Carter, »dieser Satz beschreibt, wie wir unsere Welten von diesen Widersachern … erlöst haben?«

»Wir«, sagte Diabondo betont. »Du anscheinend nicht.«

Hyazinthe stieß ein Seufzen aus. »Zu mir haben sie gesagt: ›Du hast die Fesseln gelöst.‹« Sie hielt ihm die ausgestreckten Handflächen hin, dann die Handrücken. Da waren winzige Löcher im gemaserten Holz zu sehen, offenbar waren dort einmal Marionettenfäden befestigt gewesen. Aber eine ganze Welt voller Marionetten?

»Bei mir hieß es: ›Du hast Licht gebracht‹«, sagte Emmeline.

Carter blickte zu Ambra. »Und bei dir?«

»›Du hast das Tor geöffnet.‹« Sie zuckte mit den Achseln. »Frag nicht. Ich hab keine Ahnung.«

Diabondo und Hengis machten keine Anstalten, ihre Sätze zu verraten, und Carter ließ es dabei bewenden.

»Anscheinend haben wir getan, was von uns erwartet wurde«, sagte Hyazinthe. »Und als danach damit begonnen wurde, alles wieder aufzubauen, neue Regierungen zu bilden oder die alten Herrscher wieder auf ihre Throne zu setzen, da waren wir ihnen plötzlich im Weg.«

Diabondo schnaubte. »Sie mögen uns nennen, wie sie wollen, aber kein König will im Schatten eines halbwüchsigen Erlösers stehen. Sie wollen nicht jeden Tag daran erinnert werden, dass nicht *sie* es waren, die ihre Welt gerettet haben, sondern wir. Erst sind wir nur ein notwendiges Übel, mit dem sie auskommen müssen, aber dann, nach einer Weile, sehen sie in uns das unerträgliche gute Gewissen, das alle ihre Entscheidungen beeinflusst.«

Hengis zeigte seine großen Nagezähne, als er grinste. »Man kann's ihnen nicht verübeln, oder? Wäre ich König, würde ich auch keine von euch Rotznasen um mich herum haben wollen, die mir ständig sagt, was richtig ist und was falsch. Manche von uns kennen sich ja aus mit moralischer Überlegenheit, nicht wahr, Diabondo?«

»Du kannst mich mal.«

Hengis lachte und schlug ihm auf die Schulter.

Emmeline wandte sich wieder an Carter. »Hengis denkt, er ist älter als wir. Schon erwachsen.«

»Ich denk das nicht nur, Kleine.«

»Er *denkt*«, sagte Hyazinthe, »weil er ein Kaninchen ist,

kann ihm keiner sein wahres Alter ansehen. Deshalb macht er sich älter, als er ist. Dabei ist keiner erwachsen, der ins Fürimmerhaus kommt. Calamina hat das gesagt.«

»Weil Erwachsene keine Erlöser sein können?«, fragte Carter.

»Doch, natürlich.« Ambra ergriff nur dann und wann das Wort. »Aber wenn ein König einen Erwachsenen loswerden will, dichtet er ihm ein Verbrechen an und lässt ihn hinrichten. Wenn du aber fünfzehn bist oder sechzehn, dann schauen die Leute genauer hin.«

»Und das ist der Moment, an dem ein Agent des Fürimmerhauses auftaucht und eine schnelle, saubere Lösung verspricht«, sagte Diabondo. »Garantiertes Verschwinden, vollkommen spurlos.«

»Ein … Agent?«, fragte Carter verwirrt. »Warum nicht einfach ein Meuchelmörder bei Nacht und Nebel?«

»Weil Widersacher die unschöne Angewohnheit haben, gelegentlich aufzuerstehen«, erklärte Hengis. »Dann könnte es sein, dass die Welt ein zweites Mal gerettet werden muss. Oder ein drittes. Deshalb hält man sich gern die Möglichkeit offen, uns zurückzuholen.«

»Ist das denn schon mal passiert?«

Die anderen wechselten vielsagende Blicke.

»Was?«, hakte Carter nach.

»Manchmal verschwinden Erlöser«, sagte Emmeline. »Die Archonten behaupten dann, sie wurden zurückgeschickt.«

»Aber das glaubt ihr nicht?«

»Calamina hat gesagt, sie werden in die Inneren Sphären gebracht«, sagte Ambra. »Was dort mit ihnen geschieht, weiß keiner. Vielleicht werden sie tatsächlich nach Hause gebracht. Vielleicht auch nicht.«

»Die Inneren Sphären sind – «, begann Carter.

»Der Bereich des Hauses, den keiner von uns betreten darf«, unterbrach ihn Hyazinthe. »Erlöser leben in den Äußeren Sphären. So war es schon immer. Hat jedenfalls Calamina gesagt.«

»Und woher hat sie das gewusst?«

»Sie war am längsten von uns hier«, sagte Ambra. »Diese Dinge werden überliefert, von einer Erlösergeneration zur nächsten. So wie wir es jetzt dir erzählen.«

In Carters Kopf schien es nur noch Fragen zu geben. »Wie lange geht das schon so? Ich meine, wie lange existiert das Fürimmerhaus?«

»Für – Immer – Haus«, sagte Emmeline mit traurigem Lächeln.

»Solange es Geschichten gibt«, sagte Hengis. »Über Erlöser und Widersacher. Über Gut und Böse. Über Harmonie und Dissonanz.«

»Und die Welten, in denen all diese Geschichten spielen«, ergänzte Emmeline.

»Ein ganzes Universum der Geschichten«, sagte Hyazinthe.

Eine Weile lang gingen sie schweigend weiter. Die Luft in den Gängen roch nach Staub und altem Mörtel. Carter war schwindelig und ein wenig übel, womöglich eine Reaktion auf all die Dinge, die seinen Verstand schlichtweg überstiegen. Zugleich überkam ihn eine gewisse Resignation. Ein Teil von ihm schien bereits zu akzeptieren, dass die anderen die Wahrheit sagten. Dies war die Wirklichkeit, in der sie lebten und in der – auf Gedeih und Verderb – auch er gestrandet war.

Er fragte sich, ob es nicht ganz natürlich war, dass sie bereitwillig all die Wissenslücken füllten, die sich bei der Ankunft im Haus aufgetan hatten. Vielleicht war es das, was der menschliche Verstand eben tat, wenn man ihm auf einen Schlag alle Erinnerungen raubte: Er setzte alles daran, die Leere so schnell wie möglich aufzufüllen, mit allem, was man ihm anbot. Und sei es noch so unmöglich, undenkbar oder unvernünftig.

Während Carter noch versuchte, das Durcheinander seiner Gedanken zu sortieren, blieben die anderen unvermittelt stehen. Jeder von ihnen schien das Labyrinth hinter den Wänden gut zu kennen – vermutlich hatten sie genug Zeit gehabt, um es zu erkunden –, und so war Carter der Einzige, der sich wunderte, als Diabondo eine schmale Tür öffnete und vorsichtig hinaus in einen der zahllosen unmöblierten Säle des Hauses blickte.

»Sieht gut aus«, sagte er.

»Warum bleiben wir nicht hinter den Wänden?«, fragte Carter.

»Der Gang endet da vorn«, sagte Hengis. »Der Boden ist eingestürzt.«

Carter spähte den Korridor hinunter, sah aber schon nach wenigen Schritten nur dichte Dunkelheit. Emmeline wechselte einen Blick mit Hyazinthe, dann nahm sie Carter bei der Hand und zog ihn mit sich.

»Ich zeig's dir«, sagte sie, während ihr Körper ihnen Licht spendete.

»Dafür ist jetzt keine Zeit«, flüsterte Diabondo scharf.

»Nur eine Minute«, sagte Emmeline.

Sie gingen keine zehn Meter weit, dann endete der Gang an einer scharfen Bruchkante. Wie weit das Loch vor ihnen reichte, ließ sich in Emmelines Geisterlicht nicht erkennen, aber Carter sah deutlich, dass die Wände zu beiden Seiten keinen Schaden genommen hatten. Nur der Boden war fort. Stattdessen gähnte da tiefe Schwärze, aus der ein kalter, muffiger Luftzug heraufwehte und Emmelines weißes Haar zerzauste.

Carter senkte instinktiv die Stimme. »Was ist da unten?«

»Die Keller«, sagte Emmeline leise. »Und die Keller betritt man nicht.«

Ambra war ihnen gefolgt, was er erst bemerkte, als er sie unmittelbar hinter sich hörte. »In den Kellern lebt die Eulenechse.«

Emmeline flüsterte: »Die Eulenechse kennt das Geheimnis.«

Auch Ambra sagte: »Die Eulenechse kennt das Geheimnis.«

Hinter ihnen wiederholten Hyazinthe, Hengis und Diabondo den Satz.

»Du musst es auch sagen«, riet ihm Emmeline.

»Wieso?«

»Man macht das so, wenn man auf einen Zugang zu den Kellern stößt. Es gibt keine Treppen, nur Löcher wie das hier. Einstürze, Durchbrüche, niemals Stufen oder Türen. Und wenn man vor einem Loch steht, dann sagt man – «

»Die Eulenechse kennt das Geheimnis«, flüsterte Carter

und fühlte sich dabei seltsam schwerelos, so als müsste er nur einen Schritt nach vorn machen, um über der Finsternis zu schweben.

»So zollst du ihr Respekt.« Ambra legte ihm ihre Hand auf die Schulter. »Und jetzt komm weg von hier.«

# 9

Schließlich erreichten sie die Allee der Kopflosen Heiligen.

Hohe Statuen standen zu beiden Seiten des
Ganges, der breit genug war für den Durch-
marsch einer Armee. Wie bei so vielen Orten
im Haus gab es auch bei diesem keinen ersicht-
lichen Grund für seine monumentale Größe.
Über allem wölbte sich eine Deckenmalerei,
deren Farben zu einem sumpfigen Braun ver-
blasst waren. Mehr als die Umrisse geflügelter
Gestalten war darauf nicht zu erkennen.

Während die Erlöser in Dreiergruppen verstohlen von einer Statue zur nächsten huschten, betrachtete Ambra die abgeschlagenen
Schädel, die jemand vor langer Zeit zwischen
den steinernen Füßen drapiert hatte. Manche
waren nur noch Haufen geborstener Bruchstücke, aus denen hier und da ein Auge lugte.
Andere, fast unversehrt, blickten einander leblos über den Gang hinweg an. Heilige nannten
die Erlöser sie nur, weil sie im Gegensatz zu
den meisten anderen Statuen im Haus keine
Waffen und Rüstungen trugen, sondern weite Gewänder,
Schriftrollen und Zeremoniestäbe. Selbst kopflos maß jeder
dieser Kolosse an die fünfzehn Meter.

Zweihundert Meter entfernt, am Ende der Allee, befand sich ein schmuckloses Portal: zwei Steinplatten, getrennt durch eine dünne, senkrechte Linie. Die Grenze zwischen den Äußeren und den Inneren Sphären des Hauses.

Ambra bildete den Abschluss der Gruppe. Sie hatte Calamina nur krank gekannt, zumeist ans Bett gefesselt. Ihr Tod hatte sich schon vor Monaten angekündigt. Ambra hatte viel Zeit gehabt, um sich zu wappnen und sich immer wieder zu sagen: *Es muss sein. Es wird so kommen. Und dann liegt es an dir.* Trotzdem drohten Trauer und Wut sie zu ersticken. Um sich abzulenken, erhöhte sie ihre Wachsamkeit, blickte immer wieder über die Schulter, suchte in den Schatten nach Bewegungen und behielt Carter im Auge. Ihr fiel auf, dass auch Hengis ihn verstohlen beobachtete, während Diabondo vorneweg lief und sich einmal mehr zum Anführer aufplusterte.

Eines allerdings musste sie Diabondo lassen: Er hatte die Allee gründlicher ausgekundschaftet als jeder andere von ihnen. Er kannte jeden Spalt in den Sockeln der Statuen, jedes brauchbare Versteck, und er wusste genau, wie lange man von dort aus bis zum Portal brauchte. Meistens fand sie seine Überheblichkeit unerträglich, doch wenn er sich etwas in den Kopf gesetzt hatte, war seine Vorbereitung präzise und verlässlich. Und dann kam Ambra mit ihrem Bauchgefühl und ihren impulsiven Ideen, warf alle Absprachen über den Haufen und trieb ihn in den Wahnsinn. Gemocht zu werden war keine ihrer Prioritäten.

Carter blieb ihr ein Rätsel. In der Kammer hatte er ihr die nötige Zeit verschafft, um Calamina einen würdigen Abschied zu schenken. Sie war sicher, dass er wusste, was sie getan hatte, aber er erwähnte es mit keinem Wort. Calamina hatte Ambra schon vor Monaten das Versprechen abgenommen, es im Ernstfall rasch zu Ende zu bringen. Ambra fühlte sich deshalb nicht schuldig, nur zornig auf die Welt, die sie dazu gezwungen hatte. Ohne Carters Hilfe wäre sie womöglich wortbrüchig geworden, und dafür war sie ihm dankbar. Andererseits konnte sie ihn nicht ansehen, ohne daran erinnert zu werden. In seiner Gegenwart folgte ihnen Calaminas Tod wie ein Gespenst.

Sie waren bis zur Mitte der Allee gekommen – noch ein knappes Dutzend Statuen bis zum anderen Ende –, als sie Gesellschaft bekamen. Verborgen hinter zwei mannshohen Sockeln beobachteten sie, wie links von ihnen, am Beginn der Allee, ein Pulk aus Famuli aufmarschierte. Zweifellos waren sie unterwegs zum Portal.

In ihrer Mitte ging ein Archon.

Zwischen den geballten Kopfhänden und breiten Schultern der Famuli war er kaum zu sehen. Er war kleiner als sie, aber in ein auffälliges Purpurgewand gekleidet, das hier und da zwischen den gerüsteten Dienern hindurchschimmerte. Auf seinem Kopf saß ein breiter Hut mit Schleier, der das Gesicht dahinter nur als geisterhaftes Oval erahnen ließ.

In den Äußeren Sphären war Ambra erst zwei Archonten begegnet, gerüchteweise hatte sie von einem dritten gehört. Ob das alle waren, die sich diesseits des Portals aufhielten, wusste sie nicht. Im Inneren gab es noch mehr von ihnen, obgleich auch das nur auf Hörensagen beruhte.

»Verdammt knapp war das«, flüsterte Hengis. Seine Nase zuckte, als er die Witterung der Famuli aufnahm. »Die sind aufgehalten worden und haben gekämpft, ich kann das riechen. Ansonsten hätten wir sie wahrscheinlich verpasst.«

»Ihr wollt *zusammen* mit dem Archon da durch?«, fragte Carter leise. »Das ist euer großer Plan?«

»Wir wär's, wenn du uns ein paar gute Ratschläge gibst, Neuling?«, entgegnete der Kaninchenmann spöttisch.

Ambra hatte Verständnis für Carters Zweifel. Bislang hatten sie ihn im Dunkeln gelassen über die Einzelheiten des Plans, doch da er nun mal hier war, konnten sie ebenso gut die Karten auf den Tisch legen. Mit einem Blick zurück vergewisserte sie sich, dass der Archon und seine Famuli noch ein gutes Stück entfernt waren, dann flüsterte sie: »Im Fall eines Angriffs wird ein Archon der Äußeren Sphären in die Inneren gesandt, um dem Erbauer Bericht zu erstatten. Nur dann wird das Portal zwischen den Sphären geöffnet.«

»Und es gibt nur das eine?«, fragte Carter stirnrunzelnd.

»Ja«, sagte sie, obwohl sie selbst Mühe hatte, das zu glauben. Falls das Fürimmerhaus tatsächlich unendlich war, dann konnte auch die Grenze, die es durchschnitt, kein Ende nehmen. Dass auf der ganzen Strecke kein weiterer Durchgang existieren sollte, erschien ihr absurd. »Jedenfalls ist es das einzige Tor, das wir kennen«, setzte sie hinzu.

»Was ist mit den Kellern?«

»Niemand geht in die Keller«, sagte Hengis.

»Ja«, sagte Carter ungeduldig, »ich weiß. Die Eulenechse. Aber theoretisch wäre es möglich, durch die Keller von einer Sphäre in die andere zu wechseln?«

»Falls es jemand versucht hat, ist er nicht zurückgekommen, um davon zu erzählen«, sagte Hengis.

»Aber drüben in den Inneren Sphären gibt es einen Weg aus dem Haus?«, fragte Carter.

»Angeblich«, sagte Ambra. »Von der Innersten Kammer aus. Dort lebt der Erbauer.«

Carter hob eine Augenbraue. »Angeblich?«

Sie nickte. »Deshalb sind wir unterwegs dorthin.«

Eine Statue weiter versteckte sich Diabondo mit Emmeline und Hyazinthe. Mit einem heftigen Wink bedeutete er Ambra und den anderen, endlich still zu sein.

Die Famuli waren jetzt fast auf ihrer Höhe. Ambra, Hengis und Carter pressten sich hinter dem Sockel enger aneinander. Der Kaninchenmann packte sein abgeknicktes Ohr und zog es vor sein Gesicht, damit es nicht hinter der Kante hervorlugte. Verzweiflung machte sich in Ambra breit. Einem einzelnen Archon durch das geöffnete Portal zu folgen hätte mit etwas Glück gelingen können. Mit einem ganzen Trupp bewaffneter Famuli hatten sie nicht gerechnet.

Noch konnten sie die Flucht abblasen, einfach hier stehen bleiben und warten, bis sich das Portal hinter dem Archon geschlossen hatte. Doch da schaute Ambra zu Diabondo hinüber und las die Entschlossenheit in seiner Miene. Er hoffte wohl, schnell genug an den Famuli vorbeizukommen, um ihnen jenseits des Portals zu entkommen. Und er *war* schnell, fast so schnell wie Hengis.

Anders sah die Sache für Ambra und die anderen aus: Waren die Famuli erst einmal alarmiert, würden sie dem Rest von ihnen den Weg verstellen. Ob Diabondo das in

Kauf nahm? Gerade bedeutete er Emmeline und Hyazinthe, nah bei ihm zu bleiben, sobald er losrannte.

»Er macht einen Fehler«, flüsterte Carter. »So kann das nicht klappen.«

Niemand lief schneller als Hengis, und selbst er hatte Zweifel. Zwar zog er es vor, zu schweigen, doch Ambra kannte ihn gut und las seine Miene wie ein Buch.

Die Stiefelschritte der Famuli wurden lauter. Hastig sah Ambra zu Diabondo, aber er wich ihrem Blick aus, spähte am Sockel vorbei zu den Famuli und wartete auf den richtigen Augenblick, um ihnen zum Portal zu folgen. Sie kreuzte den Blick des Geistermädchens und sah die Angst in Emmelines Augen. Hyazinthe und sie hielten sich bei den Händen.

Ambra schüttelte stumm den Kopf. *Nicht,* formte sie lautlos mit den Lippen.

Im selben Moment brach das Chaos über die Allee herein.

Ambra brauchte zwei, drei Atemzüge, ehe sie vollends begriff, was auf der anderen Seite der Statuen geschah. Aus dem geordneten Marsch der Famuli wurde wüstes Getrampel, als sie ihre Formation um den Archon zusammenzogen. Von hinten erklangen schnelle Schritte, das Knirschen hölzerner Glieder und ein Rascheln wie von Zweigen im Sturmwind.

Treibholzmenschen stürmten die Allee der Kopflosen Heiligen, und im nächsten Moment trafen sie auf die Famuli. Ambra hielt Carter am Arm fest, damit der nicht blindlings loslief, doch sie bemerkte, dass ihre Sorge unbegründet war. Er war genauso überrascht wie sie, aber keineswegs in Panik.

Ambra schob sich an ihm und Hengis vorbei und blickte

um den Sockel. Der Archon hatte den Schutzring seiner Garde verlassen und eilte mit zwei Famuli die Allee hinunter. Hinter ihm stellten sich die übrigen Gerüsteten der heranflutenden Masse der Treibholzmenschen entgegen, und schon entbrannte ein brutales Hauen und Schlagen und Reißen. Kopfhände schleuderten Treibholzmänner zurück in die eigenen Reihen, andere packten sie zu zweit und zerfetzten sie in der Luft. Zugleich drohten die Angreifer die Famuli durch ihre schiere Masse zu überrennen.

»Kennen die den Weg in die Inneren Sphären?«, fragte Carter verwundert. »Ich meine, ist das ihr Ziel?«

Ambra wusste keine Antwort darauf. Gleichzeitig sah sie aus dem Augenwinkel Diabondo gestikulieren, und was sie eben noch für eine Torheit gehalten hatte, erschien mit einem Mal plausibel. Solange die Famuli abgelenkt waren, hatten sie vielleicht eine Chance.

Der Kampflärm wurde ohrenbetäubend, als immer mehr Treibholzleute über die Famuli herfielen. Ihr Ansturm ähnelte einer Sturzflut aus Ästen und Zweigen, verwoben zu einer einzigen Woge, die über die Garde des Archon hinwegspülte. Doch auch die Famuli wüteten fürchterlich. Selbst wenn sie unter ihren Gegnern begraben wurden, packten sie sie von unten, zerrissen und zerbrachen sie, wühlten sich durch die splitternde Masse, schwangen einzelne Feinde wie Waffen und zerschlugen damit weitere. Bruchstücke krachten an die Wand hinter den Statuen, und es konnte nur noch Augenblicke dauern, ehe sich die Kämpfe auch hierher verlagerten.

»Lauft!«, rief Diabondo, stieß die beiden Mädchen vorwärts und winkte Ambra und den anderen zu. Sie und Hengis wechselten einen Blick, sahen auch Carter nicken und setzten sich hastig in Bewegung.

Ihr Weg zum Portal wurde zu einem Wettlauf gegen die Naturgewalt der Schlacht. Sie blieben hinter den Statuen, rannten parallel zum rasenden Strom aus Treibholzmenschen und Famuli. Die Garde des Archon wurde von den Angreifern mitgerissen, bis beide Seiten zu einem Gemenge aus Leibern verschmolzen, das neben den sechs Erlösern durch die Allee floss, hinter dem fliehenden Archon her.

Auf dem letzten Stück konnte Ambra das Portal wieder sehen, und der Anblick versetzte ihrer Hoffnung einen gehörigen Dämpfer. Die beiden mächtigen Steinplatten waren nur einen Spaltbreit geöffnet worden. Der Archon musste bereits hindurchgelaufen sein, er war nirgends zu sehen; auch seine beiden Leibwachen waren fort. Und schon rumpelten die Steinplatten wieder aufeinander zu, langsam und unter mahlendem Getöse, um die Inneren Sphären vor dem heranbrausenden Tumult zu bewahren.

Die knirschende Masse der Kämpfenden schob sich wie ein Gletscher aus Totholz und wirbelnden Gliedern auf das Portal zu. Ambra und den anderen blieben nur Sekunden, um den schmaler werdenden Spalt zu erreichen und hindurchzuschlüpfen, ohne von den Gewalten des Tors zermalmt zu werden.

»Schneller!«, schrie Hengis, der sich an die Spitze gesetzt hatte.

Emmeline und Hyazinthe rannten um ihr Leben. Carter packte die beiden an den Armen und zog sie mit sich, obwohl er dadurch langsamer wurde. Ambra griff nach Hyazinthe und zerrte sie in den metertiefen Steinspalt.

Emmeline stolperte.

Carter half ihr auf die Füße, während sich hinter den beiden die Flut der kämpfenden Treibholzmenschen und Famuli auftürmte, ein haushohes Dickicht aus Getümmel und Zerstörung, das zu einer einzigen Kreatur verflochten schien, die sich um jeden Preis durch das Portal zwängen wollte.

Der Spalt wurde schmaler, die Innenseiten schoben sich aufeinander zu, während von irgendwoher der Lärm monströser Zahnräder erklang. Zugleich brandete die Woge der Treibholzmenschen von außen gegen das Tor und quoll hinter Carter und Emmeline in den Einschnitt.

Ambra gab Hyazinthe einen Stoß, während die verzweifelt den Namen ihrer Freundin schrie, und sprang dann selbst aus dem Weg, damit Carter und das Geistermädchen ihnen auf die andere Seite folgen konnten. Ohrenbetäubendes Knirschen und Bersten ertönte aus dem Spalt, ein paar Treibholzmenschen schafften es fast hindurch, verhakten sich ineinander und wurden im nächsten Augenblick von den Torhälften zusammengedrückt und zu etwas zermahlen, das wie Sägemehl durch das Portal in die Inneren Sphären stob.

# 10

»Die Wunde«, sagte Ambra. »So nennen sie diesen Ort.«

Zu Carters Erstaunen hatte das Portal sie nicht in einen weiteren Saal des Hauses gespien, sondern auf eine wuchtige Steinbrücke unter freiem Himmel. Grauem, bedecktem, vernebeltem Himmel. Die Brücke war so breit wie die Allee der Kopflosen Heiligen, doch nur halb so lang. Zu beiden Seiten gab es eine gemauerte Brüstung, gerade mal hüfthoch.

Vom Archon und seinen beiden Famuligardisten war nichts zu sehen, weder hier noch am anderen Ende der Brücke, wo sich hinter Dunstschwaden das schwarze Halbrund eines offenen Tors erahnen ließ.

»Alles in Ordnung?«, erkundigte sich Carter bei Emmeline, die benommen nickte, als hätte sie noch nicht ganz verarbeitet, wie knapp sie beide dem Tod entronnen waren. Hyazinthe nahm sie in die Arme, hielt sie ganz fest und gab ihr einen langen Kuss auf die Stirn.

Carter folgte Ambra zur Brüstung, wo Hengis und Diabondo bereits Seite an Seite standen und wortlos über den Abgrund blickten. Carter war nicht sicher, ob das Zittern der weißen Kaninchenohren wirklich nur vom scharfen Wind rührte, der über die Brücke strich und die zerstäubten Überreste der Treibholzmenschen in Windhosen über das Pflaster jagte.

»*Die Wunde* trifft es ganz gut«, sagte Hengis. »Als hätte jemand mit einer riesigen Axt einen Spalt ins Haus geschlagen.«

Carters Stimme klang belegt. »Für mich sieht das eher aus, als wäre das Haus entzweigerissen worden und die Ränder erst nach und nach wieder verschorft.«

Die Brücke führte über eine nebelige Tiefe, die wie ein schnurgerader Kanal in beide Richtungen von ihr wegführte. Beidseits des grauen Dunststroms erhoben sich die fensterlosen Mauern des Fürimmerhauses, an manchen Stellen höher als an anderen, aber nirgends niedriger als fünfzig Meter. Sie verloren sich in der Ferne in grauen Schwaden. Was Carter verwunderte, war, dass diese Uferwände keine glatte Fassade bildeten, sondern mal mehr, mal weniger weit hinaus in den Spalt gewuchert waren. Hier und da waren Teile der Wände eingestürzt und bildeten steile Rampen aus Schutt. Doch selbst an diesen Stellen war kein Blick ins Innere des Hauses möglich, so als wären alle Löcher und Öffnungen wieder zugewachsen, mit Krusten aus Mörtel und Ziegelsteinen.

»Was ist da unten?« Carter deutete hinab in den Nebel, eine Decke aus wirbelnden Dunstwogen, nur wenige Meter unterhalb der Brücke.

»Von uns war noch keiner hier«, sagte Hengis. »Aber wenn du mich fragst, gehen die Keller da unten einfach weiter.«

Ambra und Diabondo nickten gedankenverloren. Niemand sagte »Die Eulenechse kennt das Geheimnis«, weil der Anblick ihnen allen den Atem verschlug.

Schleifende Laute drangen aus den Schwaden herauf, nicht allzu weit entfernt. Als zöge unter der Nebeldecke etwas Gewaltiges seinen Leib von einer Seite des Nebelstroms zur anderen.

Sie folgt uns, dachte Carter benommen, und als er in die Gesichter der anderen blickte, waren sie kreideweiß geworden. Keiner sagte ein Wort, doch sie alle wichen zwei Schritte von der Brüstung zurück.

Erst nach einer Weile brach Ambra das Schweigen. »Wir sind hier draußen völlig ungeschützt. Von den Dächern aus kann uns jeder sehen.«

»Glaubt ihr, die Treibholzleute werden wieder vertrieben?«, fragte Hyazinthe, die mit Emmeline herangekommen war. »Oder werden die Äußeren Sphären jetzt von ihnen überrannt?«

»Wir werden's nicht erfahren, weil wir nicht dorthin zurückgehen«, erwiderte Diabondo, ohne den Blick vom Nebelfluss zu nehmen.

»Vorausgesetzt, sie fangen uns nicht ein und bringen uns mit Gewalt zurück«, sagte Hengis.

»Meint ausgerechnet der mächtigste aller Kämpfer?«, spottete Diabondo.

»Ich kann dir mächtig eins auf die Nase geben, vielleicht ist dir das Kampf genug.«

Diabondo grinste, und Hengis begann leise zu lachen. Auch Ambra ließ sich davon anstecken, und selbst Emmeline lächelte breit.

»Gehen wir weiter«, sagte Diabondo schließlich, »bevor sie das Portal doch noch aufbekommen.«

»Keine Chance«, widersprach Hengis. »Wer auch immer es geöffnet hat, muss das von dieser Seite aus gemacht haben. Soweit ich weiß, war da kein Mechanismus, kein Schloss, überhaupt nichts in der Art.«

»Vielleicht können die Archonten in Gedanken miteinander sprechen«, sagte Hyazinthe. »So wie der Kammerherr, der Haushofmeister und die Köchin. Irgendwer auf dieser Seite des Tors könnte seinen Ruf gehört haben.«

»Vielleicht hat er den Erbauer selbst gebeten, ihm das Tor zu öffnen«, schlug Emmeline vor.

Diabondo schüttelte den Kopf. »Wenn der Erbauer die Gedanken des Archon hören könnte, müsste der nicht persönlich zu ihm gehen, um Bericht zu erstatten. Dann wüsste der Erbauer längst, was in den Äußeren Sphären vor sich geht.«

»Und wer den Treibholzmenschen die Tür zum Haus geöffnet hat«, sagte Hengis.

Ambra zuckte die Achseln. »Als ob das noch was ändert.«

Carter sah zum Himmel und erinnerte sich an die Uhr in der Kammer. »Müsste es nicht längst dunkel sein?«

»Oh«, sagte Emmeline, »das weißt du noch gar nicht.«

»Hier wird es niemals dunkel«, sagte Hyazinthe. »Es ist immer Tag.«

Ambra rümpfte die Nasenflügel. »Wenn man diese trübe Suppe *Tag* nennen will. Aber man gewöhnt sich dran. Und viele Räume im Inneren haben ohnehin keine Fenster, da macht es keinen Unterschied.«

108

Carter musste das so hinnehmen. Doch dann folgte sein Blick der Brücke, und er bemerkte dort, wo sie an die Fassade der Inneren Sphären stieß, eine auffällige Helligkeit am Himmel. Kein einzelner Punkt – gewiss nicht Sonne oder Mond –, sondern eine senkrechte Linie, die über den Dächern begann und sich in großer Höhe verlor. Als wäre da ein glühender Spalt hinter den Wolken, durch den weißes Licht fiel.

»Was ist das?«, fragte er.

»Die Lichtsäule über der Innersten Kammer«, sagte Hengis mit bebenden Schnurrhaaren. »Das ist die Richtung, in die wir gehen müssen.«

»Sie ist immer da«, erklärte Emmeline. »Egal, wann man auch hinsieht. Möglich, dass hier alle Helligkeit von ihr ausgeht. Ohne sie wäre vielleicht immer nur Nacht.«

»Wir müssen weiter«, sagte Diabondo ungeduldig.

Ein letztes Mal blickten sie alle an dem steinernen Tor hinauf. Zerquetschte Treibholzglieder ragten mehrere Meter hoch aus dem Spalt wie Äste einer verkrüppelten Pflanze. Dann brachen sie auf, wanderten über die gepflasterte Brücke und sprachen kein Wort, bis sie die andere Seite erreichten. Carter horchte auf weitere Laute aus der Tiefe, doch jetzt herrschte Stille. Kein Titan mehr, der im Verborgenen von einer Seite des Hauses zur anderen zog.

Im Näherkommen lichtete sich der Dunst am Ende der Brücke. Die große schwarze Öffnung entpuppte sich als Triumphbogen, der in die Fassade eingelassen war, bedeckt von zahllosen Figuren mit Schwertern und Schilden, Rössern und Streitwagen. In den Vertiefungen hatte sich Moos

109

festgesetzt und betonte die Konturen des Schlachtenge-
tümmels.

»Wovon wird da erzählt?«, fragte er. »Hat das Haus eine
eigene Geschichte? Hat es Kriege zwischen den Sphären gegeben, so wie anderswo zwischen Ländern und Königrei-
chen? Oder sind das einfach nur Verzierungen, die nichts
zu bedeuten haben?«

Ambra, die neben ihm ging, sah ebenfalls an dem turm-
hohen Steinbogen hinauf. »Vielleicht sind das die Kriege,
die uns hergebracht haben. Die Kriege, die wir – oder die
Erlöser, die vor uns hier waren – beendet haben.«

»Die Heere von Harmonie und Dissonanz«, sagte Hengis
ehrfurchtsvoll. »Am Ende ist das die Schlacht, die in jeder
Welt geschlagen wird. Die eine, auf die es ankommt.«

»Sind die verschwundenen Erlöser auch auf diesem Weg
fortgebracht worden?«, fragte Carter.

»Das weiß keiner«, sagte Ambra. »Der Kammerherr und
der Haushofmeister haben behauptet, sie wären den Archonten in die Inneren Sphären gefolgt. Gesehen hat das
niemand.«

»Aber wenn das Haus so groß ist wie eine ganze Welt,
wieso ist dann immer nur eine Handvoll Erlöser gleichzeitig
hier? Es gibt doch unendlich viel Platz.«

»Weil zu viele von uns vielleicht auch *diese* Welt erlösen
würden«, sagte Diabondo. »Wir haben es einmal geschafft,
warum dann nicht ein zweites Mal, erst recht wenn ein paar
von uns sich zusammentun?«

»So wie jetzt gerade«, sagte Emmeline mit fahlem Lächeln.

Hengis schüttelte den Kopf. »Wir sind hier, um zu entkommen. Nicht um irgendwen zu erlösen.«

»Wart's ab«, sagte Ambra.

»Du kannst dich nicht an dem verdammten Haus rächen«, sagte Diabondo scharf. »Du hast es doch gerade selbst gesehen: Jemand hat ihm eine Wunde zugefügt, die so groß ist wie ein Fluss, und was ist passiert? Die Ränder haben sich selbst geheilt, und irgendwer hat eine Brücke gebaut. Am Ende hat es überhaupt nichts bewirkt.«

Auch Carters Überlegungen endeten immer wieder in Sackgassen. Offenbar gab es einen gottgleichen Erbauer, der dies alles erschaffen hatte. Dann das Haus selbst, das sich heilen, aber nicht vollständig wiederherstellen konnte. Endlose Hallen und Gänge für gerade mal ein halbes Dutzend Gefangene. Und nun noch die Tatsache, dass es ihnen gelungen war, in die Inneren Sphären vorzustoßen. Warum hatte der Erbauer nicht die Brücke einstürzen lassen, wenn er doch allmächtig war? Weshalb ließ er hier und jetzt keine Mauer vor ihnen emporwachsen, die ihnen den Weg abschnitt?

Ungehindert ließen sie den Triumphbogen hinter sich und wanderten in eine langgestreckte Halle, die fast wie ein Spiegelbild der Allee der Kopflosen Heiligen erschien. Hier hatten die riesigen Statuen Häupter, aber keine Gesichter. Wo ihre Züge hätten sein sollen, waren nur glatte, leere Ovale. Emmelines Geisterlicht wanderte von Statue zu Statue, dazwischen nistete Finsternis.

Hengis' Hand lag auf dem Degen an seinem Gürtel. »Und wenn es eine Falle ist?«

»Dann hätten sie uns schon auf der Brücke stellen können«, sagte Diabondo.

Hyazinthe blieb nah bei Emmeline. »Alles hier wirkt so
tot. Nicht einfach unbewohnt wie in den Äußeren Sphären, sondern vollkommen leblos. Ich spüre einfach … gar
nichts.«

Emmeline sah Carter an. »Vielleicht hattest du doch
recht.«

»Womit?«

Ihr kindliches Gesicht wirkte älter und ernster als sonst.
»Vielleicht sind wir wirklich alle tot. Und das Fürimmerhaus ist unsere Gruft.«

# 11

Später, als sie in einer Seitenkammer rasteten, schlief Carter ein und hatte einen Traum. Er wusste nicht, dass es ein Traum war.

Er und die anderen wanderten durch die Düsternis der grottengleichen Räume des Hauses, aber er war nicht sicher, ob noch alle dabei waren. Mal glaubte er, mehr als fünf erschöpfte Gestalten um sich herum zu erkennen, dann wieder weniger. Er versuchte festzustellen, wer fehlte, doch die Gesichter verschwammen und wechselten von einem Körper zum anderen wie Masken, die sie sich reihum überzogen, immer dann, wenn er gerade nicht hinsah. Manchmal lachten sie dabei, und er glaubte, dass sie sich über ihn lustig machten, über seine Unwissenheit, sein Anderssein.

Das Lachen erstarb, als ein gellender Schrei erklang. Eines der Mädchen ging zu Boden: Hyazinthe, deren Fäden aus unerfindlichen Gründen nachgewachsen waren wie gewöhnlichen Menschen das Haar. Doch nun hatte etwas sie durchtrennt, eine Klinge wie ein Zweihänder, blitzend im Geisterlicht der aufheulenden Emmeline, und während die Reste der Fäden in sich zusammenfielen, fiel auch Hyazinthe und lag mit verdrehten

Marionettengliedern am Boden, kein lebendiges Mädchen
mehr, nur noch eine weggeworfene Puppe.

Etwas kam aus den Schatten, trat als Silhouette vor die
weiße Helligkeit am Ende des Gangs, eine strahlende Glut,
die Carter bekannt vorkam, ohne dass er hätte sagen können, wo er sie erst kürzlich gesehen hatte. Als die Kreatur
ihnen den Weg vertrat, erkannte er, dass es sich weder um
einen Famulus noch um einen Archon handelte. Das Ding
hatte keine Beine, nur einen kräftigen, kompakten Oberkörper, und es bewegte sich auf seinen Armen wie auf Stelzen. Beide Gliedmaßen besaßen keine Ellenbogen, waren
schnurgerade. Der eine Arm war länger, darum stand die
Gestalt schief, eine Schulter höher als die andere. Das Gesicht lag im Schatten, und vielleicht war das besser so, denn
allein der Umriss flößte Carter ein tiefes Grauen ein.

Mit seltsam klirrenden, metallisch klingenden Schritten
stakste die Kreatur auf ihren Armen näher heran, und nun
begriff Carter, dass es sich dabei um die überdimensionalen
Zeiger einer Uhr handelte, den großen und den kleinen, und
dass beide in blattförmigen Spitzen statt Händen ausliefen.
Diese Zeiger mussten scharf geschliffen sein wie Schwerter,
denn Hyazinthes Fäden waren von einem der beiden durch-
schnitten worden.

»Der Zeigermann«, flüsterte jemand. Vielleicht Ambra,
die ausgesprochen hübsch aussah mit ihrem flammend roten Haar und all der wilden Wut im Blick, oder auch die
schreckensstarre Emmeline, oder gar Hengis, das kühne Kaninchen, das gerade seinen Degen zog und damit als Erstes
auf den Gegner zulief. Der Zeigermann balancierte tänze-

risch auf seinem kurzen Arm, während er mit dem langen einen Stich abwehrte, und als Hengis erneut angriff, duckte sich das Wesen kurzerhand unter dem Hieb hindurch und ging zum Angriff über. Die Zeigerspitze durchbohrte Kleidung und Fell und spießte das Kaninchen auf, als sollte es über einem Feuer gebraten werden.

Als Nächster fiel Diabondo, der aussah, als fühlte er sich vor allem in seiner Ehre gekränkt, und dann schlug der Zeigermann Ambra den Kopf ab, mit so scharfer Klinge, dass die roten Enden ihres Haars in alle Richtungen flogen.

Als der Zeiger Emmeline traf, erlosch ihr Licht, und Carter fand sich mit seinem Feind in undurchdringlicher Schwärze wieder. Weil es ein Traum war, konnte er sich nicht von der Stelle bewegen, doch er hörte, wie der Unhold auf seinen Zeigerspitzen näher kam und das scharfe Metall über den Steinboden kratzte, und er sah, wie es weiße Funken schlug, sprühende Glutfontänen in der Finsternis.

Und dann sprach der Zeigermann zu ihm, mit einer Stimme, die mechanisch und unmenschlich klang, und darunter lag ein leises Ticken wie das eines Uhrwerks. Carter hörte nicht auf die Worte, nur auf das Ticken, das rasch immer lauter wurde und bald ganz nah an seinem Ohr war. Da roch er Schmieröl und Eisen, und er wusste, jeden Augenblick würden die Zeiger auch ihn durchbohren, und der beinlose Torso würde über ihm stehen und lachend in seinen Überresten stochern wie der Schnabel eines Aasvogels.

Ein Kuckuck schrie. Erst in seinem Traum, dann in der Wirklichkeit.

Carter fuhr auf, öffnete die Augen und sah Hyazinthe und Emmeline neben sich. Beide schraken zurück, als sein Oberkörper sich so ruckartig aufrichtete, dass er sich selbst wie ein Automat fühlte, und es dauerte einen Moment, ehe er wieder unterscheiden konnte zwischen dem Zeigermann und sich selbst.

»Ein Kuckuck …«, brachte er atemlos hervor, aber seine Stimme war so leise, dass nur die Mädchen ihn hörten, denn die drei anderen saßen ein gutes Stück entfernt und flüsterten miteinander, bis Diabondo herübersah und Hengis und Ambra mit einer Handbewegung zum Schweigen brachte.

Hyazinthe hob einen hölzernen Finger an die Lippen. »Pst.«

Er dachte erst, sie meinte die anderen, aber sie sah dabei ihn an.

»Da war ein – «, begann er, doch Emmeline unterbrach ihn mit einem Kopfschütteln.

»Pst«, zischte das Marionettenmädchen noch einmal, und weil ihm jetzt schlagartig bewusst wurde, dass sein Traum vorüber war, verstummte er und versuchte, die Echos der Bilder abzustreifen wie Spinnweben, die seine Sinne verklebten. Hatte er tatsächlich den Ruf eines Kuckucks gehört? Wohl kaum. Hatten Ambra, Hengis und Diabondo über ihn getuschelt? Sehr wahrscheinlich, denn obwohl sie ihn duldeten, war er für sie doch ein Unbekannter – und genau genommen war er das sogar für sich selbst.

»Du hast lange geschlafen«, sagte Emmeline. »Länger als alle anderen.«

»Das … tut mir leid.«

Ambra kam herüber, während Hengis und Diabondo wieder miteinander flüsterten. »Du bist gerade erst angekommen«, sagte sie, »und hattest noch keine Zeit, dich auszuruhen. Die Ankunft allein haut einen um, aber du musstest gleich um dein Leben laufen. Schlafen ist also völlig in Ordnung.«

»Wie lange hab ich denn geschlafen?«

»Vier Stunden.« Hyazinthe klopfte auf eine Taschenuhr, deren Goldkette in ihrem schwarzen Spitzenkleid verschwand.

Er rieb sich durchs Gesicht. »Ich wollte euch nicht aufhalten.«

»Hast du nicht«, sagte Ambra. »Wir mussten uns auch ausruhen.«

Hengis trat neben sie und hielt Carter ein faustgroßes Stück Brot hin. »Iss das. Du hast bestimmt Hunger.«

Carter schüttelte den Kopf. »Vor allem hab ich Fragen.«

Der Kaninchenmann fuchtelte mit dem Brot vor seinem Gesicht herum. »Essen! Jetzt! Geschwächt nützt du uns nichts.«

»Und dass du dich nicht täuschst«, sagte Diabondo, »wir haben dich nicht aus Mitleid mitgenommen, sondern *weil* du nützlich sein könntest. Also enttäusch uns nicht.«

Ambra warf Diabondo einen vorwurfsvollen Blick zu. »Lass ihn. Es ist schwer genug für ihn, auch ohne dass du ständig auf ihm rumhackst. Kannst du dich noch an deine ersten Tage hier im Haus erinnern?«

Emmeline hob erstaunt eine weiße Augenbraue. Offenbar war es nicht üblich, dass Ambra jemanden in Schutz nahm.

Auch Carter hatte sie bislang anders eingeschätzt: als jemanden, der sich vor allem um sich selbst kümmerte.

»Es geht schon«, sagte er. »Wirklich. Mir geht's genauso gut wie euch.«

»Aber *mir* geht's nicht gut«, sagte Hengis verdrossen. »In den verdammten Stiefeln tun meine Füße weh, und irgendwas zwickt mich im Schritt.«

Ambra verzog den Mund. »Ich wusste nicht mal, dass Kaninchen einen Schritt *haben*.«

»Wenn du ihn mal inspizieren möchtest – «

»Auf keinen Fall!«

»Da zwickt's wirklich sehr.«

Hyazinthe beugte sich zu Emmeline. »Was ist das, ein Schritt? Hab ich das auch?«

»Du nicht«, flüsterte Emmeline zurück.

»Sei froh«, sagte Hengis und kratzte sich ausgiebig, während alle ihn anstarrten.

Carter wollte aufstehen, doch da kehrten die Eindrücke seines Traums zurück, loderten empor wie Feuer. Was genau stimmte nicht mit ihm?

»Alles in Ordnung?«, fragte Hengis.

»Ja … Ich … Mir ist nur schwindelig. Vom Schlafen.« Er stemmte sich hoch und gab sein Bestes, damit keiner bemerkte, wie viel Kraft ihn das kostete. Erst als er auf beiden Beinen stand, legte sich die Benommenheit, und auch die Traumbilder verblassten.

Ambra hatte sich abgewandt und ging zurück zu der Stelle, an der sie vorhin mit den beiden anderen gesessen hatte. Dort lagen auch die Rucksäcke, und Carter fragte sich, für wie viele Tage sie wohl Verpflegung eingepackt hatten. Er bezweifelte, dass sie eine konkrete Vorstellung davon hatten, wie lange der Marsch zur Innersten Kammer dauern würde. Sie hatten es einen Plan genannt, aber in Anbetracht der Tatsache, dass sie es nur mit großem Glück durch das Portal geschafft hatten, stand wohl auch der Rest ihres Vorhabens auf wackeligen Füßen.

Schließlich brachen sie auf und zogen einmal mehr durch eine Reihe stiller Hallen mit ausgeblichenen Deckengemälden und wundersamen Fresken. Die Motive schienen sich zu verändern, sobald man für einen Augenblick wegsah. Vielleicht nur eine Illusion, dachte Carter, weil er all die Figuren und Szenen längst nicht mehr auseinanderhalten konnte.

»Wir müssen aufpassen«, sagte Diabondo nach einer Weile. »Irgendwann werden wir wieder auf Famuli stoßen. Und auf Archonten.«

»Woher wisst ihr, in welche Richtung wir gehen müssen?«, fragte Carter. »Ohne die Lichtsäule zu sehen, meine ich.«

»Guter Orientierungssinn«, sagte Diabondo.

»Das heißt, du *glaubst* nur, dass wir in die richtige Richtung gehen?«

»Du kannst gern in eine andere gehen, wenn dir das lieber ist.«

Hengis drängte sich von hinten zwischen die beiden. »Hey, Carter, du hast gesagt, du hast Fragen. Das hier wäre der Moment, sie zu stellen.«

Das kam überraschend, aber Carter ergriff seine Chance. »Wenn wir aus unterschiedlichen Welten kommen, warum sprechen wir dann alle dieselbe Sprache?«

»Hah!«, rief Hengis. »Das will jeder wissen.«

»Das geschieht bei der Ankunft«, sagte Emmeline. »Der Übergang macht was mit unseren Köpfen. Wir vergessen unsere alten Sprachen und lernen eine neue.«

Er hatte nicht das Gefühl, dass er eine Sprache benutzte, die er erst seit wenigen Stunden beherrschte. »Fällt schwer, das zu glauben.«

Emmeline nickte. »Rausgefunden haben wir's, weil doch immer mal Dinge aus anderen Welten im Haus auftauchen. Auch Bücher. In den Äußeren Sphären gibt es einen ganzen Raum voll davon. Die Famuli bringen sie dorthin, wenn sie irgendwo welche finden.«

»Und diese Bücher«, sagte Hyazinthe, »sind alle in Sprachen geschrieben, die wir nicht verstehen. In ganz unterschiedlichen, aber keine ist wie die, die wir hier im Haus sprechen. Wahrscheinlich, weil sie *nur* im Haus gesprochen wird.«

»Und das ist noch lange nicht das Seltsamste«, sagte Emmeline.

»Was dann?«

Sie sah verstohlen zu den anderen, als rechnete sie mit Einspruch. Dann aber sagte sie: »Wir glauben, dass man hier im Haus nicht älter wird.«

Er schaute zu Ambra, in der Hoffnung, ihren Blick zu kreuzen. Aber sie hatte sich zurückfallen lassen und sah aus, als wäre sie tief in Gedanken versunken.

»Wir sind nicht ganz sicher«, sagte Hengis.

»Obwohl Calamina so krank war, war sie von uns allen am längsten hier«, sagte Emmeline. »Sie hat vor uns schon andere Erlöser kommen und gehen gesehen, und sie hat geschworen, dass keiner jemals auch nur einen Tag älter geworden ist.«

»Wie lange war sie hier?«

»Zwölf Jahre«, antwortete Hyazinthe. »Und sie sah immer noch aus wie siebzehn.«

Beinahe hätte Carter widersprochen. Die Calamina, der er begegnet war, hatte um einiges älter ausgesehen als siebzehn. Doch das mochte eine Folge ihrer Krankheit gewesen sein.

»Wir wissen es nicht mit letzter Sicherheit«, sagte Hengis, »weil keiner von uns lange genug im Haus ist, um sich äußerlich zu verändern. Aber Calamina war überzeugt davon.«

»Gilt das auch für die Archonten, den Kammerherrn und die anderen?«, fragte Carter.

»Können wir nur vermuten«, erwiderte Hengis. »Dann müssten sie schon so ausgesehen haben, als das alles hier entstanden ist.«

»Wie genau *ist* das Haus entstanden? Ich weiß schon, der Erbauer und so weiter. Aber ist es tatsächlich Stein für Stein gemauert worden, oder ist das alles durch dieselbe Magie entstanden, die uns hergebracht hat und uns Sprachen beibringt, ohne dass wir es merken?«

»Magie«, sagte Hyazinthe überzeugt.

»Blödsinn«, widersprach Hengis.

»Seh ich auch so«, pflichtete Diabondo ihm bei.

Emmeline warf dem Kaninchen einen wütenden Blick zu. »Wie kann das Haus durch etwas anderes als Magie entstanden sein? Es ist unendlich groß!«

»Weil es Mauern hat«, sagte Hengis. »Die zaubert man nicht herbei. Die mauert man.«

Hyazinthe trat vor und presste ihm den Zeigefinger auf die Brust. »Niemand mauert so viele Mauern!«

»Doch«, sagte Hengis, »viele Maurer.«

Augenscheinlich war dies eine Diskussion, die sie schon oft geführt hatten. Hilflos sah Carter wieder zu Ambra, die diesmal ein Kopfschütteln andeutete. *Lass sie reden*, schien sie ihm sagen zu wollen, *so geht das ständig.*

Diabondo kam Hengis zu Hilfe, und bald stritten die beiden heftig mit Emmeline und Hyazinthe, die leidenschaftlich die Theorie vertraten, dass dies alles *natürlich* nur durch Zauberei entstanden sein könnte.

Carter blieb zurück, bis er auf einer Höhe mit Ambra war. »Wie oft machen die das?«

»Hier gibt's nicht viel Besseres zu tun.«

»Schlau ist das nicht. Nicht an einem Ort, an dem wir eigentlich gar nicht sein dürften. Sie sind zu laut.«

Ambra strich sich das wilde Haar aus dem Gesicht, und er dachte, dass sie wirklich so hübsch war wie in seinem Traum. »Du kannst gern versuchen, ihnen das klarzumachen. Diabondo wird dich anbrüllen, Hengis wird dich ignorieren, Hyazinthe gibt eh niemals nach, und Emmeline wird schmollen wie ein Kind, weil sich die Welt gegen sie verschworen hat.«

Carter musste lächeln. »Du kennst sie ziemlich gut.«

»Zu gut, ehrlich gesagt.«

»Wie meinst du das?«

»Wer weiß, wie das alles hier ausgeht. Vielleicht schaffen

es nicht alle von uns, vielleicht gar keiner. Jemanden zu mögen wird am Ende nur weh tun.«

»Darf ich dich was fragen?«

Sie nickte.

»Fühlst du dich wie eine Erlöserin?«

Sie lächelte. »Ich weiß nicht mal, wie sich das anfühlen müsste.«

Carter suchte nach den richtigen Worten, dann fiel sein Blick wieder auf die anderen. »So wie Diabondo. Allen überlegen. Jemand, der völlig überzeugt ist von sich und dem, was er getan hat. Egal, ob er sich daran erinnern kann oder nicht.«

Ihre braunen Augen blitzten amüsiert. »Du hast ihn ja ziemlich genau beobachtet in der kurzen Zeit.«

»Schien mir das Richtige zu sein. Er kann mich nicht ausstehen, und ich finde ihn … schwierig.«

»Hast du uns andere auch so unter die Lupe genommen?«

»Ein bisschen.«

Sie musterte ihn im Gehen. »Du bist seltsam.«

»Wieso?«

»Du tauchst einfach auf, und die Archonten haben offenbar nichts davon gewusst. Du kennst deinen Namen – oder glaubst, ihn zu kennen –, anders als wir Übrigen. Und du hast dich ziemlich schnell mit allem abgefunden. Ich hab viel länger dafür gebraucht. Die anderen auch. Diabondo ist jetzt noch völlig verunsichert. Mit seinem Gehabe versucht er nur, das zu überspielen.«

»Deshalb ist er so unausstehlich?«

»Meistens, ja.« Sie folgte Carters Blick zu dem Jungen, der

zehn Meter vor ihnen gerade heftig mit Hyazinthe debattierte. »Aber was deine Frage angeht, diese Erlösersache ...«

»Ja?«

»Ich fühl mich nicht wie jemand, der eine Welt gerettet hat. Ehrlich gesagt kann ich mir nicht mal vorstellen, wie das gehen soll – eine Welt retten. Ob nun allein oder mit ein paar Leuten zusammen. *Mächtige* Menschen retten Welten, weil sie weise regieren oder gute Gesetze machen. Aber so jemand wie ich?« Sie schüttelte den Kopf. »Eher nicht.«

Vor ihnen verließen die anderen die Halle und bogen in einen Korridor. Gleich darauf verstummten ihre Stimmen.

Carter und Ambra wechselten einen Blick, dann liefen sie los, hielten erst unter dem Durchgang an und sahen vorsichtig um die Ecke.

Die Vier waren in einigen Metern Entfernung stehen geblieben und starrten etwas an, das sich genau vor ihnen befand.

»Was zum –«, begann Carter und brach ab, weil er nicht wusste, zu wem oder was er eigentlich fluchen sollte. Hatte er früher an einen Gott geglaubt, vielleicht an viele – oder an gar keinen?

»Mist«, sagte Ambra leise.

Staunend traten sie hinaus auf den Korridor.

# 12

Ambras Mund war schlagartig trocken geworden.

Der Korridor mündete schon nach wenigen Schritten in eine weitere Halle, in der eine Wolkenschicht aus Staubschwaden die Decke verbarg. Irgendwo dort oben mussten Fenster sein, denn es fiel Licht auf die Dunstglocke und durchschnitt sie an einigen Stellen. Fäden aus grauer Helligkeit spannten sich durch die Leere und trafen auf etwas, das Ambra so noch nie gesehen hatte.

Der Saal war *verwachsen.*

Das war das einzige Wort, das ihr bei diesem Anblick in den Sinn kam.

Auf der gegenüberliegenden Seite war eine wuchtige Steingalerie in Stücke gebrochen, als die Säulen, die sie getragen hatten, wie junge Bäume emporgewachsen waren, sich gestreckt und gedehnt und verdreht hatten. Einige hatten bizarre Auswüchse gebildet wie Geweihe aus Granit, eine andere hatte sich geteilt und ihre Hälften gespreizt wie ein gigantisches V.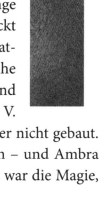
Nichts davon wirkte beabsichtigt, ganz sicher nicht gebaut. Falls Hyazinthe und Emmeline recht hatten – und Ambra neigte dazu, ihrer Meinung zu sein –, dann war die Magie,

die das Fürimmerhaus errichtet hatte, hier außer Kontrolle geraten.

Auch die linke Seitenwand hatte sich verformt. Es schien, als wäre ein Kreuzgewölbe von der Decke wie ein Stück geschmolzenes Wachs an der Wand herabgelaufen und auf halber Höhe erstarrt. Dort hing es nun am Mauerwerk, eine groteske Form mit falschen Winkeln, noch immer als Gewölbe erkennbar, nur eben am falschen Ort.

Verzierungen, die einmal in gerader Linie angebracht gewesen sein mussten, hingen durch wie Girlanden, und selbst der Boden hatte Wellen geschlagen und glich einem zusammengeschobenen Teppich aus Steinquadern.

»Was ist hier passiert?«, fragte Hengis sehr ruhig, was oft ein Anzeichen dafür war, dass es in seinem Inneren brodelte.

Diabondo löste sich aus der Gruppe und trat ein paar Schritte vor. Er blickte nach oben und drehte sich langsam um sich selbst. Ambra fand den Ausdruck von Fassungslosigkeit auf seinem Gesicht beinahe so überraschend wie den Zustand dieses Raumes.

»Sieh an«, sagte Hyazinthe trocken. »Die Maurer waren da.«

Emmeline prustete los, doch als niemand sonst lachte, wurde sie rasch ruhiger. Trotzdem knuffte sie ihrer Freundin verstohlen in die Seite und deutete auf Hengis, der nervös von einem Fuß auf den anderen wippte.

»Was immer hier passiert ist«, sagte Carter, »wir sollten nicht einfach rumstehen, wo uns jeder sehen kann.«

Ambra stimmte ihm zu. »Kommt weiter.«

Carter warf ihr einen dankbaren Blick zu, doch die anderen blieben stehen.

»Ob das ansteckend ist?«, fragte Emmeline.

Hengis rümpfte die Nase. »Ansteckend?«

»Das sind Wucherungen, oder? Wie die unter Calaminas Achseln.«

»Willst du damit sagen, das Haus sei *krank* geworden?«

»Wie siehts denn für dich aus?«, gab das Geistermädchen zurück.

»Nur … falsch«, sagte er. »So als dürfte es so was nicht geben.«

»Nichts von all dem hier dürfte es geben«, sagte Ambra. »Wir dürften gar nicht hier sein. Das verdammte Haus dürfte nicht existieren.«

Diabondo fand seine Stimme wieder. »Da sind wir uns doch mal einig.«

Carter deutete voraus auf die Bodenwellen. Stellenweise waren sie so hoch, dass sich dahinter jemand hätte verstecken können. »Famuli gibt es auch in den Inneren Sphären, oder?«

Hengis nickte so heftig, dass seine langen Ohren wackelten. »Hauen wir ab.«

Während sie die Halle durchquerten, war es, als liefen sie über eine Dünenlandschaft, ein beständiges Auf und Ab. Erst auf der anderen Seite glättete sich der Boden wieder, je näher sie den missgestalteten Säulen kamen. Der Ausgang befand sich dazwischen, darüber hingen die Überreste der geborstenen Galerie und sahen aus, als könnten sie jeden Augenblick abstürzen.

Mörtel rieselte, als sie darunter hindurchhuschten, aber die verkanteten Quader rührten sich nicht. Ambras Magen zog sich zusammen, während sie an den verwachsenen Säulen emporsah, so als reagierte ihr Körper mit Übelkeit auf die unnatürlichen Veränderungen der Architektur.

Im nächsten Saal gab es nur eine einzige offensichtliche Veränderung: Über die obere Hälfte eines blassen Wandgemäldes hatte sich eine steinerne Membran gesenkt wie ein übergroßes Augenlid. Ambra schaute rasch in eine andere Richtung.

Carter kam zu ihr herüber. »Du merkst es auch, oder?«

»Mir ist schlecht. Falls du das meinst.«

»Das wird sich geben, wenn wir uns an den Anblick gewöhnt haben.«

»Glaubst du?«

Er nickte. »Unser Verstand sucht nach den üblichen geraden Linien und rechten Winkeln, um sich zu orientieren. Aber wir starren vor allem das an, was verzogen und verwachsen ist. Das muss er erst mal verarbeiten.«

»Woher weißt du so was?«

Er lächelte verlegen. »Ich weiß es einfach.«

Sie wurde ihren Argwohn ihm gegenüber nicht los, und er machte es nicht besser, indem er Dinge sagte, die nach Erinnerungen klangen, nicht wie etwas, das er sich gerade eben zurechtgelegt hatte. Entweder wusste er viel mehr, als er zugab und führte sie alle an der Nase herum, oder aber da steckte etwas in ihm, von dem er selbst nichts ahnte. Beides beunruhigte sie.

»Hast du Geheimnisse vor uns?«, fragte sie.

»Was?«

»Du hast schon verstanden. Hältst du irgendwas vor uns geheim?«

»Wenn es so wäre, würde ich nicht darüber sprechen, oder? Auch jetzt nicht.« Er sah ein wenig betroffen aus, aber nicht überrascht. »Du traust mir nicht.«

»Ich weiß nicht, was ich von dir halten soll, das ist alles.«

»Ich weiß nicht mal selbst, was ich von mir halten soll. Oder von euch.«

»Bist du sicher, dass du zum ersten Mal hier bist?«

Das verschlug ihm für einen Moment die Sprache. Als er schließlich den Mund öffnete, um zu antworten, rief Diabondo nach ihnen.

»Ambra! Carter! Kommt rüber!«

Erst jetzt bemerkte sie, dass die anderen sich der Seitenwand genähert hatten und eng an ihrem Fuß entlanggingen. Gesehen werden konnten sie dort trotzdem, aber es mochte ihnen das Gefühl geben, geschützter zu sein.

»Schon unterwegs«, sagte Carter.

Ambra hatte den Eindruck, dass er froh war, ihre Frage nicht beantworten zu müssen. Das war in Ordnung. Sie an seiner Stelle hätte auch erst in Ruhe darüber nachdenken wollen.

Eine ganze Weile wanderten sie schweigend weiter, während um sie herum immer neue Wucherungen zutage traten. Keine war so auffällig wie im Saal mit den verwachsenen Säulen, aber wenn man danach Ausschau hielt, fand man sie ohne große Mühe.

Einmal lagen eine Menge farbiger Glassplitter am Boden, und erst dadurch bemerkten sie, dass es darüber in der Wand einmal ein Spitzbogenfenster gegeben haben musste. Jetzt verriet dort nur noch ein schmaler Schlitz, dass sich die Wände geschlossen hatten wie die Ränder einer Wunde.

Anderswo passierten sie einen Einsturz im Boden, wie es sie auch in den Äußeren Sphären gab, doch hier waren die Ränder gezackt wie ein Maul, das jeden Augenblick zuschnappen mochte. Im Vorbeigehen murmelten sie »Die Eulenechse kennt das Geheimnis« und waren froh, als das leise Säuseln und Rauschen, das aus den schwarzen Kellern heraufdrang, hinter ihnen zurückblieb.

»Ist das wirklich noch die richtige Richtung?«, fragte Carter.

Diabondo wollte antworten, aber Hengis kam ihm zuvor. »Carter hat recht. Keiner von uns kann das mit Sicherheit wissen, auch du nicht.«

Diabondo presste kurz die Lippen aufeinander, aber dann seufzte er zu Ambras Erstaunen leise und nickte. »Was also schlagt ihr vor?«

»Wir suchen uns einen Weg auf die Dächer«, sagte Carter. »Dann können wir uns nach der Lichtsäule richten.«

»Die Dächer sind gefährlich«, entgegnete Emmeline. »Vor allem, wenn man glüht und schon von weitem zu sehen ist.«

»Was ist da oben?«, fragte Carter.

»Das weiß keiner.« Hyazinthe kratzte sich nervös an den Handflächen, wo einmal ihre Fäden gewesen waren. »Aber Calamina hat –«

»Sie hat euch davor gewarnt, auf die Dächer zu gehen«, fiel Carter ihr ins Wort. »Natürlich.« Zum ersten Mal wirkte er verärgert. Wahrscheinlich war er es leid, ständig von jemandem belehrt zu werden, der bereits tot war. In gewisser Weise konnte Ambra ihn verstehen – er hatte Calamina nicht gekannt –, und zugleich musste sie wieder an die letzten Atemzüge ihrer Freundin denken. An das Kissen. An das, was sie hatte tun müssen, weil sie es Calamina geschworen hatte. Mit welchem Recht hatte sie das von ihr verlangt?

Darüber wurde sie zornig, und entgegen aller Vernunft war es Carter, der das zu spüren bekam. »Falls du es besser weißt als Calamina, dann rück raus mit der Sprache! Aber wenn nicht, dann mach es wie wir und richte dich nach denen, die vor uns hier waren.«

»Du meinst, nach euren ungeschriebenen Gesetzen«, entgegnete er heftig. »Ihr rebelliert gegen das Haus, indem ihr von hier fliehen wollt, aber zugleich achtet ihr tunlichst darauf, keine der anderen Regeln zu brechen. Das ergibt überhaupt keinen Sinn!«

Hengis trat einen Schritt vor. »Ich sage, wir versuchen's und gehen über die Dächer.«

»Das ist Selbstmord«, sagte Diabondo, aber es klang seltsam leidenschaftslos.

Carter warf die Hände in die Höhe. »Die Keller sind zu gefährlich, die Dächer auch, aber was ist mit all dem hier? Das Haus verändert sich, und keiner weiß, ob ein Gang, der gerade aussieht, wirklich gerade *ist*. Vielleicht verbiegt er sich, während wir hindurchgehen, und führt am Ende in eine ganz andere Richtung. Dein Bauchgefühl in allen Ehren, Diabondo, aber auch du kannst nicht durch Wände sehen.«

Diabondo ballte die Hände zu Fäusten, hob sie aber nicht, und Ambra dachte mit einer Mischung aus Faszination und Gereiztheit, dass gerade etwas ganz Erstaunliches geschah. Vielleicht spürten auch die anderen diese sonderbare Aura von Wissen, die Carter umgab.

Kurzentschlossen nickte sie. »Dann eben die Dächer.«

Hyazinthe umarmte Emmeline. »Ich pass da oben auf dich auf. Auf dich und dein Licht.«

»Was soll's«, sagte Emmeline mit einem gerührten Lächeln. »Ob ich da oben leuchte oder hier unten, macht wahrscheinlich gar keinen Unterschied.«

Diabondo sah von einem zum anderen, ehe auch er schließlich nachgab. »Probieren wir's. Vielleicht schütteln wir ihn ja ab.«

»Abschütteln?«, fragte Hyazinthe verwundert, ehe ihr Tonfall in Besorgnis umschlug. »Wen?«

»Denjenigen, der uns folgt.« Diabondo schien es zu genießen, dass alle ihn entgeistert anstarrten. »Habt ihr's nicht gemerkt?«

Emmeline runzelte die Stirn. »Das erfindest du doch.«

»Nein.«

Hengis griff nach dem Degen, blickte den Weg zurück, den sie gekommen waren, und sah dann wieder Diabondo an. »Du bist die ganze Zeit vorneweg gelaufen«, sagte er. »Du kannst da hinten nicht mehr gehört haben als ich.«

»Ich hab ihn nicht gehört«, sagte Diabondo, »sondern gesehen.«

Ambra kämpfte gegen ihre Wut an, und das ging am besten, indem sie sich auf die Fakten konzentrierte. Es war eine

Tatsache, dass Diabondo mit seinem verbliebenen Auge ungewöhnlich gut sah. »Und du hast ihn mit keinem Wort erwähnt?«

»Ich wollte euch nicht beunruhigen. Nicht, solange er nicht näher kommt.«

»Ach, verflucht, Diabondo!« Sie machte einen zornigen Schritt auf ihn zu. »Du hast es für dich behalten, um mal wieder ganz groß aufzutrumpfen!«

Carter löste sich aus der Gruppe und ging ein paar Meter zurück. Je weiter er sich von Emmelines Geisterschein entfernte, desto schneller schloss sich die Dunkelheit um ihn. Ambra kämpfte plötzlich gegen den Drang an, ihn zurückzurufen.

Eine halbe Minute blieb er dort stehen, ein bleicher Umriss vor der Schwärze. Die anderen schwiegen und horchten. Dann drehte Carter sich langsam zu ihnen um und sah aus der Düsternis Diabondo an.

»Es ist der Zeigermann, oder?«

## 13

Sie stiegen eine enge Wendeltreppe aus Stein hinauf, bereits die dritte, seit sie nach einem Weg auf die Dächer suchten. Die gerundeten Wände waren heller als jene unten in den Hallen, und wenn man genau hinsah, konnte man in den Quadern versteinerte Schneckenhäuser und die Reste federförmiger Lebewesen erkennen.

Über ihnen auf der Treppe schnaufte Hengis, der mit Diabondo vorausging. Die beiden redeten leise miteinander, waren aber hinter den Biegungen nicht zu verstehen. Dann folgten Emmeline und Hyazinthe, während Carter und Ambra den Abschluss bildeten.

»Ich hab von ihm geträumt«, sagte Carter.

»Vom Zeigermann?«, fragte sie.

»Ja.«

»Bevor Hyazinthe über ihn gesprochen hat, wusstest du gar nicht, dass es ihn gibt, oder?«

»Nein.«

»Und sie hat ihn nicht beschrieben.«

Er schüttelte den Kopf. »Sie hat nur den Namen erwähnt.«

Hyazinthe, die ein paar Stufen weiter oben ging, hatte mitgehört. »Ich bin ihm damals begegnet«, sagte sie. »Ich

schwör's. Aber ich konnte ihn nicht richtig sehen. Nur seinen Umriss.«

»Wie hat er in deinem Traum ausgesehen?«, fragte Ambra.

Carter beschrieb die Erscheinung, so gut er konnte: ein beinloser Torso, der sich auf seinen spitzen Zeigerarmen vorwärtsbewegte, ungeheuer flink, obwohl ein Arm länger war als der andere.

»Das ist er«, sagte Hyazinthe.

»Was hat er getan?«, fragte Ambra. »In dem Traum, meine ich.«

Carter zögerte kurz, dann entschied er sich für die Wahrheit. »Er hat alle getötet.«

»*Uns* alle?«

»Ja.«

»Dich auch?«

»Ich glaube schon.«

»Das macht mir Angst«, sagte Emmeline mit belegter Stimme. »Ich glaube an so was. An Träume und böse Omen.«

»Tut mir leid.« Instinktiv blickte er über die Schulter nach unten, aber wegen der Biegung des engen Treppenschachts konnte er nur wenige Stufen weit sehen.

»Er wird uns nicht kriegen«, sagte Ambra zu Emmeline. »Falls er überhaupt hinter uns her ist.«

Carter nickte. »Wenn er so nah war, wie Diabondo behauptet, dann hätte er uns längst angreifen können.«

»In den Geschichten, die über ihn erzählt werden, hat er sich immer nur einzelne Opfer geholt«, sagte Hyazinthe. »Er ist nie allen auf einmal erschienen.«

»Es war nur ein Albtraum«, beschwichtigte Ambra sie. »Mehr nicht.«

»Das denke ich auch«, sagte Carter, ohne davon überzeugt zu sein.

Weiter oben rief Hengis: »Hier ist eine Tür.«

»Mach sie auf!«, entgegnete Ambra.

»Sie ist abgeschlossen. Und sehr massiv.«

Kurz darauf standen sie alle dicht gedrängt um die letzte Biegung der Wendeltreppe. Ambra zwängte sich zwischen den anderen hindurch zur Tür. »Lasst mich mal ran.«

Emmeline drehte sich zu Carter um. »Sie kann so was.«

»Schlösser knacken?«

Das Geistermädchen lächelte. »Sie ist mal in Köchin Karbunkels Speisekammer eingebrochen, nur so, weil sie es konnte.«

»Weil *du* Hunger hattest!«, rief Ambra über die Schulter.

»Und die ganze Zeit rumgejammert hast«, ergänzte Hyazinthe.

»Hab ich nicht!«

»Doch, hast du.«

Ambra ging vor dem Türschloss in die Hocke. Carter konnte sie jetzt nicht mehr sehen. »Seid mal alle still«, sagte sie.

Kurz darauf klickte es, während sie mit etwas in der Öffnung herumstocherte.

»Brich es nicht ab«, sagte Diabondo. Er musste ihr sein Messer gegeben haben.

Ambra fluchte, dann wiederholten sich die Geräusche.

»Sie schafft das«, flüsterte Emmeline.

Es wurde immer stickiger am Ende des Schachts. Sie alle schwitzten von dem langen Aufstieg und waren außer Atem. Doch das war nicht der Grund, warum Carter nun langsam einige der Stufen wieder hinabstieg, die sie gerade erst heraufgekommen waren.

»Wo willst du hin?«, fragte Hyazinthe.

Er legte den Finger an die Lippen, nahm zwei weitere Stufen, blieb stehen und horchte um die Biegung in die Tiefe. Die Geräusche von der Tür waren noch immer zu laut, und Diabondo sagte irgendetwas zu Ambra, deshalb ging Carter weiter, bis ihn ein gutes Dutzend Stufen von den anderen trennte.

In der Tiefe des Schachts fauchte ein Luftzug, der sie die ganze Zeit über begleitet hatte. Mit ihm wehte der Geruch von feuchtem Gestein herauf. Zugleich knirschte es irgendwo im Mauerwerk, als verschöben sich weiter unten die Quader. Carter kam ein Gedanke: Was, wenn auch dieser Schacht sich veränderte? Wenn die Treppe weiter gedreht wurde wie ein nasses Tuch beim Auswringen? Dann würden sie alle in diesem Schacht zerquetscht werden, gefangen vor der verschlossenen Tür.

Das Messer rutschte ab und schepperte zu Boden. Ambra fluchte erneut. Hengis redete beruhigend auf sie ein.

Carter aber lauschte weiter in den Schacht hinab, hielt sogar die Luft an, um besser hören zu können, ob von dort unten etwas näher kam.

Ein kurzer, metallischer Laut.

Es hätte wieder das Messer sein können.

Dann noch einmal. Jetzt eindeutig unter ihm in der Tiefe,

irgendwo am Fuß der Wendeltreppe. Womöglich auch in dem Gang, der zu ihr hinführte. Als wäre eine dünne Eisenstange auf Stein gestoßen.

Und wieder. Immer zweimal hintereinander.

Die Laute wiederholten sich in diesem Rhythmus, so leise, fast behutsam, dass sie sicher nicht bis zu den anderen weiter oben drangen.

»Seid mal still!«, flüsterte er.

Sie hörten ihn nicht. Hengis redete auf Ambra ein.

Carter nahm die nächsten drei Stufen abwärts. Horchte wieder.

Die Laute kamen näher.

Ihm wurde schlagartig kalt. Die Bilder aus seinem Traum blitzten vor ihm auf, und er dachte: Er kommt.

Er sagte es laut: »Er kommt!«

Die Geräusche beschleunigten sich.

Carter wirbelte auf der Treppe herum und rannte nach oben, nahm stets zwei Stufen auf einmal, während ihm der Luftzug aus der Tiefe zu folgen schien, zu einem Wind wurde, der ihn aufwärts trieb, denn er spürte jetzt nichts mehr von der Anstrengung, nur den eisigen Druck in seiner Brust wie einen Aufschrei, der keinen Weg durch seine Kehle fand.

Die anderen standen noch immer dicht gedrängt vor der geschlossenen Tür. Mehr als zwei von ihnen passten nicht nebeneinander. Mit ihren Körpern verdeckten sie Ambra, die sich weiterhin am Schloss zu schaffen machte.

»Das dauert zu lange!«, rief er.

»Kannst du's besser?«, entgegnete Diabondo.

»Der Zeigermann! Er ist unten auf der Treppe!«

Schlagartig lag eine angstvolle Aufregung in der Luft, aber niemand geriet in Panik. Diabondo und Hengis wechselten Blicke. Hyazinthe ergriff Emmelines Hand.

»Ich hab's gleich«, presste Ambra hervor.

Hengis drängte sich zwischen den Mädchen hindurch zu Carter, dann an ihm vorbei. Sobald er genug Platz hatte, zog er seinen Degen.

Carter betrachtete die Klinge skeptisch. »Das dünne Ding zerbricht er doch beim ersten Schlag.«

»Er soll's ruhig versuchen.«

Da waren die Geräusche wieder. Unverkennbar Metall auf Stein. Zwei Zeigerspitzen, die über Stufen kratzten.

»Gleich«, sagte Ambra noch einmal.

Hengis atmete tief durch. »Ich geh ihm entgegen und verschaff dir Zeit.«

»Nein!« Emmeline glühte hell auf. »Er bringt dich um!«

»So einfach geht das nicht.« Hengis schenkte ihr ein Grinsen, das seine großen Schneidezähne entblößte, und wandte sich zum Abstieg.

»Ich komm mit«, sagte Carter.

Hengis schüttelte den Kopf. »Du und Diabondo, ihr müsst auf die Mädchen aufpassen.«

Ambra hakelte noch immer im Schlüsselloch. »Die Mädchen schaffen das alleine«, sagte sie giftig.

»Wie ihr meint.« Das Kaninchen lief los.

Carter schloss sich ihm an. Er hatte keine Waffe, nur seine bloßen Hände, und ihm war klar, dass er beide beim ersten Schlag mit den Zeigerklingen verlieren würde. Aber er

140

hasste es, untätig abzuwarten. Etwas zu unternehmen kam ihm wichtiger vor, als sich endlose Gedanken darüber zu machen, wie die Sache ausgehen mochte.

Ihre Schritte übertönten die Laute aus der Tiefe. Die steinerne Treppenspindel im Zentrum des Schachts verbarg, was sich mehrere Stufen unter ihnen befand.

Da rief Ambra von oben: »Ich hab's!«

»Warte!« Carter hielt Hengis am Arm fest.

»Kommt wieder rauf!«, brüllte Diabondo, und gleich darauf hörten sie seine polternden Schritte. Er folgte ihnen, um sie zurückzuholen. »Die Tür ist offen!«

Tatsächlich heulte im selben Augenblick ein kalter Windstoß von oben herab. Wie zur Antwort erklang ein langgezogener Schrei von unten. Hengis blieb stehen und warf Carter einen sorgenvollen Blick zu.

Carter zog ihn mit sich zurück. »Kehren wir um!«

Hengis schnaubte, doch seine Enttäuschung wirkte nicht ganz aufrichtig. Schließlich nickte er.

Im selben Moment hörten sie wieder das Scharren des Metalls auf den Stufen. Diesmal viel näher.

Gemeinsam stürmten sie die Treppe hinauf. Nach zwei Windungen kam ihnen Diabondo entgegen. »Beeilt euch! Schnell!«

Carter setzte seine Schritte, ohne hinzusehen, in der verzweifelten Hoffnung, nicht über die eigenen Füße zu stolpern. Sein Atem rasselte so laut wie der von Hengis, und so schnauften sie zu dritt die Stufen hinauf, während ihnen die Geräusche von unten folgten, näher, lauter und in einem stoischen Rhythmus wie dem einer tickenden Uhr.

Die oberen Stufen waren jetzt leer, die Tür stand weit offen. Emmeline und Hyazinthe blickten ihnen von draußen entgegen, hinter ihnen war der graue Himmel zu sehen. Ambra war nicht bei ihnen.

»Er ist hinter uns!«, rief Carter. »Lauft weg!«

Polternd stürmten sie durch die Tür – Hengis als Letzter –, und Carter sah den schreckensweiten Blick von Emmeline, die an ihnen vorbei ins Treppenhaus starrte und offenbar sah, was ihnen dort folgte.

»*Weg da!*«, schrie Ambra, stürmte ihnen entgegen und gleich darauf zwischen ihnen hindurch. Carter, Diabondo und Hengis sprangen gerade noch aus dem Weg, als sie mit etwas Langem in beiden Händen auf die Tür zurannte. Erst dachte Carter, es sei eine Art Spieß, aber dann erkannte er, dass es ein Balken war, den sie hier oben gefunden haben musste. Sie hielt ihn vorgestreckt wie einen Rammbock.

Noch ehe sie selbst die Tür erreichte, krachte das Ende des Balkens gegen die Gestalt auf den oberen Stufen. Das unmenschliche Heulen erklang erneut, jetzt ohrenbetäubend laut und schrill, dann stürzte das Ding durch den Aufprall nach hinten, fiel mit wirbelnden Armen rückwärts die Stufen hinunter und verschwand aus Carters Blickfeld. Hengis bekam Ambra gerade noch an der Hüfte zu fassen, ehe sie vom eigenen Schwung in den Schacht gerissen werden konnte, und irgendwie gelang es ihr sogar, den Balken festzuhalten. Sie und der Kaninchenmann fielen vor der Schwelle zu Boden und rollten schnell beiseite, während Hyazinthe die Tür zuwarf. Carter und Diabondo packten gemeinsam den Balken und verkanteten ihn, so gut es ging, im Türblatt und am

142

Boden. Die Famuli hatten sie auf diese Weise nicht aufhalten können, aber ein einzelner Gegner mochte mehr Mühe damit haben. Wenigstens für eine Weile.

Im Treppenhaus ertönte noch immer das Poltern und Heulen. Es wurde leiser und leiser und verklang schließlich ganz.

»Da drüben sind noch mehr!«, brachte Ambra stöhnend hervor.

Carter befürchtete das Schlimmste, aber dann sah er, was sie meinte: ein Gewirr aus Balken, Brettern und anderem Gerümpel, das ringförmig am Fuß einer Dachschräge aufgeschichtet war. Vielleicht hatten Famuli hier irgendwann einmal Reparaturen durchgeführt.

Er wollte schon hinüberlaufen, doch Diabondo hielt ihn zurück. »Warte!«

»Warum?«

»Sieh's dir genauer an.«

»Das ist ein Nest«, sagte Hyazinthe.

»Wer baut Nester, die so groß sind wie ein Haus?«, fragte Emmeline tonlos.

Diabondo vertrat ihnen den Blick. »Besser, wir finden's gar nicht erst raus.«

Carter nickte. »Hauen wir ab!«

Doch Ambra löste sich aus der Gruppe, rannte zu dem Gebilde hinüber und zerrte einen zweiten Balken heraus. »Da drin liegen nur noch Vogelknochen.«

»Große Vogelknochen?«, fragte Hyazinthe.

»Ja.«

Diabondo und Hengis seufzten, während Carter ihr mit

143

dem Balken half, bis sie auch ihn vor der Tür befestigt hatten.

»Jetzt«, sagte Ambra entschlossen, »können wir weiter.«

Die Dachlandschaft des Fürimmerhauses erstreckte sich in alle Richtungen, ein phantastisches Auf und Ab aus Schindeln und Giebeln, Reihen von Kaminschloten und kleinen Türmchen wie jenem, aus dem sie ins Freie gestolpert waren. Die Sicht reichte einige hundert Meter weit, dahinter versank alles in grauem Dunst. Nur die Lichtsäule der Innersten Kammer war weithin zu sehen, ein milchig weißer Strich, der jenseits der Nebel senkrecht in den Himmel führte. Wie weit sie entfernt war, ließ sich nicht erkennen, aber die Richtung konnten sie nicht mehr verfehlen.

Irgendwo im Dunst erklang ein lautes Krächzen, das sie alle zusammenzucken ließ. Womöglich nur eine Krähe, die über den Dächern kreiste.

Wortlos machten sie sich auf den Weg, erst über ein weites Feld aus Steinplatten, dann durch eine Rinne zwischen zwei Ziegelschrägen. Hinter einem Giebel bogen sie nach rechts, fünfzig Meter weiter wieder nach links Richtung Lichtsäule.

Nach einigen Minuten brach Hyazinthe das Schweigen. »War er das, auf der Treppe? Der Zeigermann?«

»Ja.« Ambra musste ihn von allen am deutlichsten gesehen haben. »Er hat so ausgesehen, wie Carter ihn beschrieben hat.«

»Gut, dass wir einen Experten dabeihaben«, sagte Diabondo, erntete dafür aber nur einen finsteren Blick von Ambra. Abwehrend hob er die Hände und gab sich geschlagen.

»Das hast du gut gemacht«, sagte Carter zu ihr. »Das mit dem Schloss, meine ich.«

»Und das mit dem Balken«, ergänzte Hengis. »Man könnte meinen, das war nicht das erste Mal. Als hättest du Erfahrung mit Lanzen und so was.«

»Wer weiß.« Ambra grinste verstohlen. Das ließ sie viel weicher aussehen, fand Carter, und er wandte rasch den Blick ab, damit sie ihn nicht ertappte.

Hengis schlug ihm im Gehen auf die Schulter. »Wenn du wirklich an meiner Seite kämpfen willst, wie auf der Treppe, dann sollte ich dir besser beibringen, wie man das richtig macht.«

Carter wollte widersprechen – eigentlich waren sie nur weggelaufen, und das war zweifellos die richtige Entscheidung gewesen –, dann aber nickte er. »Vielleicht zeigst du mir bei Gelegenheit mal, wie man mit so einem Ding umgeht.« Er deutete auf den Degen an Hengis' Gürtel. »Vorausgesetzt, wir finden irgendwo noch einen.«

»Wenn's mich erwischen sollte, kannst du meinen haben«, sagte Hengis ernst. »Habt ihr's alle gehört? Meinen treuen Degen vererbe ich unserem neuen Freund hier.«

Diabondo blickte noch düsterer drein, und Carter vermutete, dass der Grund dafür nicht etwa Neid auf die Waffe war. Es gefiel Diabondo nicht, wie schnell die anderen Carter akzeptierten – mit Ausnahme von Ambra, vielleicht. Statt bei jeder Gelegenheit feindselig zu werden wie Diabondo, stellte sie Fragen, und in gewisser Weise war das noch schlimmer. Solange Carter selbst die Antworten nicht kannte, machte ihm das mehr zu schaffen als Diabondos offene Ablehnung.

Sie mochten eine Stunde lang auf den Dächern unterwegs gewesen sein, über vermooste Ebenen, rutschige Schrägen und furchterregende Grate, entlang nebelverhangener Innenhöfe und Regenrinnen so breit wie ein Ruderboot, als Ambra vor einer Ziegelmauer stehen blieb. Darauf ragten mehrere Kamine in den ewigen Dämmerhimmel.

»Wartet.«

Flink kletterte sie an Fugen und Vorsprüngen empor, bis sie breitbeinig zwischen zwei rostigen Schloten stand. Obwohl keine Sonne schien, beschattete sie die Augen mit der Hand und spähte zurück in die Richtung, aus der sie gekommen waren.

»Was siehst du denn?«, fragte Emmeline.

Carter kletterte kurzerhand hinterher, und Diabondo folgte ihm. Augenblicke später standen sie zu dritt dort oben, etwa fünf Meter über den Köpfen der anderen.

Wieder schrie irgendwo eine Krähe, und eine andere antwortete.

»Da drüben«, sagte Ambra, »der Turm.«

Carter suchte einen Moment lang zwischen all den verschachtelten Erhebungen, dann fand er den einen Turm, der höher war als die übrigen Aufbauten und Auswüchse der Dächer.

»Steht der in den Inneren oder den Äußeren Sphären?«, fragte er.

»In den Äußeren«, sagte Diabondo. Er wandte sich an Ambra: »Wenn der Zeigermann uns von dort aus gefolgt ist, müsste er über die Brücke gekommen sein.«

»Oder durch die Keller«, sagte sie.

Carter verstand nicht, was der Zeigermann mit dem Turm zu tun hatte. Erst als sein Blick die Nebelschwaden besser durchdrang, erkannte er das riesige Zifferblatt auf dieser Seite des Gemäuers.

Ambra drehte sich zu ihm um. »Von den Äußeren Sphären aus sieht man nur drei der vier Uhren. Der Turm liegt unmittelbar an der Wunde, genau am Rand des Spalts. Der Legende nach steigt der Zeigermann immer von der vierten Uhr herab.«

Carter sah, was sie meinte.

Die Uhr auf dieser Seite des Turms hatte keine Zeiger mehr.

# 14

Erst nach Stunden erlaubten sie sich eine längere Rast. Ambra übernahm die erste Wache, erklomm einen Giebel und setzte sich rittlings darauf. Sie war nicht überrascht, als Carter nach einigen Minuten heraufgeklettert kam und sich ihr gegenüber auf dem Dachfirst niederließ.

»Darf ich?«

»Du bist ja schon da.« Eigentlich war es ihr nicht unangenehm, dass er sich zu ihr gesellte. Er gab ihr Rätsel auf; da war etwas an ihm, das sie verunsicherte. Andererseits hatte er mehr als einmal sein Leben für die Gruppe riskiert. Sie glaubte ihm, dass er nicht wusste, was genau ihn von ihr und den anderen unterschied. Sie konnte nicht einschätzen, ob es etwas Gutes oder Gefährliches war.

»Tut mir leid«, sagte er. »Ehrlich.«

»Was?«

»Dass ich dir nicht mehr über mich erzählen kann. Mich macht das selbst ganz verrückt.«

Beide sprachen leise, weil die anderen versuchten, zu schlafen.

»Vielleicht überschätzt du ja, wie viele Gedanken ich mir über dich mache«, sagte sie.

Er lockerte seine Schultern, indem er sie langsam kreisen ließ. »Ich bin schon dankbar, dass du mir nicht gleich an die Kehle springst wie Diabondo.«

Sie winkte ab. »Er ist ein Hitzkopf und spielt sich gern auf, aber er würde dir nicht in den Rücken fallen. Jedenfalls nicht ohne guten Grund. Das wäre auch ein ziemlicher Widerspruch zu dem, was er selbst in sich sieht.«

»Immer gut und aufrichtig?«

»Gut, vielleicht. Aufrichtig … da bin ich nicht sicher. Er hätte uns erzählen müssen, dass uns der Zeigermann verfolgt.«

»Er wollte nur, dass alle die Ruhe bewahren und sich auf die Flucht konzentrieren.«

Amüsiert horchte sie auf. »Ausgerechnet du nimmst ihn in Schutz?«

»Dass er mich nicht leiden kann, heißt ja nicht, dass er nicht das Richtige will.« Carter seufzte. »Na ja, außer, wenn er versucht, mich loszuwerden.«

Vom Giebel aus blickten sie die Schräge hinab auf die vier anderen Erlöser. Hengis schlief im Sitzen, sein Kopf war ihm auf die Brust gesunken und die langen Ohren nach vorn gefallen. Diabondo lag auf der Seite, das Gesicht von ihnen abgewandt; Ambra war nicht sicher, ob er wirklich schlief. Emmeline hatte sich eng an Hyazinthes Rücken gekuschelt, und Ambra unterdrückte einen Anflug von Neid, für den sie sich auf der Stelle schämte. Die beiden sahen so vertrauensvoll und friedlich aus. Wie gern sie sich hatten, war für jeden ersichtlich, und es hatte von Anfang an keinen Zweifel daran gegeben. Liebe auf den ersten Blick schien etwas zu sein, für das es im Fürimmerhaus keinen Platz gab, aber die beiden Mädchen bewiesen, dass Zuneigung und Wärme all die Furcht und Ungewissheit besiegen konnten.

»Wir müssen sie hier rausschaffen«, sagte Carter leise.

»Ja.« Ihre Stimme klang so müde wie seine, auch wenn sie am liebsten sofort weitergezogen wäre. »Allein um ihretwillen müssen wir irgendwie die Innerste Kammer erreichen.«

»Ganz schön selbstlos.«

»So wie das, was du getan hast. Du hast die Famuli ganz allein aufgehalten. Du« – sie hielt kurz inne – »du hast Calamina und mir die nötige Zeit verschafft.«

Er sah sie nur an, augenscheinlich unschlüssig, was er erwidern sollte.

»Ich weiß, dass du es gesehen hast«, sagte sie. Sie forschte nach ihren eigenen Empfindungen bei dem Gedanken daran, fand aber nichts als Trauer. Keine Schuldgefühle, nicht einmal leichte Gewissensbisse.

Er ließ sie jetzt nicht mehr aus den Augen, und sie bemerkte erstmals, wie blau die seinen waren. So mochte der Himmel aussehen, wenn die Wolken über dem Haus jemals aufreißen würden.

»Sie hatte dich darum gebeten, stimmt's?« Er klang vorsichtig, so als wollte er ihr nicht zu nahe treten. Aber Ambra hatte Calamina getötet – alles, was sie daran erinnerte, ging ihr nahe.

»Schon vor einer ganzen Weile«, sagte sie. »Wir haben oft darüber gesprochen, wenn sonst niemand dabei war.«

»Dann hatte sie nie geplant, mit euch zu fliehen?«

Sie schüttelte den Kopf. »Ich war diejenige, die immer darauf bestanden hat. Ich hätte sie auch hier raufgetragen, wenn sie mich gelassen hätte … irgendwie. Die anderen genauso. Aber sie hat gewusst, dass ihr nicht mehr viel Zeit blieb, und sie hat uns nicht aufhalten wollen.« Sie schluckte und räusperte sich leise. »So war sie eben.«

Wieder schwieg er und blickte über die Dächer zur Lichtsäule.

»Du kannst mich ruhig verurteilen«, sagte sie trotzig. »Mir macht das nichts aus.«

»Im Gegenteil. Ich finde, das war sehr mutig von dir.«

»Eine Todkranke mit einem Kissen zu ersticken?«

»Sie wollte erlöst werden, und das hast du getan. Jeder sollte selbst das Recht haben, über sein Leben zu entscheiden.«

Sie war ihm dankbar, dass er das sagte, aber es fiel ihr schwer, es ihm zu zeigen. Sie fröstelte, und als ihre Hände zu zittern begannen, schien ihm das unangenehm zu sein. So als trüge er die Schuld daran.

»Ich wollte dir das Thema nicht aufdrängen«, sagte er hastig. »Eigentlich geht's mich auch gar nichts an.«

»Calamina hat irgendwas in dir gesehen.«

»Hat sie das oft gemacht? Ich meine, solche Dinge über Leute gesagt? Wie ein … ich weiß nicht, wie ein Orakel?«

Ambra schüttelte den Kopf. »Vielleicht ist Sterben so wie der Halbschlaf am frühen Morgen, wenn man die Dinge plötzlich viel klarer sieht … oder einfach nur mal ganz anders.«

Er blickte ein wenig ratlos drein, und sie dachte, dass er

erschöpft sein musste und sich dazu zwang, mit ihr wach zu bleiben.

»Ruh dich aus«, sagte sie. »Unten bei den anderen.«

Wahrscheinlich glaubte er, sie wollte ihn loswerden – was nicht stimmte. Tatsächlich fühlte sie sich wohl in seiner Gegenwart, was sie selbst ein wenig erstaunte. Aber er presste die Lippen aufeinander, nickte kurz und schlitterte die Schräge hinunter. Sie sah zu, wie er sich dort unten einen Platz zwischen Hengis und den Mädchen suchte und sich auf die Seite rollte, das Gesicht von ihr abgewandt.

Sie verlor das Gefühl für die Zeit, während sie aufmerksam in alle Richtungen spähte. Es musste noch eine ganze Reihe anderer Wege aufs Dach geben, und es würde wohl nicht allzu lange dauern, bis der Zeigermann einen finden würde. Vielleicht hatte er sich bei dem Sturz verletzt – oder war *beschädigt* das richtige Wort? –, aber das wäre wohl zu einfach. Lieber rechnete sie damit, ihm früher oder später erneut zu begegnen.

Einmal schlug Hengis im Schlaf mit einem Arm um sich, ein anderes Mal tuschelten Emmeline und Hyazinthe miteinander, ehe wieder Ruhe einkehrte. Ambra behielt auch Diabondo im Blick, doch der rührte sich kein einziges Mal. Sogar beim Schlafen hatte er den Anspruch, perfekt zu sein.

Wieder verging einige Zeit, und sie wurde allmählich schläfrig. Gerade dachte sie darüber nach, Diabondo zu wecken, damit er sie ablöste, als sie ein Kratzen hörte. Das ewige Dämmerlicht über dem Haus füllte die Vertiefungen zwischen den Dächern mit wattigen Schatten. Falls sich etwas hinter Kaminreihen, Ziegelmauern oder Dachfirsten heranpirschte, würde sie es erst sehen können, wenn es bereits sehr nah war. Und das Geräusch *war* nah. Die anderen lagen noch immer ruhig am Fuß der Schräge, doch nun fiel ihr auf, dass Carter im Schlaf die rechte Hand bewegte. Er hatte den Zeigefinger ausgestreckt und malte damit kleine Kreise auf den Boden. Die Laute stammten von seinem Fingernagel auf den rauen Steinplatten.

Plötzlich schrak er hoch. Seine Miene blieb unbewegt, sein Blick völlig starr. Ambra war nicht sicher, ob er wirklich erwacht war oder noch schlief. Auch Hengis murrte etwas, während Diabondo sich bereits auf den Rücken drehte. In der rechten Hand hielt er sein Messer.

Ambra blickte sich ein letztes Mal um, dann rutschte sie die Dachschindeln hinab und kam unten mit beiden Füßen auf. In der Zwischenzeit hatte Carter sich aufgesetzt und blickte nach links, wo nach wenigen Metern die nächste Schräge anstieg.

»Was ist los?« Hengis klang brummig und ungehalten. Instinktiv tastete er nach dem Degen.

»Carter?« Ambra näherte sich ihm.

Auch Emmeline blickte herüber. »Vielleicht ein Albtraum?«

Sie hatte den Satz kaum beendet, da sprang Carter blitzschnell auf und rannte los, als wäre der Zeigermann hinter ihm her.

»Carter!«, rief Ambra.

Diabondo setzte sich ebenfalls auf. »Bleib stehen!«

Eine Reihe von Flüchen drang von Hengis herüber,

während er sich aufrappelte, seine weißen Kaninchenohren glättete und von Diabondo zu Ambra sah. »Was soll das?«

»Hey!«, rief Diabondo hinter Carter her.

»Brüll doch nicht so rum!«, fuhr Ambra ihn an.

Aber Diabondo nahm bereits mit dem Messer in der Hand die Verfolgung auf. Hengis verdrehte ächzend die Augen, dann rannte er den beiden nach. Ambra hatte keine andere Wahl, als ihnen ebenfalls zu folgen.

»Wartet hier!«, sagte sie beim Loslaufen zu den beiden Mädchen, sah noch, dass Emmeline wütend etwas erwiderte, dann stürmte sie schon das Dach hinauf und kroch bald auf allen vieren, weil es nach oben hin steiler wurde. Vor ihr drohte Hengis abzurutschen, und sie sah sich schon gemeinsam mit ihm zurück in die Tiefe purzeln. Doch er fing sich und schwang sich hinter Diabondo und Carter über den Dachfirst. Sekundenlang verlor Ambra alle drei aus dem Blick, bis auch sie endlich oben ankam und sah, dass Carter noch immer mit gut zwanzig Metern Vorsprung über einen schmalen Sims balancierte. Er verlief am Rand eines der zahllosen Innenhöfe. Die Steinplatten waren voller Moos und glitzerten vor Feuchtigkeit.

Diabondo folgte ihm, während Hengis einen weiten Umweg rund um ein Dach einschlug. Ambra entschied sich ebenfalls für den Sims. Auf den letzten Metern rutschte sie fast ab, schaffte es dann jedoch bis zum Ende. Carter war hinter einem runden Turm verschwunden, auf dessen Rückseite es hoffentlich keine Tür ins Innere gab, und Diabondo rannte noch immer im selben Abstand hinter ihm her. Hengis kam mit Riesenschritten von der Seite angelaufen und erreichte den Turm kurz nach Ambra.

Dahinter bildeten vier abschüssige Schrägen ein quadratisches Tal inmitten der Dachlandschaft. Ein paar kindsgroße Krähen stoben auf, als Carter die Ziegeln hinabschlitterte, auf etwas zu, das sich in der Mitte der Senke erhob.

Diabondo hielt verwundert inne. Auch Ambra konnte sich nicht erinnern, so etwas schon einmal gesehen zu haben.

Der rechteckige Kasten aus Glasscheiben und blutrot lackierten Streben war kaum kleiner als ein Kleiderschrank. Er stand aufrecht, war an die zweieinhalb Meter hoch, mit einer Grundfläche von anderthalb Metern im Quadrat. Drei Seiten bestanden größtenteils aus Glas, die vierte war solide. Daran hing im Inneren ein Klotz aus Metall.

Carter erreichte das seltsame Bauwerk als Erster und packte den Griff an einer der rot verstrebten Fensterseiten. Sie entpuppte sich als Tür, die nach außen aufschwang. Er betrat das Innere und stand nun mit dem Rücken zu Ambra, Diabondo und Hengis, die vorsichtig näher kamen.

»Ich hol ihn da raus«, sagte Diabondo entschlossen.

»Nein«, widersprach Ambra. »Lass ihn erst mal machen.«

Hengis runzelte das Stirnfell. »Schläft er noch? Ich meine, ist das Schlafwandeln oder so was?«

Die Tür schloss sich langsam von selbst. Carter hantierte an dem Metallklotz.

Ambra zog die Tür wieder auf, trat hinter ihn und blickte über seine Schulter. Aus einer Aufhängung hob er eine Art Horn, das mit einer Spiralschnur an dem Kasten befestigt war. Das eine Ende presste er auf sein Ohr, das andere hielt er nah an seinen Mund. Auf dem Kasten befand sich eine runde Scheibe mit einem Kreis aus Öffnungen, darin waren Zahlen zu sehen. Mit dem Zeigefinger der rechten Hand drehte er die Scheibe mehrfach, schob ihn dabei jedes Mal in eine andere Öffnung.

»Was ist das für ein Ding?«, fragte Hengis hinter ihr.

Diabondo war an die Seite des Glaskastens getreten und blickte von dort aus hinein.

Ambra zuckte zurück, als aus dem Gegenstand an Carters Ohr ein Geräusch drang. Es wiederholte sich zwei Mal, dann erklang ein Klicken, gefolgt von einer Stimme.

»*Also ist es so weit*«, sagte ein Mann.

Carter entgegnete nichts, stand vollkommen reglos da.

Ambra legte ihm eine Hand auf die Schulter. »Carter?«, fragte sie ruhig.

Diabondo kam herum und wollte grob an ihr vorbei nach Carter greifen. »Er soll damit aufhören!«

»Warte noch!« Ambra stieß ihn zurück.

Einige Herzschläge lang war nur ein leises Rauschen zu hören. Dann sagte die Stimme: »*Bewegt euch nicht von der Stelle! Ich bin bald bei euch.*«

Wieder knackte es, dann herrschte Stille.

Carter schrak zusammen und ließ das Ding fallen. Mit einem Poltern schlug es gegen die Wand und baumelte kreiselnd an der Spiralschnur.

Ambra griff blitzschnell zu, als seine Knie nachgaben. Sein Gewicht zog sie nach unten, sie taumelten rückwärts aus dem Kasten und wurden ihrerseits von Hengis aufgefangen, der kräftig genug war, um sie beide zu halten.

Diabondo blickte sie vorwurfsvoll an, schien aber so fassungslos, dass es ihm die Sprache verschlagen hatte. Sie selbst brachte vor Verwirrung keinen Ton über die Lippen.

Carter löste sich von ihr, machte einen wackligen Schritt nach vorn und drehte sich um. Seine Stimme klang heiser und belegt.

»Er kommt. Wir müssen nur warten.«

# 15

Emmeline und Hyazinthe kamen gerade das Dach herabgeschlittert, als Diabondo ausholte und Carter einen Schlag mit der Faust versetzte.

»Hör auf!«, schrie Ambra ihn an.

Diabondo achtete nicht auf sie, setzte nach und packte Carter an den Schultern. Der riss sich los, schlug aber nicht zurück, sondern hob nur eine Hand, um Diabondo von sich fernzuhalten.

»Warte!«

»Worauf?«, brüllte Diabondo ihn an. »Dass deine Freunde auftauchen? Wer war das gerade? Ein Archon?«

Carter schüttelte den Kopf. »Nein ... ich glaube nicht.«

»Er *glaubt!*« Diabondo machte erneut einen Schritt auf ihn zu, aber diesmal drängte Ambra sich dazwischen.

»Carter«, sagte sie eindringlich, »was sollte das? Du musst uns das erklären.«

Diabondo streckte anklagend die Hand aus. »Erklären? Er hat uns verraten! An wen auch immer. Du hast es doch selbst gehört.«

Hatte sie. Und vielleicht war es die Wahrheit. Aber sie

wollte Carter eine Chance geben. Und wenn es stimmte, dann würde sie Diabondo dabei helfen, Carter in den nächstbesten Innenhof zu werfen.

»Ich hab das … geträumt«, sagte Carter. Er sah aus, als könnte er selbst nicht ganz fassen, was er da sagte.

»Was für ein Traum war das, Carter?« Zum ersten Mal mischte Emmeline sich ein, während Hyazinthe mit verschränkten Armen dastand. Die beiden mussten vom Dach aus alles beobachtet haben. »Hat dir jemand den Befehl gegeben, das zu tun?«

»Ich wusste einfach, dass es das Richtige ist.«

Hengis war in den Kasten aus Glas und Metall getreten und inspizierte das Hornding an der Spiralschnur. Dann schob er eine Fingerspitze in eine Öffnung der Scheibe und drehte sie vorsichtig. Nichts geschah. »Woher hast du gewusst, wie das funktioniert?«, fragte er, und Ambra war erstaunt, dass er eher fasziniert als zornig klang.

Hyazinthe kam ebenfalls heran und legte vorsichtig die flache Hand auf eine der Glasscheiben. »Stammt das vielleicht aus deiner Welt? Ich meine, ursprünglich? Hier tauchen immer mal wieder seltsame Gegenstände auf, die sich keiner erklären kann.«

Carter hob ratlos die Schultern. Er sah sehr unglücklich aus. »Im Traum hab ich gesehen, was zu tun ist. Hierher gehen. Das Ding ans Ohr halten. Und die Scheibe drehen. Immer eine andere Zahl, eins bis fünf, jede nur einmal.«

Hengis stieß ein Grunzen aus. »Ich kann's ja auch mal versuchen.«

»Lass die Finger davon!«, fuhr Diabondo ihn an.

»Ja, mein Meister. Gern, mein Meister.«

Diabondo stöhnte. »So meinte ich das nicht. Mach es nicht noch schlimmer.«

Hengis trat aus dem Kasten. »Irgendwer wird gleich hier auftauchen. Was könnte ich da wohl *noch* schlimmer machen?«

Emmeline rieb sich nachdenklich das Kinn. »Hängt davon ab, wer kommt, oder?«

»Lasst uns von hier abhauen«, sagte Diabondo. Er zeigte auf Carter. »Und ihn lassen wir zurück. Das hätten wir von Anfang an tun sollen.«

Einen Moment lang herrschte Schweigen, während einer zum anderen sah. Schließlich nickte Carter. »Alles klar. Ihr geht weiter. Und ich bleibe hier und warte ab, wer auftaucht.«

»Du weißt es wirklich nicht?«, fragte Ambra.

Carter schüttelte den Kopf. »Es fühlte sich einfach … richtig an. So als hätte ich es in dem Augenblick tatsächlich gewusst … und gleich darauf nicht mehr.«

»Das kannst du dem nächsten Wetterhahn erzählen«, entgegnete Diabondo abfällig. Tatsächlich gab es davon eine ganze Menge auf den Dächern, obwohl niemand da war, der die Windrichtung davon ablas. Eines der zehntausend Rätsel des Fürimmerhauses.

Hengis zog seinen Degen und schnitt damit zischend ein Muster in die Luft. »Ich sage, wir warten. Besser, wir wissen gleich, mit wem wir es zu tun haben, als ihn im Rücken zu haben.«

»Der Zeigermann war's nicht, oder?«, fragte Emmeline.

»Kann der reden?«, fragte Ambra.

»Weiß nicht«, sagte Hyazinthe.

Hengis winkte ab. »Er hat nicht so ausgesehen, als wär' er ein Freund von guten Gesprächen.«

Carter senkte den Blick. »Ihr habt recht. Irgendwas stimmt nicht mit mir. Also haut schon ab, und ich warte hier.«

Ambra blickte sich suchend auf den umliegenden Giebeln und Dachfirsten um. »Er hat gesagt, er wäre gleich hier. Gleich, das heißt – «

»Dass er jeden Moment auftauchen könnte«, sagte Hengis. »Also entscheiden wir uns jetzt für eines dieser Dächer, gehen dahinter in Deckung und beobachten, was hier unten passiert.«

Diabondo schien widersprechen zu wollen, obwohl auch ihm klar sein musste, dass dies das einzig Vernünftige war. Darum traf Ambra die Entscheidung für alle, indem sie sich in Bewegung setzte, die erstbeste Schräge hinauflief und über die Schulter sagte: »Also los!«

Sie hörte, wie die Mädchen ihr folgten, dann auch Hengis mit seinen schweren Stiefelschritten. Als sie sich auf halber Strecke umsah, standen sich Carter und Diabondo noch immer vor dem Glaskasten gegenüber.

»Und ihr beiden«, rief sie, »macht keinen Blödsinn und kommt mit!«

Diabondo gab sich einen Ruck und folgte ihr.

Ambra blieb stehen. »Carter!«

Er sah unschlüssig zu ihr herauf.

»Nun komm schon!«

Auch Emmeline hielt inne und schaute zu ihm hinunter. »Du bleibst bei uns.«

»Wenn er so was noch mal macht«, knurrte Hengis leise, »dreh ich ihm den Hals um.«

Diabondo lief an ihnen vorbei und erreichte als Erster den Dachfirst, keine zehn Meter entfernt. Dort blickte er prüfend in alle Richtungen, schien aber niemanden zu entdecken.

Gerade wollte sie sich erneut zu Carter umdrehen, als aus der Ferne ein lautes Grollen heranrollte, wie Donner, gefolgt von einem Bersten und Prasseln, das ihr einen Schauer über den Rücken jagte.

»Was – «, begann Hengis neben ihr, als sich das Getöse wiederholte, nun noch lauter, und diesmal erzitterte die Ziegelschräge unter ihr.

Diabondo blickte zur Lichtsäule hinüber. Ambra rannte los und war in Windeseile neben ihm, während nach und nach die anderen eintrafen. Auch Carter gesellte sich schließlich dazu, und so standen alle sechs auf dem Dachfirst und starrten wie gebannt in die Richtung ihres Ziels.

Die Lichtsäule erhob sich unverändert als weiße Linie über den Dächern, senkrecht hinter milchigem Nebel. Davor aber war der Dunst an mehreren Stellen aufgerissen, und dort stiegen Rauchsäulen empor wie schwarze Trichter. Das Donnern und Krachen ertönte erneut, und diesmal sahen sie alle eine goldgelbe Explosion zwischen den Giebeln erblühen.

»Wie weit ist das von hier?«, fragte Hyazinthe.

»Weit«, sagte Diabondo tonlos. »Noch viele Kilometer. Aber es liegt auf unserem Weg.«

Carters Stimme klang wieder fester. »Hat jemand eine Idee, was da vorgeht?«

»Wenn du es nicht weißt …«, sagte Diabondo.

Eine weitere Explosion griff mit Flammenarmen um sich und sank wieder in sich zusammen.

In ihrem Schein aber hatte Ambra noch etwas anderes entdeckt. Gigantische Streifen über den Dächern, titanische Diagonalen, die vom Giebelmeer schräg hinauf in den Himmel reichten wie endlose Türme, die zur Seite gesunken waren und mitten im Sturz innegehalten hatten. Die meisten mussten an ihrem Fuß Dutzende Meter breit sein und wurden nach oben hin spitzer – mächtige Stacheln, die im Nebel verschwanden.

Drei Feuerbälle blähten sich gleichzeitig auf, und trotz all des Rauchs beleuchtete ihr Flammenschein die gewaltigen Strukturen, die nah und fern aus der Dächerlandschaft ragten, mal in diese, mal in jene Richtung geneigt und sicherlich Hunderte Meter hoch. Offenbar existierten sie nur in den Inneren Sphären, denn vom Wachturm an der Küste aus hatte Ambra sie nicht sehen können; von dort reichte die Sicht kaum bis zur Wunde.

»Wer baut so was?«, fragte Hyazinthe atemlos.

Allmählich wehte der Wind den Geruch des Rauchs heran. Dann zogen sich die Schleier wieder zu, und die riesenhaften Sporne verschwanden in den Schwaden.

Es gab keine weiteren Explosionen mehr, auch keinen Feuerschein. Noch während sie alle sprachlos zur Lichtsäule starrten, füllte der Dunst die letzten Lücken, und bald schien fast alles wie zuvor. Nur einen der monströsen Auswüchse konnte Ambra noch erkennen, ganz vage, weil sie sich seine Position eingeprägt hatte. Es musste jener sein, der ihnen am nächsten war.

»Waren das … Gebäude?«, fragte Hengis stockend.

»Was denn sonst?«, fragte Emmeline.

»Wucherungen.« Hyazinthe klang ausgelaugt. »Genau wie die Veränderungen unten im Haus. Die verwachsenen Wände und Decken.«

Eine fremde Stimme hinter ihnen sagte: »Es gibt eine Erklärung dafür.«

Alle fuhren herum. Hengis' Degen zischte in der Drehung wie eine Giftschlange. Kurz kreuzte Ambras Blick den von Carter. Er sah ebenso überrascht aus wie sie.

»Ich kann euch Antworten geben«, sagte der Mann, der aus dem Dächertal zu ihnen heraufstieg. »Ihr müsst nur die richtigen Fragen stellen.«

# 16

»Galileus Laurentin Adoro«, sagte er. »Das ist mein Name.«

Nichts an der äußeren Erscheinung des Fremden kam Carter bekannt vor. Die Stimme aber war unverkennbar jene, mit der er vorhin gesprochen hatte.

»Ich habe mich beeilt«, sagte der Mann.

Emmeline betrachtete ihn skeptisch. »Du bist nicht mal außer Atem.«

»In der Tat. Das bin ich nie.«

Er trug einen purpurfarbenen Gehrock, abgerieben und zerschlissen, schmutzig obendrein, und eine enge Hose, die einmal weiß gewesen war. Seine Schuhe waren mit großen, dunkel angelaufenen Schnallen verziert. Auch das Hemd, dessen üppiger Rüschenkragen aus dem Gehrock schaute, wirkte vergraut. Am auffälligsten aber war die helle Perücke auf seinem Kopf, deren Haar an den Seiten zu zerzausten Locken gedreht war. Es schien, als wäre sie in den letzten Jahren vor allem als Staubwedel benutzt worden.

»Ich habe euch erwartet«, sagte er.

Carter suchte die umliegenden Dächer ab, blickte dann zurück in die Senke mit dem Glaskasten. Gleich daneben war eine verborgene Falltür im Boden hochgeklappt worden.

»Warum gewartet?« Hengis trat auf Galileus Laurentin Adoro zu und hielt ihm die Degenspitze unters Kinn. »Raus mit der Sprache.«

Der Fremde zeigte sich unbeeindruckt von der Drohung. »Man hat mich gebeten, euch behilflich zu sein – solltet ihr meine Hilfe denn benötigen.« Er hob eine Augenbraue, während er von einem zum anderen sah. »Was mir recht offensichtlich erscheint. Allein die Tatsache, dass ihr arglos im Freien steht, ist ein Indiz für eine gewisse Unbedarftheit. Höflich ausgedrückt würde ich es einen besorgniserregenden Mangel an Vorsicht nennen.«

Carter schaute den sonderbaren Fremden ungläubig an. Wie in Trance war er über die Dächer gelaufen, um diese Vogelscheuche herbeizurufen, was an sich schon erschreckend genug war. Die Tatsache, dass er unwissentlich von jemandem benutzt wurde, um Einfluss auf die Ereignisse zu nehmen, verstörte ihn zutiefst. Womöglich behielt Diabondo recht, und er *war* eine Gefahr für sie alle.

»Wir haben dich nicht um Hilfe gebeten«, sagte Diabondo zu Galileus. Dann zeigte er auf Carter. »Das war der da.«

»Und er hat gut daran getan«, erwiderte Galileus ungerührt. »Aber ich muss widersprechen. Das Gesuch um Hilfe hat mich bereits sehr viel früher erreicht. Der Anruf war nur ein Signal, dem nachzukommen mir aufgetragen wurde.«

Emmeline beugte sich zu Hyazinthe. »Wie redet der denn?«

Der Kopf des Fremden drehte sich zu ihr herum. »Man hat mich gute Umgangsformen und gewählte Sprache gelehrt.«

»Wer *hat* dich um Hilfe gebeten?«, fragte Ambra.

»Selbstverständlich der Erbauer.«

Carters Herz schien hinter seinem Kehlkopf zu pochen. Instinktiv presste er die Hand darauf.

Hengis trat einen Schritt zurück, ohne die Degenklinge zu senken. »Der Erbauer hat dich hergeschickt?«

»Nicht direkt. Aber er ließ mich wissen, dass meine Dienste vonnöten sein könnten.« Mit einem Räuspern schob er sich die Perücke zurecht. »Ich bin ein Lotse, müsst ihr wissen. Ein Lotse durch das Fürimmerhaus.«

Die sechs wechselten argwöhnische Blicke.

»Und wen genau lotst du durch das Haus?«, fragte Ambra.

»Euch, wenn ihr gestattet.«

Hengis' Augen hatten sich zu Schlitzen verengt. »Im Auftrag des Erbauers?«

»In gewisser Weise, ja.«

»Also will er uns sehen?«

»Ich bin nicht sicher, was sein Interesse an einem Kaninchen geweckt hat … oder an einem von euch anderen. Aber ich habe mich auf seinen Wunsch hin bereitgehalten. Ich soll euch an euer Ziel führen.«

Carters Mund war ausgetrocknet. »Dann hat *er* dafür gesorgt, dass ich diesen Traum hatte?«

»Wenn ein Traum dafür verantwortlich ist, dass du mich herbeigerufen hast, dann liegt das im Bereich des Möglichen.«

169

»Wie geht das?«, fragte Hyazinthe. »Ich meine, dieser Kasten da unten … der Kreis aus Zahlen … und jetzt du.«

»Oh, das ist keine Hexerei«, sagte Galileus und schob eine Hand unter seinen Gehrock, woraufhin Hengis nervös mit dem Degen drohte. »Gemach, mein langohriger Freund. Das hier ist keine Waffe.« Er wühlte mit der Hand unter seiner Kleidung, als gäbe es dort ein verborgenes Kontingent von Dingen, die nur darauf warteten, hervorgezogen zu werden. Schließlich hellte sich seine Miene auf, und er präsentierte ihnen ein identisches Gegenstück zu dem gebogenen Hornding im Glaskasten. Das Ende der Spiralschnur war unter dem Gehrock befestigt. »Beantwortet das eure Frage?«

Carter, dem die Technik dieser Apparaturen ein Rätsel war, runzelte die Stirn. »Ist das etwas, das der Erbauer erfunden hat?«

»Womöglich hat er es erbaut. So wie alles hier.« Galileus ließ den Gegenstand wieder unter seiner Jacke verschwinden. Nachdem er den Purpurstoff glattgeklopft hatte, war nicht einmal eine Delle zu sehen.

»Hat er auch dich … erbaut?«, fragte Ambra.

»Ja.«

Emmeline näherte sich ihm und streckte zaghaft eine leuchtende Hand aus, um ihn zu berühren. Er ließ es ohne Widerspruch geschehen. »Wie lange lebst du schon hier im Haus?«

»Seit … nun, seit langer Zeit, würde ich sagen.«

Ambra beugte sich zu Carter herüber und flüsterte: »Er ist nicht echt.«

»Kein echter Mensch?«

170

Sie nickte.

»Er sieht aus wie einer«, sagte er skeptisch.

»Er ist wie der Kammerherr und die anderen. Nicht aus Fleisch und Blut.«

Galileus, der offenbar über ein hervorragendes Gehör verfügte, blickte zu ihr. »Wie der Kammerherr, die Köchin und der Haushofmeister«, bestätigte er. »Früher gab es noch mehr von uns. Einige sind verschwunden. Ich fürchte, sie haben sich verirrt. Auf all meinen Wanderungen durch das Fürimmerhaus habe ich keinen von ihnen je wiedergesehen.«

»Schön und gut«, sagte Diabondo. »Du hast uns deine Hilfe angeboten. Wir schlagen sie aus. Du kannst also wieder verschwinden … zu deinen Wanderungen oder was auch immer. Wir brauchen dich nicht.«

»Da wäre ich nicht so sicher«, sagte Hengis. »Du hast gesehen, was da drüben los ist.« Er nickte in die Richtung der Explosionen.

Ambra wandte sich an Galileus. »Was geschieht dort?«

Der Lotse seufzte. »Ihr habt wirklich gar keine Ahnung, nicht wahr? Es herrscht Krieg, natürlich. Und nicht erst seit heute.« Er hob den Kopf und schien nach etwas am Himmel Ausschau zu halten. »Hatte ich schon erwähnt, dass es hier draußen nicht sicher ist?«

»Wer führt Krieg?«, fragte Ambra. »Der Erbauer?«

Galileus schüttelte den Kopf. Mit einem Mal klang er niedergeschlagen. »Die Archonten der Inneren Sphären. Der Erbauer hat schon seit einer Ewigkeit die Innerste Kammer nicht mehr verlassen. Sie haben ihn dort eingesperrt. Und nun kämpfen sie um … nun, um was auch immer sie kämpfen. Um sein Vermächtnis. Um die Macht. Vielleicht nur aus Langeweile. Ich bezweifle, dass das eine große Rolle spielt.«

»Das ist Unsinn!«, fuhr Diabondo auf. »Niemand führt Krieg ohne Grund.«

»Ich habe nicht gesagt, dass es keinen Grund gibt. Selbstverständlich gibt es einen. Ich habe gesagt, vielleicht spielt er keine Rolle. Das ist ein Unterschied, Junge.«

»Mein Name ist Diabondo.«

Galileus nahm es mit einem höflichen Nicken zur Kenntnis. »Was wünscht ihr noch zu wissen?«

»Die Wucherungen!«, platzte Emmeline heraus. »Was haben sie zu bedeuten?«

»Das Haus verändert sich«, sagte Ambra. »Wir haben es gesehen, unten in den Hallen und Gängen. Und dann diese … Sporne über den Dächern.«

»*Wucherungen* ist ein trefflicher Begriff«, sagte der Lotse mit wohlwollendem Nicken. »Genau das sind sie wohl. Auswüchse einer Krankheit, die das Haus befallen hat. Niemand weiß, wie es um den Erbauer steht. Sicher ist, dass er die Kontrolle über das Haus verloren hat.« Er senkte den Blick. »Vielleicht ist er mittlerweile tot. Vielleicht haben die Archonten mehr Unheil angerichtet als nur die Verwüstungen, die entstehen, wenn sie ihre Famulitruppen aufeinanderhetzen.«

»Wenn er tot ist«, fragte Diabondo misstrauisch, »wie kann er dich dann beauftragt haben, uns zu helfen?«

»Oh, das ist schon vor geraumer Zeit geschehen. Er hat mich seine Gedanken hören lassen.«

»Aber wir sind gerade erst aufgebrochen!«

Der Lotse lächelte geheimnisvoll. »Dann muss er das wohl vorausgesehen haben. Er ist der Erbauer.«

Diabondo wollte wutentbrannt nachhaken, aber Hengis ging dazwischen. »So kommen wir nicht weiter.«

Carter stimmte ihm zu und sah zur Lichtsäule hinüber. »Wenn die Innerste Kammer verschlossen ist, wie sollen wir dann hineingelangen?«

»Nun«, sagte Galileus, »von außen bekommt man das Tor vielleicht auf. Man bräuchte dazu jemanden, der sich auf das Öffnen von Schlössern versteht.«

Zwei, drei Herzschläge lang herrschte Schweigen, dann richteten alle ihre Blicke auf Ambra.

Sie hob abwehrend die Hände. »Das da eben war nur irgendeine alte Holztür!«

»Hast du einen besseren Vorschlag?«, fragte Hengis.

»Immer vorausgesetzt, diese ganze Geschichte ist wirklich wahr.« Diabondo zeigte auf Galileus und Carter. »Und nicht nur etwas, das die beiden zusammen ausgeheckt haben.«

Carter sah ihn kalt an, sparte sich aber eine Erwiderung. Mit Erleichterung registrierte er, dass auch die anderen Diabondos Feindseligkeiten zunehmend ignorierten. Galileus mochte eine wunderliche Erscheinung sein, aber er machte ihnen Hoffnung. Das war etwas, das sie nach dem Marsch über die Dächer dringend nötig hatten.

»Lotse«, sagte Hengis. »Kannst du uns sagen, ob es in der Innersten Kammer wirklich einen Weg aus dem Haus gibt?«

»Ja«, sagte Emmeline. »Das wüsste ich auch gern.«

»Wir alle«, ergänzte Ambra.

»Nun«, antwortete Galileus, »falls es überhaupt irgendwo einen gibt, dann dort. Ich weiß nicht, ob es der Weg zurück in eure Welten ist oder nur ein Weg *irgendwohin,* aber ich würde sagen, die Möglichkeit besteht.«

»Die Möglichkeit besteht!« Diabondo stieß ein humorloses Lachen aus.

Hengis wirbelte herum, und plötzlich zeigte der Degen in Diabondos Richtung. »Hör schon auf damit! Es reicht!«

»Nimm das verdammte Ding runter!«

Der Kaninchenmann ließ die Klinge sinken, aber sein Blick blieb wutentbrannt auf den Jungen gerichtet. »Uns helfen jetzt weder dein Spott noch deine Wut. Wenn du nichts zu sagen hast, das uns weiterhilft, halt einfach deinen Mund!«

Diabondo atmete scharf aus, dann schloss er kurz die Augen und schüttelte den Kopf. »Sagt später nicht, ich hätte euch nicht gewarnt.«

»Galileus«, sagte Ambra, »kannst du uns zur Innersten Kammer führen?«

»Ich werde mein Bestes tun«, sagte der Lotse und schlug die Hacken aneinander.

»Es ist eine Falle«, murmelte Diabondo. »Natürlich ist es eine Falle.«

»Da ist noch was«, sagte Carter. »Wenn es einen Weg aus dem Haus gibt, der durch die Innerste Kammer führt, warum ist dann der Erbauer überhaupt noch dort eingesperrt? Weshalb benutzt er ihn nicht und verschwindet?«

Die anderen nickten, und keiner heftiger als Diabondo, der aussah, als hätte er am liebsten Beifall geklatscht.

»Vielleicht ist er kein Gefangener mehr«, sagte Galileus. »Vielleicht ist er auch nicht tot. Vielleicht ist er einfach längst fortgegangen und hat seine Schöpfung sich selbst überlassen.«

»Dann hat er die Kontrolle nicht verloren«, sagte Emmeline leise. »Er hat sie *aufgegeben*.« Sie stockte, und als niemand sonst etwas sagte, fügte sie hinzu: »Er hat uns alle aufgegeben.«

# 17

Sie folgten Galileus durch die Luke zurück ins Haus und stiegen Treppen hinunter, in deren Staubschichten die einsamen Fußspuren seines Aufstiegs zu sehen waren. Spinnweben wehten unter der Decke und in den Winkeln der Stufen.

Zuvor war Carter nicht aufgefallen, wie intensiv das Haus nach Alter und Moder roch. Jetzt aber, da sie von draußen ins Innere zurückkehrten, drückten die Gerüche auf sein Gemüt. Er fürchtete sich vor dem, was sie am Ende ihres Weges finden mochten – vor dem Krieg der Archonten, der Gleichgültigkeit des Erbauers, vor einer niederschmetternden Enttäuschung –, doch die größte Angst von allen flößte ihm das Haus selbst ein. Die Dunkelheit, das Schweigen und sogar dieser Geruch. Die Aura purer Ausweglosigkeit. Alles hier fühlte sich an, als hätte es keine Zukunft. Wie ein Schiff, das mit verfaultem Rumpf hinaus auf den Ozean fährt, obwohl die Besatzung weiß, dass es den nächsten Sturm nicht übersteht.

Schließlich führte Galileus sie aus dem stickigen Treppenhaus hinaus auf einen schmalen, schmucklosen Gang. »Wir nehmen die Nebenkorridore«, sagte er. »In den großen Gängen wird es immer gefährlicher, je näher wir den Schlachtfeldern der Archonten kommen.«

»Ist das ein großer Umweg?«, fragte Hyazinthe.

»Ein paar Schlenker hier und da, aber wir werden kaum Zeit verlieren.« Der Lotse ging vorneweg, gefolgt von Hengis und Diabondo, die ihn argwöhnisch im Auge behielten. »Sind euch Famuli von den Äußeren in die Inneren Sphären gefolgt?«

»Zumindest nicht über die Brücke«, sagte Hengis. »Es gab einen Überfall der Treibholzmenschen und ein Scharmützel am Tor. Aber es hat sich geschlossen, gleich nachdem wir auf der anderen Seite waren.«

»Dann hattet ihr Glück.«

Eine Weile lang schwiegen alle, dann sagte Emmeline: »Wir sollten es ihm erzählen.«

Galileus blieb stehen. »Was erzählen?«

Carter wechselte einen Blick mit Ambra, die kurz nickte.

»Wir sind dem Zeigermann begegnet«, sagte er. »Er war plötzlich hinter uns, beim Aufstieg zum Dach. Um ein Haar hätte er uns erwischt.«

»Ich kenne ihn«, sagte Galileus. »Ein misslungenes Experiment des Erbauers. Manche Dinge und Wesen hier im Haus ergeben keinen Sinn, man geht ihnen besser aus dem Weg … Interessant, dass er euch verfolgt.«

Ambra atmete scharf aus. »Interessant? Er hätte uns fast umgebracht. Was, wenn er uns irgendwo auflauert?«

»Unwahrscheinlich. Er ist eine Kreatur der Äußeren Sphären, und er kennt nicht die Wege, die ich kenne. Solange wir nicht die Hauptkorridore nehmen, sollten wir vor ihm sicher sein.« Galileus drehte sich um und ging weiter. »Besser, wir verlieren keine Zeit.«

»Da ist noch was«, sagte Emmeline. »Wir glauben, dass die Eulenechse unten im Nebel war, unter der Brücke. Sie ist uns von der einen Seite der Wunde zur anderen gefolgt.«

»Natürlich könnte sie auch einfach vom Lärm des Kampfes angelockt worden sein«, sagte Hengis.

Im Gehen zog Galileus sich ein Knäuel Spinnenfäden aus der Perücke. »Solange wir die Keller nicht betreten, kann sie uns nichts anhaben.«

»Hast du sie mal gesehen?«

»Nein. Nur gehört. Ihre Nähe gespürt. Ich glaube nicht, dass irgendwer sie gesehen hat und noch darüber berichten kann. Außer der Erbauer selbst, natürlich, als er noch frei im Haus umherstreifen konnte.«

»Also kennst auch du keinen sicheren Weg durch den Keller.« Diabondo klang, als erfüllte ihn das mit einer gewissen Zufriedenheit.

»Ich kenne Wege durch viele Regionen des Hauses, ohne jemals dort gewesen zu sein.«

»Dann existieren Karten, die du studiert hast?«, fragte Hengis.

»Möglich, dass die Archonten welche gezeichnet haben. Gesehen habe ich sie nie. Die Wahrheit ist, dass ich mich an keine Zeit erinnern kann, in der ich mich hier nicht ausgekannt hätte. Ich bin ein Teil dieses Hauses. Ich wandere durch seine Hallen, ohne mir Gedanken über die Richtung machen zu müssen.«

»Findest du das nicht eigenartig?«, fragte Emmeline.

»Ich bin ein Lotse.« Er hob die Schultern, ohne sich zu ihnen umzudrehen. »Was für ein Lotse wäre ich, würde ich die Wege nicht kennen?«

Während die Mädchen weiter vorn ihr Bestes taten, Galileus auszuhorchen, blieb Carter am Ende der Gruppe. Immer wieder horchte er in die Leere hinter ihnen.

Ambra ließ sich zu ihm zurückfallen. »Du grübelst«, sagte sie leise.

Er musste lächeln. »Und bestimmt sagst du mir gleich, worüber.«

»Ist nicht schwer, das zu erraten.«

»Da bin ich gespannt.«

»Du warst derjenige, der den Weg über die Dächer vorgeschlagen hat, lange vor deinem Traum. Deshalb fragst du dich, ob du schon früher über den Glaskasten Bescheid gewusst hast … in der Zeit, an die du dich nicht erinnern kannst. Und ob von vorneherein klar war, was du dort tun würdest.«

Er fühlte sich zu ausgelaugt, um es zu leugnen. »Ich hab gedacht, du glaubst nicht an Bestimmung.«

»Absicht ist etwas anderes als Bestimmung.«

»Das war keine Absicht. Ich hab nichts davon gewusst.«

»Aber vielleicht diejenigen, die dich hergeschickt haben.«

Er unterdrückte ein Seufzen. »Von eurer Flucht hat doch niemand gewusst, oder? Sonst hätten sie euch spätestens am Tor aufgehalten. Wer also sollte mich bei euch eingeschleust haben, um euch zu verraten? Das ergibt keinen Sinn. Erst recht nicht, wenn ich mich an nichts erinnern kann.«

»Die Ankunft lässt einen Dinge vergessen«, sagte sie. »Vielleicht auch solche, die man eigentlich nicht vergessen sollte.«

»Du denkst wirklich, ich hatte einen Auftrag? Und dass ich ihn … versehentlich vergessen habe?«

»Wäre doch möglich.«

»Ein Auftrag von wem?« Er wollte nicht spöttisch klingen, konnte jetzt aber gar nicht mehr anders. »Von den Archonten? Dem Erbauer? Vielleicht von der verdammten Eulenechse?« Er schüttelte den Kopf. »Wenn einer von denen so genau darüber Bescheid gewusst hätte, was ihr vorhabt, hätten sie euch nie so weit kommen lassen.«

»In der Kammer haben sie versucht, uns aufzuhalten.«

»Aber da war ich schon bei euch.« Ihm dämmerte plötzlich, worauf sie hinauswollte. »Du glaubst, das war nur ein Trick, damit ihr mir vertraut? Dass sie uns absichtlich haben laufen lassen?«

Ambra verzog den Mund, als müsste sie über seine Worte nachdenken, doch natürlich hatte sie das längst getan. Er war sicher, dass sie alle Möglichkeiten durchgespielt hatte. Genau wie er selbst. Und sie hatte keine Antwort auf ihre Fragen gefunden, sonst wäre sie jetzt nicht hier bei ihm, um darüber zu spekulieren.

»Ich vertrau dir«, sagte sie ruhig. »Ich verstehe nur nicht, warum.«

Wegen Calamina, dachte er, sprach es aber nicht aus. »Danke«, sagte er stattdessen.

»Wofür?«

»Dass du mir das sagst. Wenn man das Gefühl hat, alle

warten nur darauf, dass man ihnen in den Rücken fällt, ist das« – er suchte nach dem richtigen Wort – »anstrengend.« Das war nicht das, was er hatte sagen wollen, aber er war sicher, dass sie auch so verstand, was er meinte.

Ein paar Schritte lang schwiegen sie, dann sagte Ambra: »Uns allen haben die Archonten erklärt, dass wir Erlöser sind. Oder wenigstens mal welche waren, da, wo wir herkommen. Dass wir unsere Welten gerettet haben, auf die eine oder andere Weise.«

»Nur mir nicht.«

Sie nickte. »Dafür kann es nur zwei Erklärungen geben. Die eine ist, dass die Archonten wegen der Treibholzmenschen abgelenkt waren. Dann hätten sie aber schon von ihnen wissen müssen, bevor Diabondo und ich sie in der Brandung entdeckt haben, und dann wäre die Tür zur Klippe bereits bewacht gewesen, als ich dort angekommen bin.«

»Und die zweite Erklärung?«, fragte er.

»Du hast wirklich niemanden gerettet. Du bist kein Erlöser.«

»Das sage ich doch die ganze Zeit.«

»Lass mich ausreden.« In ihren Augen spiegelte sich Emmelines weißer Schein, obwohl fast zehn Meter zwischen ihnen und dem Rest der Gruppe lagen. Es sah aus, als ginge das Leuchten von ihr, von Ambra aus. »Was ich meine, ist: Du bist *noch* kein Erlöser.«

Verständnislos sah er sie an.

Sie deutete auf die dunkle Umgebung, die unscheinbaren Mauern, hinter denen sich die labyrinthischen Weiten des Fürimmerhauses verbargen. »Das alles hier ist dem

Untergang geweiht. Man kann es sogar riechen, findest du
nicht? Und dann die Wucherungen. Das, was Galileus gesagt hat. Irgendwas geschieht hier, und es sieht nicht so aus,
als stünde es gut um das Haus. Vielleicht bleibt uns weniger
Zeit, als wir denken, um heil hier rauszukommen.«

Das sah er genauso. »Aber was hat das mit mir zu tun?«

Sie senkte ihre Stimme, um sicherzugehen, dass die anderen sie nicht hörten. »Vielleicht bist du der Erlöser *dieser*
Welt. Oder wirst schon bald ihr Erlöser sein.«

Sein Lachen klang falsch, und schon nach wenigen Augenblicken blieb es ihm im Halse stecken. Sie meinte, was sie
da sagte.

Mit einem Ächzen holte er Luft. »Selbst wenn ich dieses
furchtbare Wort – Erlöser –, also selbst wenn ich das mal für
einen Moment ernst nehmen würde, wüsste ich doch ziemlich genau, dass es nichts mit mir zu tun hat. Kann es gar
nicht. Um irgendwen zu erlösen – und erst recht das alles
hier –, müsste man irgendwas … ich weiß nicht … *leisten*.
Aber ich hab mich euch einfach nur angeschlossen. Ich bin
nichts als ein Mitläufer, ganz buchstäblich. Für mich klingt
das nicht gerade nach einem großen, mächtigen Welten-
retter.«

»Sieht einer von uns anderen für dich so aus?«

»Ganz ehrlich? Ich kenn euch überhaupt nicht. Ihr könn-
tet alles Mögliche sein. Aber ich kenne mich.«

Ambra wischte seinen Einwand mit einer Handbewegung
beiseite. »Das ist dasselbe Argument, das Diabondo benutzt,
wenn er sich selbst zum strahlenden Helden erklärt. Findest
du das nicht absurd? Dabei willst du, dass ich dich genau für

das Gegenteil von ihm halte. Für einen« – sie wiederholte das Wort voller Hohn – »Mitläufer.«

Er wollte etwas erwidern, aber sie ließ es nicht zu.

»Du hast dafür gesorgt, dass Calamina sterben durfte«, fuhr sie fort. »Was du getan hast, hat *sie* sehr wohl erlöst. Von ihrem Leiden und von dem, was ihr bevorgestanden hätte, wenn die Famuli sie in die Finger bekommen hätten.«

»Das warst du, nicht ich.«

»Aber du hast mir die Möglichkeit dazu gegeben.«

Vielleicht war das ihre Art, mit ihren Schuldgefühlen fertigzuwerden. Aber das ging ihn nichts an, und es machte ihn wütend. »Ich glaube nicht, dass das – «

»Bei deiner Ankunft hat dir keiner gesagt, was du getan hast, weil du es erst noch tun *wirst*. Calamina … sie hat es gespürt. Sie hat versucht, es dir zu erklären. Uns allen sogar.«

»Sie hat wirres Zeug geredet.«

Ambra schüttelte heftig den Kopf. »Calamina ist erlöst worden. Das war der erste Schritt. Dann hast du Emmeline gerettet, als du sie durch das Tor zur Brücke gezogen hast. Und, wer weiß, vielleicht sogar uns alle, als du diesen Traum hattest, der den Lotsen zu uns geführt hat.«

Carter nahm ihre Hand und zwang sie dazu, mit ihm stehen zu bleiben. Weiter vorn verharrten auch die anderen. Noch immer hielt er das, was Ambra sagte, für eine Reaktion auf Calaminas Tod. Etwas, mit dem sie ihre Schuldgefühle kompensierte, indem sie das Sterben ihrer Freundin mit Bedeutung auflud. Er war nicht mal sicher, ob er ihre wahnwitzige Behauptung wirklich widerlegen *wollte,* weil er fürchtete, ihr damit weh zu tun. Und tatsächlich – das wurde ihm in dieser Sekunde bewusst, beim Blick in ihre Augen – war dies das Letzte, was er wollte: Ambra weh tun.

»Das alles«, sagte er sanft, »das sind Dinge, die jeder von euch getan hätte. Hengis und Diabondo und Emmeline und Hyazinthe … sie hätten alle dasselbe getan. Ich war nur zufällig im richtigen Moment da.«

»Ich hatte jedenfalls keinen Traum«, sagte Emmeline weiter vorn.

»Ich hätte auch nicht gewusst, wie man dieses Ding auf dem Dach bedient«, bestätigte Hyazinthe.

Hengis zuckte stumm mit den Achseln, vielleicht weil es ihm wirklich egal war, solange sie nur bald an ihr Ziel gelangten.

»Der da ist keiner von uns, Ambra.« Diabondo löste sich aus der Gruppe und kam zurück zu Carter und ihr. »Ich bin nicht gern einer Meinung mit ihm, aber diesmal hat er recht: Er ist einfach nur jemand, der aus dem Nichts aufgetaucht ist und uns etwas verheimlicht. Das macht ihn nicht zu einem Erlöser wie du und ich.«

Selbst im Halbdunkeln konnte Carter sehen, dass Ambra vor Zorn das Blut ins Gesicht schoss. »Wen *hast* du denn erlöst, Diabondo? Wenn du so überzeugt davon bist und so verzweifelt an das glauben willst, was dir ausgerechnet die Archonten weisgemacht haben, dann sag's uns: Wen oder was oder welche Welt da draußen hast du erlöst? Und vor wem?«

Diabondo starrte sie wütend an und presste die Fäuste fest an seine Oberschenkel, um nur ja nichts Falsches zu tun.

»Welche Welt?«, wiederholte sie und diesmal so laut, dass

Emmeline zusammenzuckte und Hyazinthe sich rasch bei ihr unterhakte. »Vor *wem*?«

Im Hintergrund räusperte sich Galileus. »Nun, zumindest darauf hätte ich eine Antwort.«

Die Stille, die sich mit einem Mal wie Rauch im Gang ausdehnte, umfing sie alle. Carter fiel auf, dass er noch immer Ambras Hand hielt und sie sich nicht dagegen wehrte. Gewiss, weil sie nach wie vor Diabondo fixierte, der gerade mit seinen eigenen Dämonen zu kämpfen hatte. Seinem Jähzorn. Seinen Überzeugungen. Seiner blindwütigen Selbstliebe.

Galileus stieß ein zweites Räuspern aus, das sehr viel gekünstelter klang als das erste. »Ihr habt eure Welten vor den Widersachern gerettet.«

Emmeline sah ihn fast ein wenig mitleidig an. »Das wissen wir doch, Galileus.«

»Aber wisst ihr auch, wer die Widersacher sind?«

Hengis knurrte leise und klang dabei überhaupt nicht wie ein Kaninchen. »Was soll das heißen, ›wer‹? Unsere Feinde. Die Gegner. Übermächtige Schurken. Dunkle Herrscher. Die Mächte des Bösen und der Unterwelt.«

Galileus schüttelte den Kopf. »So einfach ist das nicht.«

Ambra zog ihre Hand aus Carters Fingern, ließ auch den bebenden Diabondo stehen und ging auf Galileus zu. »Was zum Teufel redest du da?«

»Diese Widersacher«, sagte der Lotse, »in all euren Welten, sie kamen ursprünglich von hier. Aus dem Fürimmerhaus. Sie alle waren einmal Archonten.«

# 18

Galileus versammelte sie in einem Halbkreis, wie Zinnsoldaten in der Attrappe eines Korridors. Und genauso fühlte es sich für Carter an: nicht wie die Wirklichkeit, sondern wie ein Spielfeld, auf dem ihre Züge von anderen festgelegt wurden.

»Das Haus erschafft die Archonten«, sagte Galileus. »Und aus Archonten formt es die Widersacher. Das ist sein wahrer Zweck.«

»Wir dachten, das Haus ist ein Gefängnis«, sagte Ambra.

»Das Haus ist ein *Organismus*«, widersprach Galileus. »Und es erfüllt mehr als nur einen Zweck. Aber am Ende geht es vor allem um den einen: Es erschafft neue Widersacher. Damit auf keiner der Welten da draußen zu große Harmonie herrscht. Zu Harmonie gehört immer auch – «

»Dissonanz«, sagte Hengis, sichtlich stolz darauf, dass er das Thema schon früher angesprochen hatte.

Galileus nickte. »Gleichklang und Missklang. Gut und Böse. Ordnung und Chaos. Das ist nicht zwangsläufig dasselbe – zum Beispiel gibt es Unterschiede zwischen Gleichklang und Ordnung –, aber am Ende haben sie eine ähnliche Bedeutung. Sie stellen ein moralisches Gleichgewicht her und halten die Entwicklung eurer Welten in der Waage. Neigt sich eine zu sehr zur Seite der Harmonie, wird eine Dissonanz in Gestalt eines Widersachers ins Spiel gebracht. Neigt sie sich zu sehr zur Dissonanz, wirft die Harmonie einen Erlöser in die Waagschale.«

»Dann ist es wirklich ein Spiel«, sagte Carter tonlos. »Jede Seite zieht abwechselnd ihre Figuren aufs Feld.«

»Ich bin nur ein Lotse, kein Philosoph. Ich kann nur wiedergeben, was ich aufgeschnappt habe. Fragt mich nicht nach der tieferen Bedeutung von all dem.«

»Aber wer kontrolliert dieses … Spiel?«, fragte Ambra.

»Die beiden Seiten behalten sich gegenseitig im Auge«, erklärte Galileus. »Genau wie Generäle auf einem Schlachtfeld.«

Diabondo ließ sich mit dem Rücken gegen die Wand des Korridors sinken. Er sah verwirrt aus.

»Das heißt«, sagte Hengis, »der Erbauer steht auf der Seite der Widersacher?«

»Er hat das alles hier für sie errichtet, aber er ist keiner von ihnen«, sagte Galileus. »Es heißt, sie hätten ihn dazu gezwungen. Vermutlich war er bereits ein Gefangener, bevor die Archonten sich gegen ihn gewandt haben. Vielleicht ein Gefangener seiner eigenen Fähigkeiten. Die Widersacher haben ihm die Möglichkeit gegeben, seine Talente auszuschöpfen. Sie haben ihm diese Nische des Fabulariums überlassen, um darin das Fürimmerhaus zu erbauen, ganz so, wie er es wollte, nach seinen eigenen Vorstellungen. Die Widersacher haben sich dabei nur für eines interessiert: Am Ende sollte daraus ein Nährboden für ihresgleichen entstehen. Ein Quell der Dissonanz. Eine Manufaktur für neue Widersacher, wenn ihr so wollt.«

»Und die Archonten sind das Material, aus dem sie geformt werden?«, fragte Carter.

»So ist es.«

»Aber das ist noch nicht alles, oder?«, fragte Ambra skeptisch.

»Es ist das, was ich gehört habe. Das ist die Legende, die all dem hier zugrunde liegt. Der Mythos des Hauses. Und wie alle Mythen erzählt auch der hier bestimmt nicht die ganze Geschichte. Er hat Risse und Löcher, und manche davon sind im Laufe der Zeit gestopft worden, und gewiss nicht immer mit der Wahrheit.«

Diabondo stieß sich von der Wand ab. »Mit anderen Worten: All das, was du uns gerade erzählst, kann genauso gut ein großer Haufen Mist sein. Irgendein Märchen, das du gehört hast.«

»Ich werde dich nicht darum bitten, mir zu glauben«, entgegnete Galileus höflich. »Ich bin nicht hier, um dich von etwas zu überzeugen, das du nicht wahrhaben willst. Meine Aufgabe ist es, zu führen. Ich bin nur ein – «

Diabondo spie wutentbrannt vor dem Lotsen aus. »Es wäre besser gewesen, du hättest das alles für dich behalten.« Sein Gesicht war verzerrt, als wollte er im nächsten Augenblick auf Galileus losgehen.

»Das sehe ich anders.« Hengis schob sich schützend vor den Lotsen und sah Diabondo warnend an. »Du legst dir die Dinge gern so zurecht, wie du sie haben willst. Kannst du gerne machen. Aber mir ist die Wahrheit lieber.«

»Die Wahrheit?« Diabondos Stimme überschlug sich fast. »Warum sollte nur ein Wort davon wahr sein? Er könnte sich das alles ausgedacht haben, und du würdest es in hundert Jahren nicht erkennen, weil du ganz versessen darauf bist, irgendwelche Geheimnisse und … und Mythen zu sehen, wo doch alles ganz eindeutig ist. Wir sind die Guten, sie die Bösen. Wir sind die Gefangenen, sie die Kerkermeister. Warum brauchst du mehr als das?«

»Weil es niemals so einfach ist«, sagte Carter.

»Und das weißt du woher?«, brüllte Diabondo ihn an. »Du hast nicht mal das Recht, dich hier einzumischen. Weil du nichts weißt. Gar nichts!«

Carters Stimme wurde schneidend. »Ich kenne meinen Namen, Diabondo. Und du? Du hörst auf den, den dir die Archonten gegeben haben. Genau wie alles, was du glaubst, über dich selbst zu wissen, von ihnen kommt. Was macht dich so sicher, dass du nicht von Anfang an manipuliert worden bist?«

Diabondo machte drohend einen Schritt auf ihn zu, doch Hengis stieß ihn kurzerhand mit der flachen Hand zurück gegen die Mauer. Ein überraschtes Keuchen kam über Diabondos Lippen. Sofort federte er wieder nach vorn, nur um erneut gegen die Hand des Kaninchens zu prallen.

Da ergriff Hyazinthe das Wort. »So wie es aussieht, habe ich mein ganzen Leben an Fäden gehangen, bis ich mich von ihnen befreit habe – vielleicht sogar alle anderen in meiner Welt, wenn es wahr ist, was die Archonten sagen. Und wisst ihr was? Ich vermisse diese Fäden jeden verfluchten Tag. Weil sie mich geführt haben. Weil es furchtbar schwierig ist, ständig eigene Entscheidungen zu treffen und dann mit ihnen zu leben. Ich kann mich an die Zeit vor meiner Ankunft so wenig erinnern wie ihr, aber den Unterschied kann ich spüren. Ich bin sicher, es ist ganz leicht und angenehm, sich manipulieren zu lassen. Einfach zu glauben, was man glauben soll, so wie Diabondo. Hier im Haus habe ich keine Fäden mehr, aber die Archonten erwarten trotzdem, dass ich tue, was sie verlangen. Gehorsam sein. Mich nicht auflehnen. Auf das vertrauen, was sie mir nach der Ankunft eingetrichtert haben.« Sie hielt kurz inne, während alle anderen über ihre unverhoffte Redseligkeit staunten. Dann fuhr sie fort: »In Wirklichkeit sind meine alten Fäden nur gegen neue ausgetauscht worden. Und vielleicht reicht es nicht, nach einem Ausgang zu suchen. Vielleicht müssen wir uns auch gegen das auflehnen, was die Archonten uns wissen lassen und was nicht. Wenn jemand uns eine neue Geschichte anbietet, dann sollten wir sie uns anhören. Denn zumindest besteht die *Möglichkeit,* dass sie wahr ist. Und das ist eine Menge mehr als das Nichts, das uns die Archonten gegeben haben.«

Alle blickten Hyazinthe entgeistert an, selbst Diabondo schien für einen Moment seinen Zorn zu vergessen. Nur Emmeline grinste stolz von einem Ohr zum anderen; natürlich hatte sie schon immer gewusst, was in ihrer Freundin steckte.

»Hyazinthe hat recht«, sagte Carter. »Wenn wir das Haus wirklich besiegen wollen, dann müssen wir es verstehen.«

»Das ist, mit Verlaub, gar nicht mal so schwierig«, sagte Galileus. »Die ersten, die *ursprünglichen* Widersacher existieren schon lange nicht mehr. Aber sie haben dieses Haus und den Erbauer zurückgelassen, damit es weitere gibt wie sie. Nachfolger, wenn ihr so wollt. Kräfte, die sich der Übermacht der Harmonie entgegenstellen.«

Hengis musterte Diabondo. »Hast du dich wieder im Griff?«

»Schon gut«, sagte Diabondo, verbarg aber, was wirklich in ihm vorging. »Alles in Ordnung.«

Ambra trat neben Galileus. »Können wir jetzt weitergehen?«

»Selbstverständlich«, sagte der Lotse.

»Diabondo?«

»Ja, sicher.«

Hengis zog seinen Degen. »Ich bleibe hinten. Falls der Zeigermann uns noch folgt.«

Diabondo atmete tief durch. »Was dagegen, wenn ich mich dazugeselle?«

Der Kaninchenmann grinste. »Bist herzlich eingeladen.«

»Dann komm ich mit nach vorne«, sagte Carter.

So setzten sie ihren Marsch fort. Carter und Ambra gingen neben Galileus an der Spitze der Gruppe, danach folgten die beiden Mädchen. Den Abschluss bildeten Hengis und Diabondo.

Nach einer ganzen Weile wandte Carter sich an den Lotsen. »Wen hast du vor uns durchs Haus geführt? Die Archonten?«

»Gelegentlich … einen oder zwei. Aber das ist lange her.«

»Famuli?«

Galileus schüttelte den Kopf. »Die gehen nirgendwohin ohne ihre Meister.«

»Wen dann?«

»Nun, um ehrlich zu sein, bin ich meist auf eigene Faust losgezogen. Man muss niemanden lotsen, um neue Regionen zu erkunden. Erst recht nicht, seit der Erbauer eingesperrt wurde und das Haus sich laufend verändert.«

»Wuchert«, sagte Emmeline von hinten.

»Wuchert«, bestätigte Galileus. »Ich mag dieses Wort.«

»Ich schenk's dir.«

»Vielen Dank.«

»Das heißt, die meiste Zeit über bist du ohne Ziel unterwegs?«, fragte Carter. Ambra warf ihm einen Seitenblick zu.

»Ich bin auch Sammler«, sagte Galileus. »Ich sammele Dinge, die mich überraschen. Ungewöhnliche Gegenstände. Ich bin, wenn du so willst, ein Schatzsucher.«

»Goldkisten und so was?«, erkundigte sich Emmeline, der die Vorstellung zu gefallen schien.

»Ich hab mal ein paar Münzen gefunden, aber nicht viele. Dafür andere Dinge.«

»Aus anderen Welten?« Hyazinthe war ein wenig heiser, weil sie vorhin so viel und so schnell gesprochen hatte.

»Ja.«

Nun wurde auch Ambra neugierig. »Was, zum Beispiel?«

»Seltsame Gerätschaften, die nicht funktionieren. Kleidungsstücke. Tierknochen. Uhren, vor allem. Sehr viele Uhren.«

Carter erinnerte sich an die Standuhr. »Uhren gibt es auch in den Äußeren Sphären. Ich hab mich gefragt, welchem Zweck sie dienen, wenn kaum jemand da ist, der sie ansieht.«

»Gar keinem. Im Fürimmerhaus herrscht immer Tag. Niemand braucht all diese Uhren.«

»Vielleicht sind sie auch aus anderen Welten gefallen«, sagte Emmeline. »Genau wie die Bücher.«

Galileus schüttelte den Kopf. »Dann wären mehr von ihnen beschädigt. Sie würden nicht an den Wänden hängen, sondern irgendwo herumliegen. Und viele sind nicht mal stehengeblieben, obwohl niemand sie aufzieht. Nein, ich denke, dass es sich bei ihnen um Artefakte handelt. Unregelmäßigkeiten, die dem Erbauer … nun, einfach passiert sind. Womöglich hat er sie nicht absichtlich erschaffen. Sie sind mit all dem anderen einfach aufgetaucht, wie die Mauern und die Fenster und die Statuen.«

»Wie der Glaskasten auf dem Dach?«, fragte Ambra.

»Ja, der auch.«

»Vielleicht hat der Erbauer mal ein ganz normales Leben geführt, bevor die Widersacher ihn dazu gezwungen haben, das Haus zu erschaffen«, sagte Emmeline nachdenklich. Ihr Licht flackerte leicht, wenn sie sich zu viele Gedanken machte. »Kann ja sein, dass er Uhren gemocht hat. Uhren muss man auch bauen.«

»Vielleicht war er Uhrmacher«, sagte Carter.

»Und wenn schon«, sagte Diabondo.

Galileus aber stimmte Emmeline und Carter zu. »Es ist durchaus möglich. Was man erschafft, ist immer auch Ausdruck des eigenen Charakters.«

Carter fragte sich, ob der Lotse damit sagen wollte, dass auch in ihm, Galileus, ein Stück des Erbauers steckte. »Und was verrät dann dieses Labyrinth über ihn?«

»Nur dass sein Charakter ziemlich verzwickt und ver-
winkelt sein dürfte«, sagte Emmeline. »Der Erbauer ist ein
komplizierter Mensch.« Sie lächelte. »So wie die meisten
von uns.«

»*Falls* er ein Mensch ist«, sagte Hengis.

Plötzlich hob Galileus eine Hand und blieb stehen. »Wartet!« Seine Stimme war nur mehr ein Flüstern.

Alle hielten inne.

»Da vorn.«

Sie hatten fast das Ende des Korridors erreicht. Ein gutes
Stück vor ihnen mündete er in einen Quergang, in dem es
Lichtquellen gab, die einen senfgelben Schein verbreiteten.
Steinerne Ornamente ertranken in ihren eigenen Schatten.

Ein Fuchsrudel zog an der Mündung des Korridors vorüber. Mehrere ausgewachsene Exemplare führten ein halbes
Dutzend Welpen, kamen von der linken Seite in Sicht und
verschwanden auf der rechten wieder. Der letzte Fuchs blieb
stehen, schnüffelte am Boden, schaute kurz in die Richtung
der Erlöser und schlenderte gelassen weiter. Für einen Moment verschlug der Anblick ihnen allen die Sprache.

Dann sagte Hengis: »Wir könnten sie doch fangen und
essen.«

»Ein Kaninchen, das Füchse frisst?«, fragte Ambra.
»Müsste es nicht umgekehrt sein?«

Hengis fletschte die Nagezähne. »Nicht da, wo ich herkomme.«

Carter sah ihn verwundert an. »Erinnerst du dich etwa
daran?«

Die Augen des Kaninchenmannes weiteten sich ein wenig,

und er hatte seine Stimme nicht gut genug im Griff, um sein Erstaunen zu überspielen. »Ich … ja, daran schon.«

»Und du«, wandte Carter sich an Ambra, »weißt genau, dass es bei euch andersherum war?«

»Jeder weiß, dass Füchse Kaninchen fressen«, sagte Ambra.

Emmeline schüttelte den Kopf. »Ich hab solche Tiere noch nie gesehen. Wenn ich an Tiere denke, dann seh ich Insekten … große Insekten, die leuchten wie ich. Das ist die Sorte Tiere, die es bei uns gab.«

Carter blickte zu Galileus. »Irgendwas geschieht hier gerade, oder?«

Der Lotse knetete nachdenklich sein Kinn. »Vielleicht lässt euer Vergessen nach, je tiefer wir in das Chaos rund um die Innerste Kammer vordringen. Und je schlimmer die Wucherungen werden.«

Diabondo murmelte etwas Unverständliches. Carter fragte sich, ob Diabondo überhaupt an seinen Erinnerungen gelegen war, da er sich die Dinge doch längst in seinem Sinne zurechtgelegt hatte.

»Die Füchse stammen nicht von hier«, sagte Galileus. »Seit einer Weile sieht man immer mehr von ihnen.«

»Dann fallen auch sie aus anderen Welten?«, fragte Emmeline.

»Ich glaube nicht, dass sie fallen. Ich denke, dass sie über die Sporne kommen. Manche sind so hoch in den Himmel gewachsen, dass sie das Gewebe zwischen den Welten durchstoßen.«

»Moment mal.« Hengis drängte sich zwischen den Mädchen nach vorn. »Wenn all die Tiere über die Sporne aus anderen Welten einwandern, warum verlassen wir das Haus dann nicht auf demselben Weg?«

»Weil nicht jeder Sporn bis in eine andere Welt reicht und wir von unten aus nicht sehen können, welche hoch genug sind. Dafür hängen die Wolken zu tief. Ihr müsstet eine ganze Reihe von ihnen bis zur Spitze hinaufsteigen, um herauszufinden, wo es einen Durchbruch gibt. Und sie sind Hunderte Meter hoch. Tausende, vielleicht. Es könnte Wochen dauern, den Richtigen zu finden. Monate, sogar.«

Damit wollte Hengis sich nicht zufriedengeben. »Wir müssten uns nur an ihrem Fuß auf die Lauer legen und beobachten, ob etwas von oben herunterkommt, das nicht hierhergehört. Füchse oder sonst was.«

Ambra schüttelte den Kopf. »Und in der Zwischenzeit wuchert das Haus weiter, die Archonten führen ihren Krieg, und unsere Chancen, die Innerste Kammer zu erreichen, schrumpfen mit jeder Stunde … Nein, das würde nicht funktionieren.«

Hengis murmelte unwirsch vor sich hin, gab sich aber vorerst geschlagen und kehrte wieder ans Ende der Gruppe zurück. Carter sah, dass Diabondo ihm etwas zuflüsterte. Hengis schüttelte den Kopf, ließ sich noch weiter zurückfallen und bildete einsam den Abschluss.

Während sie weiterzogen, hörten sie in der Ferne wieder Explosionen, gedämpft von den Mauern des Hauses und vervielfacht vom Hall seiner endlosen Gänge. Sie sahen keine Füchse mehr, aber einmal flog ein Schwarm winziger, bunter Vögel über sie hinweg und verschwand zwitschernd am Ende des Korridors.

Bald betraten sie wieder eine weite Halle. Sie war beidseits flankiert von prächtigen Arkaden. Erst bei genauem Hinsehen erkannte Carter, dass die Säulen Wurzeln geschlagen hatten wie uralte Bäume. Die Stränge schlängelten sich als steinerne Fangarme weit in den Raum. Galileus hielt sich von ihnen fern, ohne sie zu erwähnen. Niemand stellte seine Entscheidung in Frage.

»Ist es hier so leer, weil die Famuli alle anderswo kämpfen?«, fragte Carter.

»Jeder Archon hat seine Truppen, aber viele haben sich längst gegenseitig aufgerieben«, antwortete Galileus. »Und selbst wenn noch Hunderte übrig wären, wäre ihre Zahl zu gering, um im ganzen Haus zu patrouillieren. Bevor sie begonnen haben, einander zu bekämpfen, hatten sie kaum andere Feinde als die Spinnen, die Riesenfledermäuse und die Eulenechse. Weite Teile des Hauses sind bei ihnen in Vergessenheit geraten, und durch einige davon führe ich euch. Jedenfalls so lange das möglich ist.«

»Wann werden wir denn die Regionen erreichen, in denen sie Krieg führen?«, fragte Ambra.

»Nun, die Kämpfe verschieben sich, wandern mal hierhin, mal dorthin. Aber ich denke, hier hält sich das Risiko in Grenzen. In ein paar Stunden wird das schon anders aussehen.«

»Solange sie die Kanonen einsetzen«, sagte Hengis von hinten, »werden wir sie wohl früh genug bemerken.«

»Warum hat der Erbauer ihnen überhaupt solche Waffen

gegeben?«, fragte Hyazinthe. »Ich meine, was können sie damit schon zerstören *außer* sein Haus?«

»Der Besitz der Waffen gehört zur Wandlung vom Archon zum Widersacher. Die Freude an der Zerstörung wächst ganz allmählich in ihnen. Hier im Haus sind Kanonen das Schlimmste, das sie einsetzen können, aber draußen in den Welten scharen sie Leute um sich, die viel schrecklichere Waffen für sie entwickeln.«

»Der Erbauer hätte das verhindern müssen«, sagte Carter.

»Er hat getan, was die ersten Widersacher von ihm verlangt haben«, erklärte Galileus. »Und als die Archonten sich gegen ihn wandten, war es bereits zu spät. Seine Aufmerksamkeit hatte zu lange allein dem Haus gegolten, der Schönheit seiner Architektur, der Glorie seiner Größe, und nicht denen, die es bevölkern.«

»Dann ist er ein Narr«, sagte Hengis.

»Wer weiß«, erwiderte Galileus, »womöglich würde er dir recht geben.«

# 19

Ein Getöse wie von einem Wasserfall drang ihnen entgegen, während sie sich einem Torbogen näherten. In der Halle dahinter herrschte Finsternis. Als sie vorsichtig an die Schwelle traten, wurde es eiskalt. Eine Gänsehaut kroch über Ambras Arme, und ihr Pulsschlag wurde schneller.

Die Halle hatte keinen Boden mehr. Unmittelbar hinter dem Portal klaffte ein schwarzer Abgrund, dessen andere Seite in der Dunkelheit nicht zu erkennen war: Emmelines Lichtschein war zu schwach, um ein Ende auszumachen. Wie weit der Raum nach rechts oder links reiche, blieb ebenfalls ungewiss – ganz zu schweigen von der Tiefe der Kluft.

»Was soll das?« Hengis musste gegen den Lärm des rauschenden Wassers anbrüllen, damit Galileus ihn hören konnte. »Hier kommen wir nicht weiter!«

»Doch, es gibt einen Weg!«, rief der Lotse und deutete nach oben.

Bislang war Ambra davon ausgegangen, dass das ohrenbetäubende Wasserrauschen aus dem Abgrund heraufdrang, das Tosen eines unbekannten Stroms, der durch die Keller des Hauses floss. Doch als sie nun den Blick hob und damit Galileus' ausgestreckter Hand zur Decke folgte, erkannte sie, dass die Wassermassen in Wahrheit *dort oben* tobten. Der Schein des Geistermädchens fiel auf ein wildes Strudeln und Wogen, das sich ungeachtet aller Naturgesetze über den angeleuchteten Teil der Decke erstreckte.

»Wie ist das möglich?«, rief Carter.

»Habt ihr gedacht, nur die Architektur verändert sich?«, erwiderte der Lotse. »Hier ist eine Menge mehr auf den Kopf gestellt worden als nur Mauerwerk und Mörtel.«

»Aber Wasser *kann* nicht an der Decke entlangfließen«, widersprach Emmeline. »Das weiß jeder.«

»Gebäude wachsen auch nicht von selbst in den Himmel«, rief Galileus über den Lärm hinweg. »Außer dieses hier. Und das Gleiche gilt für das Gewässer dort oben. Es gibt Ausnahmen von allen Regeln – ohne jede Ausnahme.« Er lächelte, sichtlich angetan von seinem Wortspiel.

Aus der Tiefe drang ein Brüllen herauf, das sogar den Lärm des Wassers übertönte.

»Die Eulenechse kennt das Geheimnis«, murmelte Ambra und sah, dass sich auch die Lippen der anderen bewegten. Selbst Carter wiederholte die rituellen Worte.

Hengis deutete mit dem Degen ins Dunkel. »Sie folgt uns noch immer.«

»Der Weg hinüber ist nicht so schwierig, wie es scheint.« Galileus zeigte nach links zur Innenwand der Halle. »Beugt euch vor, und ihr könnt es sehen.«

Vorbeugen war gerade nichts, das Ambra allzu verlockend fand, aber sie tat es trotzdem, kämpfte gegen ihr Schwindelgefühl an und entdeckte unmittelbar neben der Tür ein Netz aus Seilen wie die Wanten eines Segelschiffs. Weiter oben, eine gute Mannslänge unterhalb der tobenden Wasserdecke, waren drei feste Stricke hinaus ins Dunkel gespannt worden, deren Enden sich außerhalb des Geisterscheins verloren – zwei für die Hände, einer für die Füße. Eine spartanische Hängebrücke, eher für erfahrene Seiltänzer geeignet als für eine Gruppe erschöpfter Menschen auf der Flucht.

Hengis starrte den Lotsen an. »Das ist ein Witz, oder?«

»Ich selbst habe diesen Weg schon unzählige Male genommen«, sagte Galileus. »Es ist ein Kinderspiel, wirklich.«

»Wie weit ist es bis zur anderen Seite?«, fragte Carter.

»Einen guten Steinwurf.«

Hyazinthes Holzgelenke bebten. »Ich hoffe mal, er meint *meine* Steinwürfe.«

»Ich glaube nicht«, sagte Emmeline.

»Wirklich«, erklärte Galileus beharrlich, »wir alle werden in Windeseile drüben sein.«

»Und es gibt keinen anderen Weg?«, fragte Ambra. »Können wir die Halle nicht umgehen?«

Der Lotse schüttelte den Kopf. »Das würde uns zu viel Zeit kosten.«

»Wie viel?«, fragte Diabondo.

»Mehrere Tage. Diese Gegend ist unsicher. Das hier ist nicht der einzige Boden, der eingestürzt ist, und der Strom dort oben fließt über die Decken mehrerer Hallen. Eigentlich ist es wie jeder andere Fluss, den man überqueren muss. Nur dass man von oben nass wird statt von unten.«

Carter betrachtete die schlichte Seilkonstruktion mit einiger Skepsis. »Und wenn man abstürzt –«

»Oh«, fiel Galileus ihm ins Wort, »natürlich, das sollte ich erwähnen. Dann fallt ihr nach oben statt nach unten.«

Ambra wechselte einen Blick mit Hengis.

»Also nicht in den Keller zur Eulenechse«, sagte der Kaninchenmann, »sondern in einen reißenden Strom, der einen wer weiß wohin trägt. Während man ertrinkt.«

»Eure Füße stehen auf dem Seil«, sagte Galileus, »aber ungefähr ab der Hüfte spürt ihr einen Sog zur Decke. Hat man das einmal akzeptiert, macht es das fast leichter.«

Diabondo beugte sich vor und schaute von einem zum anderen. »Sind alle bereit?«

»Welche Wahl haben wir denn?«, fragte Emmeline. »Hierbleiben und warten, bis uns der Zeigermann holt?«

Ambra sah es ähnlich, auch wenn alles in ihr danach schrie, sich um keinen Preis der Welt ein paar durchnässten Seilen anzuvertrauen.

»Ich gehe vor«, rief Galileus über das Schäumen des Wassers hinweg. »Macht es einfach genauso wie ich.«

Und damit trat er an den linken Rand des Portals, packte das äußere Seil des Netzes an der Wand und schwang sich hinüber, bis seine Füße und die andere Hand sicheren Halt fanden. Geschickt kletterte er aufwärts, bis er die drei horizontalen Seile unterhalb der Wasserdecke erreichte.

Niemand machte Anstalten, ihm zu folgen.

»Na gut«, sagte Carter. »Wenn sich keiner darum reißt, gehe ich als Nächster.«

»Völliger Wahnsinn ist das!«, schimpfte Hengis.

»Danach wir, oder?«, fragte Emmeline an Hyazinthe gewandt. Die nickte langsam, ohne den Blick von Galileus abzuwenden, der sich nun vom Netz auf die Hängebrücke hangelte. Kurz darauf stand er mit beiden Füßen auf dem unteren Seil, während seine Hände sich an den beiden oberen festhielten. Von unten sah es fast einfach aus, fand Ambra.

Carter folgte ihm die Wand hinauf, nicht ganz so mühelos, aber durchaus behände. Während Galileus sich bereits über den Abgrund bewegte, zog Carter sich auf die wacklige Seilbrücke. Das brachte das gesamte Gebilde zum Schwanken. Auf keinen Fall konnten mehr als zwei Personen gleichzeitig diesen Weg nehmen.

Carters Haar richtete sich auf und zeigte in die Richtung des Stroms, der keine Armlänge über ihm tobte. Galileus behielt recht: So kurz unterhalb der Decke kehrte sich die Schwerkraft um und zog den Oberkörper aufwärts, während die Beine fast federleicht über das Seil tänzelten. Die Anziehung von Boden und Decke schien einander aufzuheben, solange man keine schnelle Bewegung in die eine oder andere Richtung machte.

Carter rief etwas, das Ambra bei all dem Lärm nicht verstand, und folgte Galileus in weitem Abstand in die Finsternis außerhalb des Lichtscheins. Da wurde ihr bewusst, dass sie alle im Dunkeln stehen würden, sobald Emmeline sich von ihnen entfernte. Sie hatten weder Lampen noch Fackeln dabei. Ohnehin brauchten sie beide Hände, um sich festzuhalten, erst recht in absoluter Finsternis.

»Ich geh zuerst.« Hyazinthe musste klar sein, dass die anderen auf Emmelines Geisterlicht angewiesen waren. Mit steifen Bewegungen hakelte sie sich am Netz hinauf und kletterte auf die Seile über dem Abgrund.

Emmeline folgte ihr, und Diabondo gab Ambra mit einem Wink zu verstehen, dass sie als Nächste gehen sollte. Hengis nickte ihr aufmunternd zu. Zugleich sah sie ihm an, welche Ängste er ausstand. Kaninchen waren nicht gerade für ihre Kletterkünste bekannt, und wahrscheinlich galt das auch für die menschenähnlichen Exemplare seiner Spezies.

Das Netz war weniger straff gespannt, als sie erwartet hatte, aber nachdem sie einmal darin hing, war der Aufstieg nicht schwierig. Die Schwärze hatte bei allem Schrecken auch etwas Einlullendes, und ein Teil von Ambra redete sich ein, dass die Dunkelheit solide war wie eine Wand und sie keineswegs in einen Abgrund starrte.

Der Lärm des Stroms war hier oben noch lauter, bald hörte sie nichts anderes mehr. Als sie auf die provisorische Seilbrücke kletterte, mit schmerzenden Armen und steifen Knien, fühlte sie den Sog von oben, so als griffen Hände aus den Fluten herab, die sich in ihr Haar krallten und an ihr zerrten. Eiskalte Gischt sprühte ihr ins Gesicht. Zugleich spürte sie noch immer das Gewicht ihrer Beine, das sie in die entgegengesetzte Richtung zog. Ehe sie sich darüber klarwerden konnte, ob ihr die widersprüchlichen Schwerkraftverhältnisse hinderlich oder behilflich waren, machte sie sich schwankend auf den Weg.

Die beiden Mädchen mussten die andere Seite bereits erreicht haben, denn Emmelines Licht stand jetzt still und auch die Bewegungen der Seile schienen allein von Ambra auszugehen. Über ihr schoss das Wasser dahin, eine heftige Strömung von links nach rechts, die immer wieder Turbulenzen bildete. Sie hätte die Hand danach ausstrecken können, so nah waren die schäumenden Fluten, und sie merkte bald, dass es besser für ihr Gleichgewicht war, wenn sie stur nach vorn blickte, nicht zum Wasser und nicht in die Tiefe. Sie machte winzige Schritte, tastete mit den Füßen nach dem Seil und verlagerte ihr Gewicht erst, sobald sie sicheren Halt gefunden hatte. Es fühlte sich an, als verschwendete sie kostbare Minuten und käme kaum vorwärts, aber das mochte täuschen, weil hier oben nicht nur die Schwerkraft, sondern auch die Zeit in Unordnung zu sein schien.

Sie konnte Emmeline jetzt deutlicher sehen, vielleicht zwanzig Meter entfernt und weiter unten auf einem Absatz, umgeben von den fahlen Gestalten der anderen. Sie blickten zu ihr herauf, obwohl Ambra im Dunkeln unsichtbar sein musste. Das war beängstigend: Niemand würde es sehen, falls sie den Halt verlor und stürzte – nach oben *oder* nach unten. Plötzlich fühlte sie sich sehr allein.

Sie hatte die Mitte der Seilbrücke erreicht, als sie unter sich eine Bewegung bemerkte. Es war zu dunkel, um irgendeine Form zu erkennen, und erst als sie sich zum Hinsehen zwang, bemerkte sie einen grauen Fleck in der Finsternis.

Dann einen zweiten.

Ein milchiges Augenpaar starrte aus der Schwärze zu ihr herauf.

Das Dröhnen des Wassers war zu laut, um irgendetwas anderes zu hören. Sie hätte ihr eigenes Brüllen nicht wahrgenommen, geschweige denn das der Kreatur in der Tiefe. Aber etwas sagte ihr, dass das Geschöpf keinen Laut von sich gab. Es war Teil der Dunkelheit, blieb vollkommen reglos, und weil Ambra keinen Körper erkennen konnte, keinerlei Hinweis auf die Entfernung, konnte sie nur schätzen, wie groß diese Augen waren. Vielleicht wie ihre Hände. Vielleicht wie ihr Kopf.

Ihre Glieder erstarrten. Wie hypnotisiert blickte sie in die schimmernden Augen unter sich, konnte die Hände nicht mehr lösen, die Füße nicht heben. Die Seilbrücke war noch in leichter Schwingung von ihren letzten Schritten, und von oben zerrte der Sog der umgekehrten Schwerkraft an ihr. Mit einem Mal schien es fast verlockend, ihr nachzugeben und sich in die Fluten an der Decke fallen zu lassen. Das Wasser würde sie davontragen, fort von dem Biest in den Kellern, fort von diesem Blick, der sie aus der Dunkelheit fixierte.

»Ambra!«

Sie musste viel länger stillgestanden haben, als sie selbst wahrgenommen hatte, denn plötzlich bewegten sich die Seile heftiger, und sie spürte, dass von hinten jemand näher kam.

»Ambra!«

Diabondos Stimme erklang in ihrem Rücken. Mit großer Willensanstrengung löste sie ihren Blick von den beiden Glutnestern in der Tiefe und sah über ihre Schulter. Da war er, keine drei Meter entfernt. Unter seinem zusätzlichen Gewicht senkten sich die Stricke weiter abwärts, und vielleicht war dies genau das Stück, das gefehlt hatte, damit das Ding von unten nach ihr greifen konnte.

»Geh ... zurück«, brachte sie krächzend hervor. Er konnte

sie gewiss nicht hören, denn er hatte ihren Namen brüllen müssen, damit sie ihn verstand, und ihr heiseres Flüstern wurde vom Lärm einfach fortgerissen.

Er kam näher, hatte sie fast erreicht, während die Seilbrücke immer tiefer durchhing. Weil die Distanz zum Wasser größer wurde, ließ der Sog von oben ein wenig nach. Ein paar aufgestellte Haarsträhnen fielen zurück auf ihre Schultern und vor ihr Gesicht.

»Da unten!«, schrie sie ihn an. »Unter uns!«

Er sah nicht hin, nickte nur kurz und rief: »Du musst weitergehen! … *Geh! Weiter!*«

Sie schüttelte den Kopf, was immerhin schon eine Bewegung war, ein Ausbrechen aus ihrer angstvollen Starre. Noch einmal senkte sie den Blick und schaute in den Abgrund.

Die beiden Augen schnellten auf sie zu.

Sie sah den Koloss nicht, der sich da vom Boden abstieß und zu ihr heraufsprang, aber sie spürte die Luft, die er verdrängte, und vielleicht war da nun doch ein bestialisches Brüllen, das sich in das Tosen der Fluten mischte.

Etwas wischte unter ihnen vorüber. Der Schlag einer gigantischen Klaue.

»Weiter!«, schrie Diabondo erneut.

Die weißen Augen sanken zurück in die Tiefe. Gleich darauf ließ eine ungeheure Erschütterung die Seile erbeben, als der Gigant am Grund des Kellers aufkam und das Mauerwerk der umliegenden Wände erschütterte.

Ambra schob ihre rechte Hand nach vorn, dann ihre Füße.

»So ist's gut!«, rief Diabondo.

Etwas in ihr erwachte wieder zum Leben, ihr Mut und

ihr Widerstandsgeist. Sie machte einen Schritt, dann noch einen.

»Ja … genau so!« Diabondos Stimme war leiser geworden, er schrie nicht mehr wie zuvor, und als sie über die Schulter sah, erkannte sie, dass er stehen geblieben war, damit sich die Seile wieder hoben.

Trotzdem rief sie: »Geh mit!«

Er schüttelte den Kopf. »Ich komm nach!«

Sie sah wieder nach vorn, ging weiter, empfand ihre eigenen Bewegungen als quälend langsam, riss sich zusammen und konzentrierte sich auf das, was vor ihr lag. Die Seile schienen jetzt glitschiger zu sein als zuvor, sie klammerte die Hände fester darum, und ihre Sohlen hatten Mühe, genug Halt zu finden. Die Wasseroberfläche über ihrem Kopf kam wieder näher, der Sog verstärkte sich, ihr Körper wurde leichter und damit auch das Laufen. Jemand hatte beim Errichten dieses Überwegs die umgekehrte Schwerkraft einkalkuliert, und sie fragte sich, ob das Galileus gewesen war oder gar der Erbauer selbst auf einer seiner früheren Expeditionen durch das Fürimmerhaus.

Emmelines leuchtender Umriss wurde schärfer. Schwach erkannte Ambra die Wand auf der anderen Seite der Halle. Als sie sich umsah, hatte sich die Finsternis hinter ihr zusammengezogen, die Seile verschwanden im Dunkeln, und Diabondo war nicht einmal mehr zu erahnen. Aber sie spürte, dass sein Gewicht auf dem Strick lastete, er war also noch da.

Gegen ihren Willen richtete sie auf den letzten Metern den Blick in die Tiefe, dorthin, wo die nebelweißen Augen gewesen waren, und konnte sie nicht mehr finden. Nur wenige Herzschläge später ließ eine neuerliche Erschütterung die Seilbrücke vibrieren. Emmeline und die anderen schwankten ebenfalls, als die Steinkante am Rand des Abgrunds erbebte. Ambras rechter Fuß rutschte ab, sie fing sich im letzten Moment, hangelte sich in einer taumelnden Bewegung weiter und erreichte endlich die gegenüberliegende Wand. Auch dort war ein Netz gespannt worden, und als sie darin Halt fand und abwärts kletterte, stolperte ihr Puls vor Triumph und Erleichterung.

Carter packte sie und zog sie in Sicherheit. »Du hast es geschafft!«, rief er, und sie sah die Erleichterung in seinen Zügen. Er schenkte ihr ein Lächeln, das sie erwiderte, wenn auch viel fahriger, als sie gewollt hatte.

Auf dieser Seite des Abgrunds gab es einen identischen Torbogen über der Kante, dahinter führte ein breiter Gang tiefer in die Inneren Sphären. Emmeline sah verstört aus und umklammerte Hyazinthes Hand. Das Marionettenmädchen selbst stand ganz steif da und blickte in die Tiefe.

»Habt ihr sie auch gesehen?«, fragte Ambra.

Emmeline nickte stumm.

Galileus winkte zur Seilbrücke hinauf. »Beeilt euch! Sie wird immer wütender!«

Nun hörte auch Ambra wieder das Brüllen in der Finsternis, das Toben des Giganten dort unten, und obwohl sie die weißen Augen nicht mehr sehen konnte, spürte sie die Anwesenheit von etwas, das in der Dunkelheit zu Hause war und die gesamte Schwärze mit Leben erfüllte.

»Die Eulenechse kennt das Geheimnis«, flüsterte sie tonlos und ahnte zugleich, dass sie das Geschöpf damit nicht mehr beschwichtigen würde. »Diabondo ist der Nächste!«, rief sie über den Lärm hinweg. »Er war gleich hinter mir!«

Schon bewegten sich die Seile hoch über ihnen wieder, schwangen auf und ab, und dann tauchte eine Gestalt auf, kletterte zum Netz hinüber und abwärts zum Torbogen, unter dem sie alle warteten.

Es war Hengis.

Ambras Kehle zog sich zusammen, und einen Moment lang bekam sie kaum Luft.

Carter ergriff den Arm des Kaninchenmannes und half ihm, vom Netz auf den sicheren Untergrund zu klettern.

»Wo ist Diabondo?« Ambra starrte zu den Seilen empor. Hengis konnte ihn dort oben nicht überholt haben.

Er starrte sie mit weiten Augen an. »Ist er nicht bei euch?«

Emmelines Geisterlicht flackerte, erlosch für einen Augenblick und flammte wieder auf.

Das Brüllen in der Tiefe entfernte sich, dann war nur das Rauschen des reißenden Wassers an der Decke zu hören.

Ambra drängte sich an Carter und Hengis vorbei und griff nach dem Netz.

»Ambra, warte!«

Sie schüttelte Carters Hand ab, zog sich zum Netz hinüber und kletterte nach oben.

»Diabondo?«, schrie sie in das Getöse der Wassermassen, als sie den Beginn der Seilbrücke erreichte.

Die Stricke zitterten leicht, waren aber wieder straff gespannt. Es war offensichtlich, dass niemand mehr darauf stand, auch nicht weiter draußen im Dunkeln. Trotzdem zog sie sich vom Netz auf die Seile, um erneut über den Abgrund zu balancieren.

»Diabondo!«, schrie sie, in der schalen Hoffnung, dass er sie noch hören konnte, sich festhielt, an irgendetwas, obwohl da nichts war, nur die leeren Stricke in der Finsternis.

»Ambra, bleib hier!« Carter war hinter ihr die Sprossen des Netzes heraufgeklettert. »Hengis hat ihn auf dem Weg nicht gesehen! Er ist nicht mehr da oben!«

»Vielleicht ist er umgekehrt!« Was völlig unmöglich war, denn dann wäre er dem Kaninchenmann geradewegs in die Arme gelaufen.

»Er ist fort!«, rief Carter.

»Er ist zu mir gekommen, um mir zu helfen!«

»Er musste denselben Weg nehmen wie du!«, erwiderte Carter. »Er konnte gar nicht anders!«

Sie machte zwei weitere Schritte auf die Seilbrücke hinaus, während ihre Haare sich zur Decke hin aufrichteten wie eine flammende Krone. Und mit einem Mal schossen ihr verschwommene Bilder durch den Kopf.

Gewaltige Armeen. Ein verheerender Krieg.

Dann ein Thronsaal. Eine Frau mit langen Gewändern und einer Krone auf dem Haupt. *Die Rote Königin*, dachte sie verwirrt.

Splitter von Erinnerungen, die sie jetzt nicht gebrauchen konnte. Die Rote Königin. Ihre Widersacherin. Die Gefahr, vor der sie ihre Welt befreit hatte. Dann wurde der Gedanke zurück in die Finsternis gesogen wie die Gischt in den Strudeln an der Decke.

»Diabondo!«, schrie sie noch einmal, um den Lärm zu übertönen, und wieder erhielt sie keine Antwort.

»Komm zurück!«, rief Carter. »Du kannst ihm nicht mehr helfen!«

»Wir können nicht ohne ihn gehen!«

»Er hätte es getan! Er war drauf und dran, auf eigene Faust loszuziehen!«

»Niemals!«

»Frag Hengis! Diabondo hat ihm angeboten, mitzugehen und uns zurückzulassen!«

Sie waren beide längst heiser von dem Geschrei, und manches war kaum mehr verständlich. Ambra blickte noch einmal ins Dunkel, erst an den Seilen entlang, dann in den Abgrund, und schließlich drehte sie sich schwankend um und balancierte zurück zur Wand und zu Carter.

Sie kletterten am Netz hinab zum Torbogen und wurden von ihren Freunden in Sicherheit gezogen.

Hengis stand da, als hätte man ihm einen Dolch in den Rücken gestoßen, mit hängenden Schultern und geknickten Ohren. Ambra ging zu ihm und nahm ihn kurz in den Arm. Dann trat sie an die Kante und blickte in die Finsternis hinaus.

Carter kam zu ihr und berührte sie sanft an der Schulter, und als sie sich zu ihm umdrehte, brannten ihre Augen, und sie sah ihn nur noch verschwommen. Nach kurzem Zögern zog er sie an sich, um sie zu trösten. Sie lehnte ihre Wange an seine Schulter und weinte, bis Galileus sie zum Aufbruch drängte.

# 20

Stunden später stiegen sie eine schmale Treppe hinunter, halb verborgen hinter einer Statue, deren Oberkörper geborsten am Boden lag. Die Stufen führten zu einer verzogenen Tür, die der Lotse mit der Schulter aufstoßen musste.

»Eine meiner Schatzkammern«, sagte er, als er sie in den kleinen Raum dahinter führte und mehrere Kerzen anzündete. Die Decke war niedrig, die Mauern unverputzt. Die Luft roch intensiv nach Staub. Carter hatte das Gefühl, dass seine Kehle davon schlagartig trocken wurde.

Überall lagen Galileus' Fundstücke, gestapelt oder in langen Reihen am Fuß der Wände, manche auch achtlos auf Haufen. Bücher, natürlich – sie schienen am häufigsten die Membran zwischen den Welten zu durchdringen, denn genau das war schließlich ihr Zweck –, aber auch Trinkbecher aus Zinn, seltsam geformte Flaschen, ein Stuhl mit Samtbezug, gesprungenes Geschirr. Dazu kamen bizarre Gerätschaften und Apparaturen, deren Zweck Carter ein Rätsel blieb. Vieles davon hatte Galileus in mehrere Reihen hintereinander geschoben, so als wüsste auch er nichts damit anzufangen.

»Das meiste stammt ursprünglich nicht aus dem Haus«, sagte Galileus. »Es ist irgendwann einfach aufgetaucht, lag auf Korridoren herum oder in den Sälen. Ich sammele auf, was ich tragen kann, und bringe es an Orte wie den hier. Manchmal versuche ich herauszufinden, was es mit einigem davon auf sich hat, aber oft spielt das gar keine Rolle.« Er lächelte. »Es zieht mich wohl einfach zu Treibgut, fürchte ich.«

»Wie viele dieser Schatzkammern hast du?«, fragte Carter.

»Zu viele, um mich an alle zu erinnern.«

»Du liebe Güte!« Hengis stürzte sich auf eine kleine Holzkiste, die halb unter all dem anderen Kram und Krempel hervorschaute. Er zog sie heraus, klappte den Deckel hoch und betrachtete mit zitternden Schnurrhaaren, was darin lag. »Zigarren!«, rief er aus. »Drei Stück!« Es fiel ihm merklich schwer, den Blick davon zu lösen, ehe er schließlich zu Galileus hinübersah. »Würde es dir … ich meine, könnte ich vielleicht … also, nur eine, wenn es dir nichts ausmacht.«

»Untersteh dich!«, sagte Emmeline. »Hier drinnen verpestest du die Luft gefälligst nicht mit dem Stinkzeug.«

»Und draußen besser auch nicht«, ergänzte Hyazinthe. »Es sei denn, du willst, dass die Famuli uns schon von weitem riechen.«

»Banausen!«, rief das Kaninchen. »Ihr versteht nichts von den feinen Dingen des Lebens! Überhaupt nichts!«

Galileus ging hinüber und nahm ihm die Kiste aus den Händen. Hengis setzte eine Leidensmiene auf, doch da hob der Lotse eine Zigarre heraus und reichte sie ihm. »Spar sie dir auf.« Er klappte den Deckel zu, legte die Kiste zurück zu den anderen Dingen und rückte sie einige Male hin und her, bis sie exakt genauso platziert war wie zuvor.

Als Hengis die Zigarre mit beiden Händen unter seiner Nase entlangführte und tief einatmete, richteten sich seine Ohren schnurgerade auf – sogar das rechte, das sonst immer umgeklappt blieb. Er seufzte, während er genüsslich das Aroma einsog, dann verstaute er seinen Schatz sorgfältig unter der Jacke. Respektvoll legte er eine Hand aufs Herz und verneigte sich vor Galileus. »Hab Dank, mein Freund. Ich werde sie in Ehren halten.«

»Dürfen wir auch?«, fragte Emmeline.

»Das ist *meine* Zigarre«, entgegnete Hengis empört.

»Nicht das. Uns umschauen.«

Galileus lächelte. »Nun, wenn ihr etwas Brauchbares findet, werdet ihr's mir doch erst zeigen, bevor es in euren Taschen verschwindet, stimmt's?«

Hyazinthe strahlte. »Ganz bestimmt.«

Ambra war währenddessen an der Tür stehen geblieben und lugte durch den Spalt die Treppe hinauf.

Carter trat neben sie. »Hörst du was?«

»Nicht bei dem Lärm hier drinnen.« Sie war noch immer aschfahl. Nach Diabondos Verschwinden hatte Carter sie lange im Arm gehalten, aber falls sich dadurch etwas zwischen ihnen verändert hatte, zeigte sie es nicht.

»Es tut mir leid«, sagte er. »Er war dein Freund, und ich kann mir kaum vorstellen, wie das – «

»Ganz ehrlich?«, unterbrach sie ihn. »Ich weiß nicht, was Diabondo war. Mein Freund ganz bestimmt nicht. Nicht auf die eine und schon gar nicht auf die andere Weise. Eigentlich haben wir uns die meiste Zeit über gestritten. Ziemlich oft war er unerträglich.«

»Ist mir aufgefallen.«

Sie schwieg einen Moment, dann sagte sie: »Danke.«

»Wofür?«

»Dass du nicht so tust, als wäre er ein toller Kerl gewesen, nur um mich zu trösten.«

»Warum sollte ich?«

»Weil«, begann sie, hielt dann inne und begann erneut: »Weil ich das Gefühl habe, dass das etwas ist, was man getan hätte … jedenfalls da, wo ich herkomme.«

Er lehnte sich mit einem Seufzen neben ihr gegen die Wand. »Weißt du, was mich am meisten verwirrt? Dass ich mich zwar an so was wie Architektur erinnern kann, an die Bögen und Kreuzgewölbe und spitzen Fenster und so weiter, aber nicht daran, wie man sich richtig verhält, wenn jemand stirbt.«

Sie nickte traurig. »Es erscheint so willkürlich, oder? Das, was wir wissen – wie man isst und trinkt und sich gegenseitig an die Kehle geht –, und das, was wir vergessen haben. Und das dann manchmal doch wieder zum Vorschein kommt.«

»Der Wechsel ins Haus funktioniert nicht perfekt«, sagte Carter. »Sie haben es zwar hinbekommen, dass der Teil, den man zum täglichen Leben braucht, nicht gelöscht wird, aber je länger wir unterwegs sind, desto mehr kommt es mir vor, als wäre vieles noch in mir … irgendwo. Nicht ausgelöscht, sondern nur … nicht mehr lesbar. Wie ein Buch, dessen Seiten zusammenkleben. Und manchmal lösen sich zwei Blät-

218

ter voneinander, und plötzlich steht da was geschrieben, von dem man nichts mehr gewusst hat.«

Sie musterte ihn, als wollte sie hinter eine Maske blicken, die nur sie sehen konnte. »Und je näher wir der Innersten Kammer kommen, desto brüchiger wird der Leim und mehr Seiten lassen sich wieder öffnen.« Sie zögerte kurz. »Die Frage ist nur: Hatte Diabondo recht?«

»Womit?«

»Er wollte sich auf keinen Fall an seine Vergangenheit erinnern. So deutlich hat er es zwar nie gesagt, aber es war so. Er war völlig überzeugt von dem, was er hier und jetzt sein wollte, und das war ihm wichtiger als alles, was er irgendwann mal in seiner eigenen Welt war.«

»Für ihn war's ein Neuanfang.«

»Ja, aber ohne zu wissen, ob das Alte nicht besser war. Er hat sich mit der Gegenwart zufriedengegeben, statt irgendeiner Erinnerung nachzulaufen, über die er nichts mehr wusste. Und vielleicht war das die richtige Entscheidung. Einfach nur zu sein, was man sein will, und der Vergangenheit nicht nachzutrauern.«

»Klingt gesünder, als sich ständig den Kopf darüber zu zerbrechen.«

Ambra nickte. »Diabondo wollte immer der große Held sein, immer auf der Seite des Guten stehen. Damit konnte er einen wahnsinnig machen. Aber wenn man es mal von außen betrachtet, ist daran gar nicht viel Falsches.«

»Ich weiß, was du meinst«, sagte Carter lächelnd. »Vielleicht müssen diejenigen, die immer nur das Beste wollen, allen anderen eben auf die Nerven gehen.«

Sie lachte plötzlich, und das gefiel ihm. »Bis sie einem selbst auf die Nerven gehen, und man sie lieber sonst wohin wünscht.«

Er sah sie lange an. »Macht dir das zu schaffen? Dass du ihn manchmal fortgewünscht hast und jetzt – «

»Jetzt *ist* er fort«, unterbrach sie ihn. »Ja. Und nein. Ich … ich weiß nicht. Aber es tut mir leid, dass ich es ihm nicht gesagt habe. Das, worüber wir gerade geredet haben, meine ich. Dass er vielleicht richtiglag – und ich falsch, wenn ich mich über ihn lustig gemacht hab. Das Haus verdrängt unsere Vergangenheit, und vielleicht ist es so ja am besten. Reinen Tisch zu machen, um zu sehen, was stattdessen aus uns wird.«

Hengis kam herüber und verschränkte die Arme. »Seid ihr beiden jetzt fertig? Müsst ihr wirklich stundenlang reden, bis ihr euch darüber einig seid, dass ihr eh einer Meinung seid?«

»Ja, Hengis«, sagte Ambra betont, »so macht man das für gewöhnlich.«

Der Kaninchenmann grinste. »Oder man reibt einfach die Nasen aneinander, und wenn keiner von beiden wegläuft, ist die Sache geregelt.«

»Das ist … nicht das, was ich meinte«, sagte Ambra.

»Und irgendwann«, fuhr Hengis fort, »gibt es einen Wurf von vielen kleinen, hübschen Kaninchen … Aber vielleicht legt ihr ja auch lieber ein Ei, was weiß ich.«

»Ich lege *kein* Ei«, sagte Ambra. »Und das einzige Kaninchen, das ich werfe, bist du, Hengis. Und zwar so weit ich kann.«

Hengis winkte lachend ab und ging zurück zu den Stapeln

von Zeug, die Galileus angehäuft hatte. Verstohlen vergewisserte er sich, dass der Lotse anderweitig beschäftigt war,
dann begann er erneut, die Sachen nach Brauchbarem zu
durchsuchen.

Tatsächlich hatte Galileus sich in eine Ecke zurückgezo-
gen, die vom Kerzenlicht nur schwach beschienen wurde.
Dort saß er im Schneidersitz, hatte das schmuddelige Rüschenhemd unter dem Gehrock aufgeknöpft und hantierte
mit etwas Metallischem an seinem Bauch.

Ambra folgte Carters Blick. »Was treibt er da?«

»Ich hab keine Ahnung. Fragen wir ihn.« Vorher aber sah
er zu Emmeline und Hyazinthe hinüber, die hinter einigen
Kisten herumkramten. Sie alle suchten nach einer Ablenkung von dem, was auf der Seilbrücke geschehen war, und
mit einem Mal war Carter sicher, dass Galileus sie nur aus
diesem Grund hierhergeführt hatte.

Gemeinsam mit Ambra ging Carter zu ihm hinüber. Mit
der rechten Hand drehte der Lotse einen silbernen Flügel-
schlüssel, den er mitten in sein Brustbein gesteckt hatte, genau auf Höhe seines Herzens. An dem Schlüssel hing eine
dünne Kette; vermutlich hatte er ihn unter seinem Hemd getragen wie einen Talisman. Während er ihn ein ums andere
Mal drehte, erklang in seinem Brustkorb ein schnarrendes
Knirschen. Galileus zog sich auf wie eine der Uhren in den
versteckten Winkeln des Fürimmerhauses.

»Wie lange wird das halten?«, fragte Ambra.

Der Lotse blickte auf. »Mal dreißig Stunden, mal vierzig.
Selten länger. Es hängt davon ab, wie sehr ich mich veraus-
gabe.«

»Der Kammerherr und der Haushofmeister – «, begann Ambra.

»Und die Köchin«, fiel Galileus ihr nickend ins Wort. »Alle tragen so einen Schlüssel bei sich und müssen ihn regelmäßig benutzen.«

Ambra lächelte. »Aber du bist nicht wie die anderen.«

Der Lotse hob beide Augenbrauen, dann sah er verlegen zurück auf seinen Brustkorb. »Ich erfülle nur meine Aufgabe.«

Carter nickte in die Richtung der beiden Mädchen und des Kaninchenmannes, die immer noch mit den Fundstücken beschäftigt waren. »Du hättest uns nicht herbringen brauchen. Das war bestimmt kein Teil deiner Aufgabe.«

»Es schien mir das Richtige zu sein«, sagte Galileus. »Ich dachte immer, dass all die Sammelei irgendwann einen Zweck erfüllen muss. Bis heute wusste ich nur nicht, welchen.«

Im Hintergrund lachten die Mädchen über etwas, das sie entdeckt hatten. Einen Augenblick später richtete Emmeline sich auf. In ihrem weißglühenden Haar steckte eine faustgroße Seidenblume. Hyazinthe klatschte in die Hände.

»Galileus?«, rief Emmeline gedehnt.

»Behalt sie ruhig.« Er drehte den Schlüssel ein letztes Mal und zog ihn heraus. Dann knöpfte er sich das Rüschenhemd zu.

Ambra beugte sich vor und gab ihm einen Kuss auf die Stirn.

»Danke«, flüsterte sie. »Auch dafür.«

Mit einem Mal konnte Carter nur sie ansehen. Die Art,

wie ihr rotes Haar bei der Bewegung nach vorn fiel, und wieder zurück nach hinten, als sie sich aufrichtete. Das Lächeln, das um ihre Lippen spielte und sogar die Schatten unter ihren müden Augen überstrahlte. Dann die leichte Drehung in seine Richtung. Ihr Blick, der kurz den seinen kreuzte und weiterwanderte.

»Hier sind noch mehr Zigarren!«, rief Hengis ungläubig. »Du bist ein verdammter Geizhals, Galileus Laurentin Adoro!«

Ambra hielt inne, dann kehrte ihr Blick zu Carter zurück, und auch das Lächeln war noch da, nur diesmal, da war er ganz sicher, galt es ihm.

# 21

»Der Turm des Mondes«, sagte Galileus.
»Wenn ihr durchs Schlüsselloch schaut, könnt
ihr sehen, warum er so heißt.«

Sie hatten geschlafen, so gut es eben ging,
einen Teil ihrer Rationen verzehrt und sich
schließlich abermals auf den Weg gemacht.
Seit sie die Schatzkammer verlassen hatten,
waren mehrere Stunden vergangen. Immer
wieder hatten sie innegehalten und gehorcht,
ob der Zeigermann noch hinter ihnen war. Gehört hatten sie nichts Verdächtiges. Trotzdem
sprach keiner die Hoffnung laut aus, dass sie
ihn an der Seilbrücke abgehängt hatten. Niemand mochte so recht daran glauben.

Hengis legte seinen Degen nicht mehr aus
der Hand. Carter und Ambra hatten in der
Schatzkammer nach Waffen Ausschau gehalten, bis Galileus ihnen erklärt hatte, dass er
zwar viel Nutzloses aufgelesen habe, aber Waffen ganz sicher nicht dazugehörten.

Seit gut einer Stunde erklangen wieder ver-
einzelte Detonationen, deren Lärm von der
verwirrenden Akustik der Gänge tief ins Labyrinth des Hauses getragen wurde.

»Der Turm des Mondes«, wiederholte Emmeline nachdenklich. »Der Name hat sicher mit dem Licht da drinnen zu tun, oder?«

Galileus lächelte. »Sieh einfach nach.«

»Mein eigenes Leuchten sieht aus wie Mondlicht«, sagte sie. »Calamina hat das immer gesagt: ›Du bist bestimmt eine vom Mondvolk.‹«

Carter musste lächeln. »Das klingt schön.«

Emmeline nickte. »Und vielleicht stimmt es ja, wer weiß.«

»Dann solltest du das Recht haben, als Erste hineinzusehen.« Galileus deutete auf die hohe Tür, vor der sie stehen geblieben waren. Links führte der Korridor weiter in die Inneren Sphären. Anders als zuvor war er hier nicht schnurgerade, sondern folgte der gebogenen Wand des Turms in einer weiten Kurve nach rechts. Die geschwungene Messingklinke der Tür war fast so lang wie Carters Unterarm und das Schlüsselloch darunter groß genug, um drei Finger hineinzustecken.

Emmeline sah fragend zu Hyazinthe, die ihr auffordernd zulächelte. Langsam trat sie an die Tür.

»Sollten wir uns nicht beeilen?«, fragte Hengis mürrisch.

Galileus schüttelte den Kopf. »Manchmal muss man einfach innehalten und die Aussicht genießen. Welchen Sinn hätte es sonst, um sein Leben zu laufen?«

Der Kaninchenmann schien widersprechen zu wollen, aber Carter berührte ihn am Arm. *Lass sie doch,* bedeutete er ihm, und auch Ambra nickte sachte. Hengis seufzte und hob ergeben die Hände.

In der Ferne donnerte eine Explosion. Allmählich gewöhnte Carter sich daran, und auch keiner der anderen zuckte mehr zusammen. Sie alle hatten sich damit abgefunden, dass sie das Kriegsgebiet der Archonten schon bald durchqueren mussten, und vielleicht war es sogar klug, den Moment hinauszuzögern, damit sich die Famuli bis dahin gegenseitig dezimierten. Je weniger Gegner auf sie warteten, desto geringer war das Risiko.

Klinke und Schlüsselloch der prunkvoll beschlagenen Tür waren auf Höhe von Emmelines Brust angebracht, und sie musste kaum in die Knie gehen, um ihr Gesicht vor die Öffnung zu bringen. Carter stand seitlich von ihr und sah, wie ein weißblauer Lichtstrahl von innen auf ihre Züge fiel und den Umriss des Schlüssellochs um ihr rechtes Auge malte – einen Moment lang war er heller als ihr eigenes Leuchten, ehe er mit ihr zu verschmelzen schien.

Mehrere Atemzüge lang schwieg sie, während Carter und die anderen sie beobachteten. Schließlich hob sie eine Hand und legte sie flach neben der Tür an die Wand.

»Was ist nun?« Hengis trat ungeduldig von einem Fuß auf den anderen. »Was siehst du?«

»Den Mond«, sagte sie leise. »Und die Nacht.«

Carter und Ambra wechselten einen Blick.

»Es gibt keine Nacht im Fürimmerhaus«, sagte Hengis.

Emmelines Stimme klang ehrfürchtig. »Weil sie hier drinnen gefangen ist … glaube ich.«

Galileus zeigte ein mysteriöses Lächeln und schwieg.

Schließlich richtete Emmeline sich wieder auf. »Danke schön«, sagte sie zu dem Lotsen.

»Das ist alles?«, fragte Hengis.

Emmeline achtete nicht auf ihn und sagte zu Hyazinthe: »Jetzt du.«

Das Marionettenmädchen sah fragend Galileus an, der ihr auffordernd zunickte. Dann trat sie vor die Tür und beugte sich zum Schlüsselloch hinab. Auf ihrer hölzernen Haut zeichnete sich der helle Umriss noch deutlicher ab und wurde kleiner, als sie das Auge auf die Öffnung zubewegte.

»Oh«, flüsterte sie.

»Was?«, entfuhr es Hengis.

»Nur Geduld«, sagte Galileus. »Du kommst auch an die Reihe, wenn du es wünschst.«

Für einen Augenblick schien es, als wollte das Kaninchen widersprechen, aber dann stutzte es mit einem Mal und sagte mit gesenkter Stimme: »Ich kann mich wieder an die Nächte in meiner Welt erinnern. An den Sternenhimmel vor den Eingängen der großen Höhlenbauten. An das Mondlicht auf dem Wasser der wilden Bäche.«

Sie alle erinnern sich an immer mehr, dachte Carter, nur ich nicht. Seltsamerweise spürte er dabei weniger Neid als Faszination. Er war jetzt einer von ihnen, doch zugleich fühlte er sich wie ein Beobachter. Möglicherweise war er das ja schon immer gewesen, einer, der zusah, wie andere ihr Leben führten, und selbst ein wenig abseits stand.

Ambras Finger umschlossen seine Hand und drückten einmal kurz zu. »Jetzt du.«

»Wieso er?«, fragte Hengis.

»Wieso nicht?«

Aber Carter schüttelte den Kopf. »Mach ruhig«, sagte er

zu Hengis. Er verspürte erstaunlich wenig Neugier, während sich in seinem Kopf eine vage Vorahnung dessen formte, was hinter dieser Tür sein mochte.

Ambra ließ seine Hand nicht los, als sie darauf warteten, dass Hengis Hyazinthes Platz einnahm und durch das Schlüsselloch blickte. Merkwürdigerweise gab das Kaninchen keinen Ton mehr von sich, presste nur schweigend ein Auge an die Öffnung und rührte sich nicht.

Hyazinthe flüsterte Emmeline etwas zu, das Carter nicht verstand, aber er sah die beiden Mädchen daraufhin kichern und dachte, dass sie sich das nach allem bitter verdient hatten.

Nach einer Weile hob Hengis den Kopf. Es schien, als kehrte er von einem anderen Ort zurück, und sein Blick blieb auch jetzt noch in die Ferne gerichtet. »Seht selbst«, sagte er nur.

Carter ließ Ambra den Vortritt.

Ohne zu zögern, trat sie an die Tür und blickte hindurch. Während Carter sie beobachtete, war ihm, als fühlte er, was sie empfand: grenzenloses Staunen, aber auch den Respekt vor einem Wunder, das sie alle sehr unbedeutend erscheinen ließ.

Schließlich löste sie sich von dem Anblick, blickte zu Hengis und Galileus, dann wieder zu Carter. »Es ist wahr«, sagte sie.

Bevor er sich zum Schlüsselloch vorbeugte, legte er eine Hand auf die riesige Messingklinke und spürte die Kälte der Nacht, die auf der anderen Seite gefangen war. Sie war eisig und zugleich vertraut.

Als er sein Auge vor die Öffnung brachte, erwartete er, von dem weißen Licht aus dem Inneren geblendet zu werden, so hell hatte es auf die Gesichter der anderen geschienen. Er brauchte einen Moment, um sich zu orientieren. Auf dem Boden des runden Raumes musste sich eine schräge Spiegelfläche befinden, denn Carter konnte sehen, was sich hoch oben im Turm befand. Dort hing – scheinbar schwerelos – eine leuchtende Kugel mit marmorierter Oberfläche, nicht überall gleich hell, und doch strahlend weiß. Wie hoch der Schacht war, ließ sich nicht erkennen, denn jenseits der Kugel befand sich eine tiefe, sternengesprenkelte Schwärze, ein kristallklarer Nachthimmel wie ein Samtkissen. Lichtpunkte bildeten Sternbilder, die Carter diffus vertraut vorkamen, ohne dass er sie hätte benennen können, und einmal meinte er, jenseits des Mondes gar eine Sternschnuppe vorüberhuschen zu sehen.

Er zog den Kopf wieder zurück. Sekundenlang sah er die anderen nur verschwommen, ehe sein Blick den Lotsen fand. »Wie ist das möglich?«, fragte er benommen. »Das ist wirklich der Mond. Oder … ein Mond.«

»Und ist es nicht erstaunlich, dass ihr daran nicht den geringsten Zweifel habt?« Galileus lächelte sanft. »Man sieht ihn und *weiß,* dass es der Mond ist. Der Mond auf seinem Bett aus Nacht. Und beide werden in diesem Turm festgehalten.«

»Ist deshalb nie Nacht im Fürimmerhaus?«, fragte Ambra.

Hengis verschränkte die Arme. »Immerhin muss es eine Sonne geben, irgendwo hinter den Wolken, sonst gäbe es kein Tageslicht, oder?«

»Das könnte die Helligkeit der Lichtsäule sein«, sagte Carter.

»Nein, es gibt eine Sonne«, entgegnete Galileus. »Früher konnte man sie manchmal sehen, bevor der Qualm des Krieges sich am Himmel verteilt und alle Lücken zwischen den Wolken versiegelt hat. Der Erbauer hat dem Fürimmerhaus einen ewigen Tag geschenkt und die Nacht und den Mond in diesem Turm eingesperrt. Ich denke, er hat es gut gemeint, aber die Sache nicht bis zum Ende durchdacht.«

»Wie ein Kind«, sagte Ambra, »das mit seinem Spielzeug drauflosbaut, ohne zu überlegen. Ohne Planung, einfach so, wie es ihm gerade gefällt.«

»Er müsste nicht mal ein Kind sein«, sagte Galileus. »Nur jemand, dem die nötige Lebenserfahrung fehlt. Das könnte auch ein Erwachsener sein.«

»Oder ein Automat«, sagte Hengis.

Ein gellender Schrei ertönte – nicht weit entfernt, jenseits der Biegung des Korridors.

»Emmeline?«, rief Ambra.

Die beiden Mädchen waren verschwunden.

Fluchend rannte Carter los. Ambra war neben ihm, Galileus folgte ihnen. Hengis hatte sich bereits einen Herzschlag früher in Bewegung gesetzt, und weil er schneller war als sie alle, hatte er innerhalb von Sekunden einen gehörigen Vorsprung und war hinter der Kurve des Gangs bald nicht mehr zu sehen.

Sie kamen an einem schmalen Riss in der gewölbten Turmmauer vorbei, durch die eine Ahnung des Mondlichts schien. Es fiel als fingerdicker Strich auf die gegenüberliegende Korridorwand. Vielleicht war es das, was die Mädchen von den anderen fortgelockt hatte, denn viel weiter waren sie nicht gekommen. Carter konnte jetzt Emmelines glühende Silhouette sehen, keine zwanzig Meter entfernt, wo der Korridor wieder gerade verlief. Hyazinthe stand neben ihr. Hengis ging gerade in die Hocke und betrachtete etwas, das sich vor ihnen am Boden befand.

Vier Leichen lagen im Gang, unweit eines halbrunden Durchgangs. Zwei der Toten waren Famuli, der dritte eine kahlköpfige Gestalt in purpurnen Gewändern, grau und eingefallen – wahrscheinlich derselbe Archon, der mit seinen beiden Leibwächtern vor ihnen das Tor zu den Inneren Sphären durchquert hatte.

Der vierte Tote war Diabondo.

»Aber, wie –« Ambra brachte den Satz nicht zu Ende, als sie neben ihm auf die Knie fiel, sein Handgelenk packte, keinen Puls fand und die Finger an seinen Hals legte. Sie fluchte mit belegter Stimme und ließ dann den Kopf hängen.

Diabondo musste mit den drei anderen gekämpft haben. Einem der Famuli hatte er ein Kurzschwert entrissen, seine rechte Hand umklammerte noch immer den Griff. Nachdem er die beiden überwältigt hatte, musste er auch den Archon besiegt haben. Dabei oder schon vorher war er selbst tödlich verletzt worden. Mit letzter Kraft war er einige Meter von den drei Leichen fortgekrochen und lehnte nun mit dem Rücken an der Wand des Korridors, die Beine ausgestreckt, die Augen geschlossen. Aus einer Wunde in seinem Bauch hatte er viel Blut verloren, aber sein Gesichtsausdruck wirkte seltsam entspannt, als hätte er sich zuletzt mit seinem Schicksal abgefunden.

Emmeline schluchzte leise, und ihr Lichtschein flackerte leicht. Hyazinthe hielt sie im Arm und hatte den Blick gesenkt.

Derweil stocherte Hengis mit seinem Degen im Gewand des leblosen Archons. »Wie hat er das nur gemacht?«

Erst jetzt bemerkte Carter das Geräusch von schwappendem Wasser, das durch den Torbogen zu ihrer Linken drang. Emmelines Licht reichte nicht weit hinein, weil sie zu weit abseits stand, aber es genügte, um zu erkennen, dass der Boden des Saals ein Gefälle hatte. Nach wenigen Metern ging er in eine schwarze Wasseroberfläche über, deren Rand sanft wogte und immer wieder leise gegen die Schräge klatschte.

»Möglicherweise ist er hier angespült worden«, sagte Carter. »Vielleicht hat er die drei deshalb überrumpeln können.«

»Warum waren die nicht längst in der Innersten Kammer?«, fragte Hengis. »Sie kannten den Weg und hätten viel schneller dort sein müssen als wir.«

»Vermutlich sind sie den Kämpfen ausgewichen.« Galileus war neben Carter zum Stehen gekommen. »Sie konnten nicht wissen, welcher Archon gerade die Oberhand hat, und vielleicht wollte der hier« – er deutete auf den Toten im Purpurgewand – »nicht an den Falschen geraten. Die sind einander alle spinnefeind.«

»Dann ist Diabondo also doch vom Wasser fortgerissen worden«, sagte Emmeline, nun wieder ein wenig gefasster. Der Gedanke, dass Diabondos Verschwinden ein Unfall gewesen war, schien sie zu beruhigen.

»Nein«, entgegnete Ambra. »Ich glaube, er ist gesprungen. Er hat es darauf ankommen lassen, dass ihn das Wasser tiefer in die Inneren Sphären trägt und er so schneller zur Innersten Kammer gelangt als wir.«

»Aber er hätte doch ebenso gut ertrinken können«, sagte Hengis.

»Genauso war er doch. Seine verdammte Selbstüberschätzung! Der Gedanke, dass er scheitern könnte, ist ihm wahrscheinlich nicht mal gekommen.« Sie griff dem Toten unters Kinn, hob seinen Kopf und sah ihn traurig an. »Du Idiot«, flüsterte sie.

Carter hatte Diabondo nicht gut gekannt, aber er glaubte, dass Ambra recht hatte. Diabondo war in die dunkle Halle gespült worden und hatte schließlich dieses Ufer erreicht. Tatsächlich war da eine Feuerstelle, nicht weit vom Eingang. Dort musste er den Archon und seine Famuli entdeckt und vom Wasser aus angegriffen haben. Vielleicht hatte er sie im Schlaf überrascht – falls Famuli und Archonten überhaupt jemals schliefen –, was immerhin erklären würde, wie es ihm gelungen war, die drei zu überrumpeln.

Er löste seinen Blick von Diabondo und betrachtete schaudernd das hagere Gesicht des Archons. Graue Haut spannte sich wie Pergament über vorstehende Knochen, als wäre ihm schon vor langer Zeit das Leben ausgesogen worden. Seine Augen standen weit offen und waren vom Schwarz der riesigen Pupillen erfüllt.

»Wir sollten weitergehen«, sagte Galileus.

»Wir können Diabondo nicht einfach hierlassen«, widersprach Ambra.

»Doch«, sagte der Lotse beharrlich, »genau das sollten wir tun.«

»Begraben können wir ihn eh nicht«, stellte Hengis pragmatisch fest. »Und verbrennen kommt wohl auch nicht in Frage.«

Schließlich einigten sie sich darauf, Diabondo zumindest vom Gang zu schaffen. Sie legten ihn in den trockenen Bereich des Saals, einige Schritte vom Ufer entfernt. Er konnte noch nicht lange tot sein, denn seine Glieder waren beweglich genug, um seinen Körper auszustrecken und die Hände auf seiner Brust zu überkreuzen. Ambra strich ihm das nasse Haar aus dem Gesicht, sah ihn noch einmal an, dann stand sie auf und trat zurück. Nacheinander gingen die anderen zu ihm und nahmen wortlos Abschied. Zuletzt trat auch Carter neben ihn und wünschte ihm im Stillen eine friedliche Reise, wohin auch immer sie ihn von hier aus führen mochte.

Einzig Galileus war am Eingang zurückgeblieben. Erneut mahnte er sie zur Eile. »Das ist kein guter Ort. Früher oder später werden hier Famuli auftauchen. Dann sollten wir möglichst weit weg sein.«

Als sie aufbrachen, war Carter froh, nicht länger den leblosen Blick des Archons auf sich zu spüren.

»Immerhin«, murmelte Hengis, »wissen wir jetzt, dass man sie mit einer Klinge töten kann.«

Niemand hielt es für nötig, ihn daran zu erinnern, dass Diabondo dieses Wissen mit dem Leben bezahlt hatte.

# 22

»Da ist er wieder«, flüsterte Hyazinthe. »Das ist der Zeigermann.«

Nun hörten sie alle das metallische Klicken und Klacken seiner Stelzenschritte auf den Zeigerspitzen. Vor ihnen lag die Kreuzung zweier Korridore. Unmöglich zu sagen, aus welcher Richtung die Laute kamen.

»Wie findet er uns immer wieder?«, fragte Ambra.

Hengis stieß ein wütendes Brummen aus. »Das wüsste ich auch gern.«

Galileus deutete über die Kreuzung hinweg. »Dort entlang!«

Schweigend folgten sie ihm den Korridor hinunter, dann um mehrere Ecken, die durch Wucherungen ihre rechten Winkel verloren hatten, über eine Brücke mit eingestürztem Dach und wieder auf einen langen Gang. Er grenzte an einen der Innenhöfe des Hauses. Das Buntglas von sechs hohen Fenstern war zu verschlungenen Mustern angeordnet. Ambra hätte nicht sagen können, ob es sich um Schriftzeichen oder etwas anderes handelte. Aus irgendeinem Grund erinnerten sie die Formen an stilisierte Landkarten, die sie womöglich aus ihrem früheren Leben kannte.

237

Auch die Gerüche in diesem Teil des Hauses kamen ihr bekannt vor, der scharfe Schwarzpulverdampf von Musketen und Haubitzen.

Kurz vor dem Ende des Gangs ließ Galileus sie anhalten und horchte mit erhobenem Finger. Falls der Zeigermann noch in der Nähe war, gingen seine Schritte im gedämpften Lärm der Kämpfe unter.

Zuletzt waren sie immer öfter auf die Zerstörungen gestoßen, die die Famuli im Auftrag der Archonten angerichtet hatten: geborstene Wände und verschüttete Gänge, Krater von Kanonenkugeln, ausgebrannte Säle und Kammern voller toter Famuli, achtlos beiseitegeschoben, um Platz für weitere Truppen zu schaffen. Dieser Teil der Inneren Sphären war einmal hart umkämpft gewesen, aber es schien, als hätte sich die Schlacht bereits vor einer Weile tiefer ins Haus verlagert. Die Brandflecken waren kalt, und der Staub der Einstürze hatte sich zu fingerdicken Schichten herabgesenkt.

»Und wenn er es war?«, fragte Emmeline unvermittelt.

»Hmm?«, machte Hengis.

»Wenn Diabondo und die anderen sich gar nicht gegenseitig getötet haben, meine ich. Wenn stattdessen der Zeigermann sie alle umgebracht hat. Vielleicht ist Diabondo dazugekommen, als es gerade passiert ist, hat sich das Schwert von einem toten Famulus geschnappt und ist dann selbst …« Emmeline brach ab, als sie bemerkte, dass alle sie mit ernsten Mienen ansahen. »Tut mir leid, war nur ein Gedanke.«

»Möglich wär's«, sagte Ambra nachdenklich.

Hengis winkte ab. »Ändern würde das gar nichts.«

»Es wäre ein Grund mehr, zügig weiterzugehen«, sagte Galileus ungeduldig.

Ambra beobachtete den Lotsen aus dem Augenwinkel und suchte nach einer Reaktion auf Emmelines Spekulationen. Möglich, dass Galileus schon früher auf denselben Gedanken gekommen war, ihnen aber nicht die Illusion hatte nehmen wollen, dass Diabondo kurz vor seinem Tod eine Heldentat vollbracht hatte. Der Lotse bemühte sich um Menschlichkeit, schien aber nie ganz sicher zu sein, wann gerade welche Regung angebracht war. Es fehlte ihm an Fingerspitzengefühl und Erfahrung, und in gewisser Weise machte das seine unbeholfenen Versuche liebenswert.

Sie marschierten eine gute Stunde lang – immer wieder mit Unterbrechungen, um auf die Schritte ihres Verfolgers zu horchen – und hörten öfter den Donner von Kanonensalven und spürten die Erschütterungen der Einschläge wie leichte Erdbeben.

»Wie viele Archonten kämpfen da gegeneinander?«, fragte Ambra den Lotsen.

»Ich weiß es nicht«, sagte er. »Aber viele können nicht übrig sein.«

Hengis stieß ein zufriedenes Knurren aus. »Ist doch eine gute Sache, wenn sie sich gegenseitig umbringen.«

»Nur dass einer am Ende übrig bleiben wird«, sagte Galileus, »und die Macht über das Haus an sich reißt.«

Carter schnaubte verächtlich. »Macht über was eigentlich? Einen Riesenhaufen Steine, der kein Ende nimmt und in dem keine Menschen leben.« Er nickte Galileus zu. »Nichts für ungut. Aber was für eine Herrschaft soll das sein, über willenlose Famuli und Automaten?«

»Und über Füchse«, sagte Emmeline. »Ich hätte gern ein paar Füchse.«

»Es geht nicht um das Gebäude«, sagte der Lotse, »nicht um die Gänge und Säle und Kammern. Es geht darum, was das Fürimmerhaus darstellt. Die Schnittstelle zwischen Erlösern und Widersachern. Zwischen Harmonie und Dissonanz. Das ist die wahre Macht des Hauses. Wer es beherrscht, der kontrolliert die Entstehung neuer Widersacher. Er oder sie entscheidet damit über das Schicksal ganzer Welten.«

»Er oder *sie*?«, fragte Hengis. »Gibt es denn auch weibliche Archonten?«

»Selbstverständlich. Ihr habt eben einen gesehen.«

Carter sah ihn mit großen Augen an. »Der tote Archon … das war eine Frau?«

Ambra ertappte sich dabei, dass auch sie ganz selbstverständlich davon ausgegangen war, es mit einem männlichen Archon zu tun zu haben. Andererseits: Das graue Gesicht war so knöchern und eingefallen gewesen, der Schädel haarlos und die Gewänder so weit, dass sich darunter jedes Geschlecht verbergen konnte. Und ohnehin hätte sie es besser wissen müssen. Sie hatte die Rote Königin geschlagen, die Despotin ihrer Welt.

Aber sie erwähnte nichts von den vagen Erinnerungssplittern, die seit Stunden in ihrem Gedächtnis aufblitzten, auch weil sie annahm, dass es den anderen ebenso erging und trotzdem niemand darüber sprach. Vielleicht war die

Vergangenheit nur so lange wichtig gewesen, wie sie ihnen gefehlt hatte. Jetzt, da Bruchstücke ihrer Erinnerungen zurückkehrten, war sie nur noch etwas, das Verwirrung stiftete. Genau das konnten sie gerade nicht gebrauchen.

»Spielt keine Rolle, ob sie Männer sind oder Frauen«, sagte Hengis. »Ich kann sie mit meinem Degen töten, das ist das Einzige, was zählt.«

»Falls sie dich nah genug ranlassen«, sagte Carter.

Wieder ließ eine Erschütterung den Boden erbeben. Die Buntglasfenster zum Innenhof klirrten leise. Alle waren längst von Rissen durchzogen, hier und da fehlten farbige Glasstücke.

»Sollten wir nicht doch wieder übers Dach gehen?«, schlug Ambra vor.

Galileus schüttelte den Kopf. »Erstens kämpfen sie auch dort oben, ihr habt doch die Explosionen gesehen. Und zweitens lockt der nahe Schein der Lichtsäule allerlei Ungeziefer an.«

»Ungeziefer?«, fragte Carter.

»*Großes* Ungeziefer. Zu groß für den Degen des Kaninchens.«

»Hey, hey«, rief Hengis.

Ambra berührte das Fell auf seinem Handrücken. »Galileus wird schon wissen, wovon er spricht.«

Sie setzten ihre Wanderung fort, nun wieder durch eine Zone bizarrer Wucherungen. Strähnige Verwachsungen aus Stein zogen sich durch Gänge und Säle. Manche sahen aus wie geschmolzenes Wachs, andere wie zähe Teerfäden. Mehr als einmal mussten sie Räume durchqueren, die größere

Ähnlichkeit mit Höhlen hatten als mit Bauwerken. Ein anderes Mal raste ihnen eine Wand aus Rauch entgegen, die ihnen den Atem raubte. Nach einer Weile dünnten sich die Schwaden zumindest so weit aus, dass sie wieder Luft bekamen.

»Wir müssen einen Umweg nehmen«, sagte Galileus, der als Einziger weder hustete noch keuchte. »In der Nähe gibt es Gänge, aus denen der Qualm besser abziehen kann. Versuchen wir es dort.«

Er wandte sich gerade einem halb heruntergerissenen Wandteppich zu, hinter dem die Ecke einer schmalen Tür zum Vorschein gekommen war, als Hengis plötzlich Emmeline und Hyazinthe packte und mit ausgestreckten Armen auf Ambra, Carter und Galileus zuschob.

»Bringt sie in Sicherheit!«, rief er, wirbelte mit peitschendem Degen herum und wandte ihnen breitbeinig den Rücken zu.

»Hengis, was – « Ambra brachte den Satz nicht zu Ende. Als sie an ihm vorbeiblickte, entdeckte sie einen grotesken Umriss, der weiter hinten in den Rauchschwaden aufgetaucht war.

Ein Oberkörper ohne Beine. Zwei starre Arme, einer mannslang, der andere kürzer, auf denen das Geschöpf sich wie auf Stelzen bewegte, schief gebaut, auf den ersten Blick unbeholfen, aber zugleich so bedrohlich wie eine Insekt mit zwei mächtigen Stacheln. Die Spitzen der Zeiger rissen bei jedem Schritt Funken aus dem Steinboden.

Noch war es nur eine Silhouette, ein dunkelgraues Ding vor den hellgrauen Rauchschwaden. Aber es kam mit seinen

staksenden Schritten näher, hob den kürzeren seiner Eisen-
arme, balancierte mühelos auf dem anderen und zeigte in
ihre Richtung. Ein leises Ticken hing in der Luft.

»Ihr habt einen Kuckuck dabei«, sagte es mit schnarren-
der Stimme. Im ersten Moment glaubte Ambra, sie hätte
sich verhört.

»Also kann er reden«, flüsterte Emmeline.

»Lass uns ziehen!«, rief Hengis dem Zeigermann entgegen. »Wir müssen nicht miteinander kämpfen!« Mit dem
Degen schnitt er ein eindrucksvolles Muster in der Rauch.

»Hat er Kuckuck gesagt?«, fragte Ambra leise.

Hinter sich hörte sie Hyazinthe etwas flüstern. Zugleich
riss Galileus mit einem Ruck den Wandteppich herunter. Er
fiel mit Getöse zu Boden und verschluckte Emmelines leise
Antwort.

Mit dem Kurzschwert, das er von Diabondos Leiche auf-
geklaubt hatte, trat Carter neben Hengis.

»Du kannst nicht damit umgehen«, sagte das Kaninchen.

»Wird wohl reichen müssen.«

»Ihr könnt nicht gegen ihn kämpfen«, sagte Ambra.
»Wenn er wirklich einen Archon und seine Famuli getötet
hat, habt ihr keine Chance gegen ihn.«

Hengis lachte bitter. »Scheint so, als könnte Carters Traum
wahr werden. Oder wir tun was dagegen.«

Der Zeigermann war stehen geblieben. Sein Gesicht war
noch immer hinter den Schwaden verborgen.

Galileus öffnete die knirschende Tür. »Rein da!«

Hyazinthe rührte sich nicht. »Was will er überhaupt von
uns?«

»Unter euch ist ein Kuckuck«, sagte die schnarrende Stimme im Rauch, durchdrungen von leisem Ticken.

»Was meint er damit?«, fragte Hengis.

»Jemanden, der nicht dazugehört«, sagte Carter klanglos. »Vielleicht einen Verräter, der nicht weiß, dass er einer ist.«

Ambra trat neben ihn. Im Stillen verfluchte sie, dass sie keine Waffe an sich genommen hatte. »Du bist kein Verräter.«

»Aber ich bin auch keiner von euch.« Damit machte er zwei Schritte nach vorn. »Verschwindet«, sagte er über die Schulter. »Ich verschaffe euch Zeit.«

»Hör auf mit dem Blödsinn.« Hengis schloss zu ihm auf. »Das hier erledige ich. Wenigstens weiß ich, wie man kämpft.«

Aus dem Augenwinkel sah Ambra, wie Galileus Hyazinthe durch die schmale Tür schob. Hinter der Wand musste einer der geheimen Korridore verlaufen. Emmeline blieb außen neben dem Durchgang stehen, um ihnen weiterhin Licht zu spenden.

»Ambra!«, rief der Lotse. »Komm her!«

Hengis gab ihr einen Wink. »Geh schon!«

»Nein. Ich bleibe bei euch.«

»Bitte«, sagte Carter. »Du musst den anderen die Tür zur Innersten Kammer öffnen.«

Noch immer machte der Zeigermann keine Anstalten, sie anzugreifen. Er stand einfach nur da, ein dunkler Umriss im stinkenden Qualm.

Carter sah Ambra an. »Geh jetzt«, flüsterte er. »Wir kommen nach.«

Erneut rief Galileus ihren Namen.

Langsam wich sie zurück, bis sie Emmeline erreichte. Galileus packte sie am Arm und zog sie durch die Tür. In dem schmalen Gang auf der anderen Seite stand Hyazinthe mit klappernden Gelenken. »Wenn die anderen nicht endlich kommen, bleibt Emmeline auch da draußen. Sie brauchen doch ihr Licht.«

Ambra verharrte an der Tür und sah hinaus. Emmelines Lichtschein überstrahlte fast die Umrisse von Hengis und Carter. Den Zeigermann konnte sie gar nicht mehr sehen.

»Will er wirklich den Kuckuck?«, fragte Hyazinthe schluchzend.

Und plötzlich begriff Ambra. »Moment!« Mit aufgerissenen Augen drehte sie sich zu Hyazinthe um. »Meint er etwa ... *den* Kuckuck? Du hast ihn *dabei*?«

Hyazinthe schob die Hand in eine Falte ihres schwarzen Kleides und hob vorsichtig etwas hervor, das sie mit ihren schmalen Fingern fast vollständig umschließen konnte.

»Sein Name ist Ulala«, sagte sie mit tränenerstickter Stimme.

Ambra starrte sie an, dann das Ding in ihrer Hand.

Es war der kleine mechanische Vogel aus der Uhr in Calaminas Kammer. Zu jeder vollen Stunde hatte sich eine Klappe über dem Zifferblatt geöffnet, und der Kuckuck war herausgeschnellt, hatte seinen Ruf krakeelt und war wieder im Inneren verschwunden. Hyazinthe musste den winzigen Schreihals schon vor dem Angriff der Famuli eingesteckt haben. Ambra hatte sie bereits früher beobachtet, wie sie zur vollen Stunde unter der Uhr gesessen und darauf gewartet hatte, dass er auftauchte. Immer wenn es so weit war, hatte sie vor Freude in die Hände geklatscht.

»Ich konnte ihn nicht zurücklassen. Als klar war, dass wir alle gehen würden, da hab ich ihn … ich hab ihn befreit.«

»Er ruft immer noch, oder?« fragte Ambra. »Unterwegs dachte ich, ich hätte ihn gehört, ein oder zwei Mal. Aber ich hab geglaubt, ich hätte mir das nur eingebildet.«

»Carter hat ihn auch gehört. Er hat nur nichts gesagt.« Hyazinthe blickte traurig drein. »Ulala tut doch keinem was.«

Der mechanische Kuckuck auf Hyazinthes Handfläche schlug surrend mit den Flügeln, als wollte er ihren Worten Beifall spenden.

Galileus, der neben Ambra an der Tür stand, rief nach draußen: »Nun kommt endlich!«

Ambra löste ihren Blick von Hyazinthes Spielzeug und schaute hinaus. Neue Rauchschwaden trieben durch den Gang heran. Carter und Hengis waren hinter einer wirbelnden grauen Wand verschwunden, weiß beschienen von Emmelines Licht. Sie hörte ein Husten, kurz bevor der Qualm vor der Tür aufriss und die beiden auf sie zustürmten.

»Wir konnten ihn … nicht mehr sehen«, brachte Carter hervor, während Hengis röchelnd nach Luft schnappte.

Aus dem Dunst erklangen die metallischen Schritte der Zeigerspitzen.

»Da kommt er!«, rief Galileus.

Carter packte Emmeline und schob sie vor sich durch die Tür, dicht gefolgt von Hengis, der gerade noch den Degen senkte, um keinen der anderen damit aufzuspießen. Hinter

246

ihnen schloss sich der Rauch für einen Moment. Die Schritte kamen näher. Kurz bildete sich ein Wirbel im Qualm, ein Mahlstrom aus waberndem Grau, der ihnen im nächsten Augenblick eine Gestalt entgegenspie.

Galileus stieß die Tür zu. Aus den unergründlichen Taschen seines Gehrocks klapperten mehrere Holzkeile zu Boden, die er in Windeseile mit dem Fuß unter die Tür rammte.

»Die werden ihn nicht lange aufhalten«, brüllte er. »Lauft!«

Ein harter Schlag krachte gegen die Tür, gleich darauf ein zweiter. Diesmal stieß eine stählerne Zeigerspitze durch das Holz wie ein Breitschwert und verfehlte Ambras Gesicht um eine Handbreit. Ein, zwei Sekunden lang war das schreckliche Ding unmittelbar vor ihren Augen, dann wurde es zurückgerissen und war wieder fort.

»*Nun lauft endlich!*«, schrie Galileus, diesmal mit so viel Nachdruck, dass alle auf der Stelle gehorchten.

Hinter ihnen schlug der Zeigermann wie rasend auf die Tür ein. Ambra sah Hyazinthe, die mit Emmeline vor ihr und Carter lief, sah auch, dass sie die Hand schützend um den kleinen Kuckuck geschlossen hatte, und einmal meinte sie Ulala rufen zu hören, doch auch diesmal war sie nicht sicher, ob das nicht einzig in ihrer Einbildung geschah.

# 23

»Das Ding muss weg!«, brüllte Hengis, und
einen Moment lang sah es aus, als wollte er
Hyazinthe an den Schultern packen, auf den
Kopf stellen und den mechanischen Kuckuck
kurzerhand aus ihr herausschütteln. Unterwegs hatte sie Ulala wieder in ihrem Kleid verschwinden lassen, und Ambra stellte sich vor,
dass er dort eingeschüchtert in einer Falte aus
schwarzem Gaze kauerte wie in einem Nest.

»Ich geb ihn nicht her!«, entgegnete Hyazinthe erbost. »Er ist nur ein Vogel!«

»Er ist ein Ding aus einer Uhr!«, hielt Hengis
dagegen. »Genau wie der Zeigermann!«

»Und das beweist was?«

»Herrje, er hat von diesem Kuckuck gesprochen! Er wusste, dass er bei uns ist. Wahrscheinlich weiß er deshalb immer ganz genau,
wo wir gerade sind.«

Carter mischte sich ein. »Vielleicht hat er gar
nicht *diesen* Kuckuck gemeint.«

Hengis raufte sich das Fell zwischen den Ohren. »Wie viele davon haben wir noch dabei?«

»Vielleicht hat er mich gemeint«, sagte Carter ernst.

»Bist du ein Vogel? Hast du Flügel?« Hengis schüttelte fassungslos den Kopf. »Was redest du denn da?«

249

»Ein Kuckuck legt sein Ei in das Nest anderer Vögel und lässt es von ihnen ausbrüten.«

»Du bist kein Ei«, sagte Emmeline mit ernster Miene. »Du warst auch nie eins, glaube ich.«

»Er meint das nicht wörtlich«, sagte Ambra.

»Oh. Na gut.«

Als sie alle kaum noch hatten laufen können, hatte Galileus sie in ein Treppenhaus mit breiten, geschwungenen Stufen geführt. Erst hatte Ambra geglaubt, er wolle nun doch wieder hinauf aufs Dach, doch dann hatte er sich zur untersten Stufe herabgebeugt, einen versteckten Mechanismus betätigt und sie hochgeklappt wie den Deckel einer Truhe. Darunter führte eine Leiter in eine versteckte Kammer, in der sie nun alle eng beieinandersaßen und allmählich wieder zu Kräften kamen. Die Wände schienen Ambra leicht verzogen, waren aber nicht so verheerend von der Wucherung heimgesucht worden wie andere Teile der Inneren Sphären.

Die Beben von Explosionen und Einschlägen ließen den Boden erzittern. Das ganze Haus schien in Aufruhr zu sein, so als wollte es diejenigen, die ihm schadeten, abschütteln wie Ungeziefer.

»So oder so müssen wir den Vogel loswerden!« Hengis' rosa Nase zitterte vor Zorn, und Ambra war nicht sicher, ob der Grund dafür Hyazinthes Weigerung war oder die Tatsache, dass keiner der anderen so empört war wie er. Selbst Galileus schien unschlüssig darüber, was die Worte des Zeigermanns bedeuteten. »Verdammt, es ist nur irgendein Ding!«, ereiferte sich Hengis. »Und nicht mal aus Fleisch und Blut!«

»Bin ich auch nicht«, sagte Hyazinthe. »Und?«

»Du weißt genau, was ich meine!«

»Er ist ein Vogel«, sagte sie, sah aber jetzt nicht Hengis an, sondern flehentlich alle anderen. »Er zwitschert und er fliegt. Ob er nun aus Metall ist oder nicht, spielt doch überhaupt keine Rolle.«

Hengis' verdrehte die Augen. »Und wenn dein Vogel nun ein *Lock*vogel ist? Und den Zeigermann immer wieder auf unsere Spur führt?«

Galileus räusperte sich. »Er ist defekt.«

Carter, der die meiste Zeit über finster ins Leere gestarrt hatte, sah auf. »Was?«

»Der Zeigermann ist sehr alt. Und sehr, sagen wir: unausgereift. Er ist aus den wilden ersten Ideen des Erbauers entstanden. Aus Übermut, könnte man sagen.«

»So wie der Turm, in dem er die Nacht eingesperrt hat?«, fragte Emmeline.

»Ja«, sagte Galileus. »Der dürfte aus derselben Zeit stammen.«

»Du meinst, egal, was wir tun, er wird uns einfach weiterjagen?«, fragte Ambra.

Der Lotse hob die Schultern. »Ich glaube, dass der Zeigermann aus einer Laune heraus erschaffen wurde, einfach nur, weil der Erbauer die Macht dazu hatte. Er hat Dingen ein Eigenleben gegeben, die eigentlich keines hätten haben sollen. Dingen, die mit Uhren zu tun haben. Vielleicht hat er sich das immer gewünscht, als er noch nicht der Erbauer war, sondern nur ein Uhrmacher.«

Emmeline horchte auf. »Also war er wirklich mal einer?«

»Ich glaube, ja. Ein Uhrmacher mit besonderen Talenten, die von den ersten Widersachern erkannt und benutzt worden sind.«

»Ein Uhrmachermagier?«, fragte Emmeline fasziniert.

»Sagen wir, jemand, der mechanische, aber auch sehr viel ungewöhnlichere Fähigkeiten hatte.«

»Und was ist mit dir?«, fragte Ambra.

»Ich bin später entstanden, genau wie der Haushofmeister und die anderen.« Die Stimme des Lotsen klang leidenschaftslos. »Da hatte der Erbauer sich bereits gründlichere Gedanken darüber gemacht, was für das Haus und seine Bewohner von Nutzen sein könnte.«

»Was hat das mit dem dummen Vogel zu tun?«, polterte Hengis los. »Lasst uns das Ding zerstören und weitergehen.«

»Nein!« Hyazinthe sprang auf, griff in ihr Kleid und zog den mechanischen Kuckuck hervor. Er saß auf ihrer Hand, drehte den Kopf, um die Versammlung zu beobachten, und stieß dann einen leisen, kläglichen Kuckucksruf aus. »Ulala ist ein Vogel. Er kann niemanden verraten. Und keinem was zuleide tun.«

»Hengis ist ein Kaninchen«, bemerkte Ambra trocken, »und er läuft mit einem Degen durch die Gegend.«

Hengis schnaubte entrüstet. »Vergleichst du mich etwa mit diesem Ding?«

Sie ging nicht darauf ein und beobachtete stattdessen Carter, der wieder in seinen Grübeleien versunken war. Sie rutschte ein Stück näher an ihn heran und schob ihre Finger unter seine. Er sah kurz auf, und ein Lächeln blitzte in seinem Gesicht auf.

»Nehmen wir mal an, er hätte wirklich dich gemeint«, sagte sie. »Oder irgendeinen von uns. Warum hätte er dann überhaupt etwas davon erwähnen sollen? Welchen Grund hätte er, uns zu warnen?«

Hengis nickte heftig. »Das ergibt keinen Sinn. Er ist uns nicht wohlgesonnen. Genau wie das Haus.«

»Das sehe ich auch so«, sagte Galileus.

»Also doch der Vogel!«, rief Hengis triumphierend.

»Das meinte ich nicht«, sagte Ambra. »Dreh mir nicht das Wort im Mund herum. Ich wollte damit nur sagen, dass Carter sich keine Sorgen machen soll.«

Er warf ihr einen dankbaren Blick zu, aber gänzlich überzeugt wirkte er nicht. Dann jedoch schien er neuen Mut zu schöpfen. »Ich bestimme selbst, was ich bin. Und egal, was passiert, ich bin auf eurer Seite.«

Sie lächelte. »Das klingt schon besser.«

»Können wir jetzt diesen Vogel zertrampeln?«, fragte Hengis.

Hyazinthe riss den Mund auf, um zu protestieren, aber da begannen die Flügel des Kuckucks zu flattern. Senkrecht stieg er von ihrer Hand auf. Sie versuchte noch, nach ihm zu greifen, doch er war schon außerhalb ihrer Reichweite und schwebte mit einem mechanischen Summen neben den oberen Sprossen der Leiter.

»Vielleicht will er, dass wir weitergehen«, sagte Emmeline. »Könnte ja sein, dass *er* es ist, der uns warnen will, und der Zeigermann wollte nur erreichen, dass wir ihm misstrauen.«

Hyazinthe strahlte. »Genau!«

Hengis knurrte etwas und schüttelte den Kopf.

»Wir sollten wirklich aufbrechen«, sagte Galileus und erhob sich. »Sind alle wieder bei Kräften?«

Ambra nickte, richtete sich auf und bemerkte erleichtert, dass auch Carter aufsprang und beide Hände in die Richtung von Emmeline und Hyazinthe ausstreckte. Als sie danach griffen, zog er sie schwungvoll auf die Beine. Emmeline stieß ein vergnügtes Quietschen aus – für sie war die Lage niemals ernst genug für Albernheiten. Ambra beneidete sie fast ein wenig darum.

»Eines sollte allen klar sein«, sagte Galileus in die Runde. »Selbst wenn wir den Zeigermann vorerst abgehängt haben, beginnt jetzt das schwierigste Stück des Weges. Wir betreten das Gebiet, in dem noch immer die Kämpfe der Archonten toben.«

Der mechanische Kuckuck kreiste über ihnen um die Leitersprossen und stieß seinen Ruf aus. Das mochte alles oder nichts bedeuten – eine Mahnung zur Vorsicht, das Signal zum Aufbruch oder ein Zeichen puren Übermuts.

Eine Stunde später glaubte Ambra zu wissen, was er gemeint hatte.

# 24

»Hier kommen wir nicht weiter«, sagte Galileus, als sie von einer hohen Galerie in den darunterliegenden Saal schauten.

Carter wechselte einen besorgten Blick mit Ambra. Manchmal konnte er in ihrem Gesicht lesen, was sie dachte. Dann wieder erschien sie ihm rätselhaft und voller Geheimnisse, die sie niemals preisgeben würde. Selbst inmitten all dieses Chaos ertappte er sich dabei, dass er sie immer wieder forschend ansah, so als läge in ihrer Miene die Antwort auf alle Fragen. Viel schlimmer aber war, dass sie es bemerkte und womöglich jedes freundliche Wort bereute, das sie in den letzten Stunden zu ihm gesagt hatte. Alles in allem waren das gar nicht mal wenige, und insgeheim fragte er sich, was wohl werden würde, wenn sie tatsächlich in der Innersten Kammer einen Ausgang aus dem Fürimmerhaus fänden.

Er wunderte sich, dass ihm solche Dinge durch den Kopf gingen, obwohl es gerade Wichtigeres gab. Etwa das gewaltige Loch, das ein Stück weiter vorn im Kuppelgewölbe des Saales klaffte. Durch die Öffnung war in atemberaubender Klarheit die Lichtsäule zu erkennen. Sie war jetzt so breit wie ein Turm

und teilte den ganzen Himmel. Carter hatte nicht damit gerechnet, dass sie ihr schon so nahe waren.

Der Boden der Halle, etwa dreißig Meter unter ihnen,
war ein Schlachtfeld, auf dem Famuli mit Famuli fochten.
In blindwütigem Gehorsam hieben Dutzende von ihnen
mit Äxten, Klingen und Streitkolben aufeinander ein, wo-
bei kaum auszumachen war, wer auf welcher Seite kämpfte –
und für wen überhaupt. Gelegentlich wurde irgendwo eine
Muskete abgefeuert, aber soweit Carter erkennen konnte,
kamen keine Kanonen zum Einsatz.

Die sechs hockten hinter der Steinbalustrade der Galerie und überlegten gerade, wie sie das Gemetzel umgehen
konnten, als Ulala über sie hinweg hinaus in die Halle surrte.

Hengis machte keinen Hehl aus seiner schlechten Laune.
»Er wird uns verraten.«

»Wird er nicht«, erwiderte Hyazinthe.

»Ihr werdet's sehen. Und dann werdet ihr sagen: Hengis
hatte recht, so wie immer.«

»Der Kuckuck hätte schon viel früher Gelegenheit gehabt,
irgendwen zu alarmieren«, sagte Ambra. »Und er hat's nicht
getan.«

Hyazinthe nickte heftig. »Ulala war seit unserem Aufbruch bei uns. Spätestens in der Allee der Kopflosen Heiligen hätte er – «

»Diabondo hat ja auch nicht sofort beschlossen, lieber allein loszuziehen«, fiel ihr das Kaninchen ins Wort.

»Wir wissen gar nicht, ob er das wollte«, widersprach
Ambra.

»Doch, wissen wir. Er wollte, dass ich mitgehe. Er hat's

256

mir vorgeschlagen. Ich hab nein gesagt, und allmählich tut's mir leid, weil ich mich dann nicht mit diesem Flattervieh und … und … eurem Mädchenkram rumärgern müsste.«

Carter wusste, dass er das nicht ernst meinte. Auch Ambra winkte ab, und er sah sie dabei verstohlen lächeln. Wahrscheinlich hatte sie das mürrische Kaninchen viel tiefer ins Herz geschlossen, als sie zugeben wollte.

Der Lärm der Schlacht war gespenstisch dumpf. Über allem hing eine wabernde Wolke aus Staub, die von den scharrenden Füßen aufgewirbelt wurde. Sie verschleierte viele Einzelheiten, und weil die Famuli keine Stimmen besaßen und selbst im Todeskampf nicht schrien, war nur das Klirren der Waffen und das Fallen der Leiber zu hören. Durch die Staubschwaden sahen die großen Kopfhände aus wie ein Meer aus wogenden Wasserpflanzen.

»Wir müssen einen anderen Weg nehmen«, sagte Galileus. »Wenn sie hier kämpfen, dann auch in den angrenzenden Sälen und Korridoren. Diese Gegend ist wie ein Flaschenhals: Wir müssen hindurch, um zur Innersten Kammer zu gelangen.« Ernst blickte er durch die Öffnung in der Kuppel zur gleißenden Lichtsäule. »So nah beim Erbauer gibt es keine vergessenen Gänge mehr hinter den Wänden, außerdem ist zu vieles vom Krieg der Archonten zerstört worden. Mauern und Decken sind zusammengebrochen, ganze Trakte nicht mehr begehbar, und es gibt eine Menge Löcher im Boden.«

»Klingt nicht gut«, sagte Hengis.

»Aber es könnte auch eine Chance sein«, fuhr Galileus fort.

»Was für eine Chance?«, fragte Emmeline.

Carter stöhnte leise auf. »Du willst also doch durch die Keller gehen.«

Ambra starrte erst ihn an, dann den Lotsen. »Ernsthaft?«

»Nun, jedenfalls werden wir dort unten nicht auf Famuli treffen.« Galileus zupfte sich die schmutzigen Rüschen seines Hemdes zurecht. »Sie haben eine Heidenangst vor der Eulenechse. Was glaubt ihr denn, wovon sie sich ernährt?«

Hengis kratzte sich zwischen den Ohren. »Können wir sie nicht rauflocken? Damit sie sich hier oben mal ordentlich satt frisst und wir freie Bahn haben?«

Ambra verzog das Gesicht. »Das ist eine ganz miese Idee.«

»Es wäre sehr ungewöhnlich, wenn die Eulenechse ihre Keller verlassen würde«, sagte Galileus. »Jedenfalls nicht, bevor sie einen Weg zum Meer gefunden hat.«

Carter runzelte die Stirn. »Wieso zum Meer?«

»Ich habe mal Zeichnungen davon an den Wänden gefunden. Grobe, hässliche Schmierereien der Famuli. Selbst sie sind nicht immun dagegen, sich gegenseitig Geschichten zu erzählen, und das ist ihre Art, das zu tun. Auf einigen davon ist zu sehen, wie die Eulenechse ins Meer zurückkehrt. Offenbar glauben sie, dass sie einst von dort gekommen ist und irgendwann dorthin zurückkehren wird.«

Emmeline lächelte versonnen. »Also wünschen sich sogar die Famuli Frieden.«

»Sie wünschen sich, nicht gefressen zu werden«, erwiderte Hengis. »Das ist nicht ganz dasselbe.«

Ambra sah nachdenklich aus. »Ins Meer wie die Treibholzmenschen«, sagte sie leise.

Galileus nickte. »Vielleicht glauben sie, das alles, was ihnen feindlich gesonnen ist, aus dem Wasser kommt.«

Hengis klopfte ungeduldig mit der Faust gegen einen Steinpfosten der Balustrade. »Alles gut und schön. Aber können wir jetzt lieber darüber reden, wie wir zur Innersten Kammer kommen?«

»Vielleicht ist Galileus' Idee gar nicht so schlecht«, sagte Carter.

»Durch die Keller zu gehen?«, fragte Ambra. »Unter den Kämpfen hindurch?«

Hengis' Fell sträubte sich. »Ihr seid ja alle verrückt geworden.«

»Gar nicht gut«, sagte auch Emmeline, während Hyazinthe neben ihr Ausschau nach Ulala hielt.

»Es ist der einzige Weg«, sagte der Lotse. »Es sei denn, ihr wollt einen Umweg von mindestens zwei, drei Tagen nehmen.«

Hengis fuhr ihn wütend an: »Das hast du doch gewusst, bevor du uns hergeführt hast!«

»Lass ihn in Ruhe«, sagte Ambra.

Galileus druckste herum. »Nun, ich hatte gehofft, dass sich die Schlacht verlagert hat, bis wir hier ankommen. Dass wir nur noch Trümmer finden und tote Famuli, so wie in den anderen Gegenden, durch die wir gezogen sind.«

Hengis sah aus, als wollte er ihn am Schlafittchen seines Gehrocks packen. »Das hättest du vielleicht mal erwähnen können. Dass wir den ganzen Weg auf uns nehmen, nur um dann hier festzusitzen.«

»Wie gesagt, ich wusste nicht, ob – «

»Ach, hör schon auf!«, fuhr Hengis ihn an.

»Gilt auch für dich«, sagte Ambra scharf.

Hengis schnaubte so heftig, dass sich seine Schnurrhaare waagerecht stellten. »Wir *können* nicht durch die Keller! Auf der Seilbrücke hat die Eulenechse dich fast erwischt. Willst du wirklich noch mal freiwillig in ihre Nähe gehen?«

»Sie kann nicht überall zugleich sein«, sagte Carter. »Vielleicht schaffen wir es, ohne dass sie uns bemerkt.«

»Na sicher!«, rief Hengis aus, so laut, dass Carter schon fürchtete, er müsste selbst auf dem Schlachtfeld dort unten zu hören sein. »Sie verfolgt uns! Wahrscheinlich weiß sie, wo wir gerade sind, und wartet genau unter uns darauf, dass wir auf dumme Ideen kommen. Auf die dümmste von allen, genau genommen!«

Hyazinthe streckte die Hand aus, und nur einen Herzschlag später landete der Kuckuck darauf. »Willst du auch daran Ulala die Schuld geben?«, fragte sie spöttisch. »Glaubst du, er verrät uns an die Eulenechse?«

Hengis warf dem mechanischen Vogel einen Blick zu, als säße da eine besonders scheußliche Zecke auf Hyazinthes Hand. Er verzichtete auf eine Antwort und sah stattdessen in den Saal hinab, vielleicht in der Hoffnung, dass sich doch noch ein Weg durch die Kämpfenden auftat.

Ulala hüpfte auf Hyazinthes Schulter und zwitscherte ihr etwas ins Ohr.

Ambra starrte sie verwundert an. »Verstehst du ihn etwa?«

Das Marionettenmädchen schüttelte sanft den Kopf und klang fast vorwurfsvoll. »Er ist ein *Kuckuck,* Ambra. Und nicht mal ein echter.« Sie wandte Ulala das Gesicht zu und lächelte. »Aber ich glaube, er will uns sagen, dass es da unten in der Halle wirklich kein Durchkommen gibt.«

»Ach?«, sagte Hengis.

»Du kannst ja runtergehen und dich vergewissern«, sagte Emmeline. »Wenn du ihm nicht glaubst.«

Ehe der Streit wieder auflodern konnte, sagte Carter: »Tatsache ist doch erst mal, dass wir einen anderen Weg brauchen.«

»Und wenn wir es darauf anlegen und den Umweg nehmen?«, fragte Hengis. »Die Kämpfe da unten toben nicht erst seit heute. Und die Wucherungen sind auch schon lange im Gange. Vielleicht spielt es gar keine Rolle, wenn wir ein paar Tage länger unterwegs sind.«

»Wir haben so gut wie keine Verpflegung mehr«, sagte Ambra. »Der Zeigermann kann uns jederzeit einholen, und hier wimmelt es überall von Famuli. Es ist ein Wunder, dass wir ihnen noch nicht in die Arme gelaufen sind. Und wenn das passiert, wird dein Degen allein nicht ausreichen, um uns zu retten.«

»Das ist wahr«, sagte Galileus. »Selbst auf den anderen Wegen ist das Risiko groß, auf Famuli zu treffen. Vielleicht sogar auf die letzten Archonten. Und wenn wir dem Zeigermann begegnen, werden wir wahrscheinlich kein zweites Mal so viel Glück haben.«

Carter atmete tief durch. »Also, wer ist für die Keller?«

Ambra hob als Erste die Hand. Carter tat es ihr gleich, gefolgt von Hyazinthe und Emmeline.

Galileus legte eine Hand auf Hengis' Schulter, der das

zu Carters Überraschung widerspruchslos geschehen ließ. »Wir haben keine andere Wahl.«

»Du hättest uns das sagen müssen«, sagte Hengis leise. »Wirklich, das hättest du.«

»Ich hatte Hoffnung«, entgegnete Galileus. »Und die solltest du auch haben.«

Hengis drehte den Kopf und blickte ihm in die Augen. Er sah niedergeschlagen aus. »Glaubst du denn, ohne Hoffnung wäre ich überhaupt hier?«

Der Lotse lächelte sanft. »Ihr müsst euch daran erinnern, wer und was ihr seid. Ihr habt schon einmal Unglaubliches vollbracht. Und ihr könnt es wieder tun.«

Emmeline schluckte, dann sagte sie: »Ich erinnere mich schon seit einer ganzen Weile … Jedenfalls an Bruchstücke. An Bilder. Und … wie es sich angefühlt hat.«

»Geht mir genauso«, sagte Hyazinthe. »Ich weiß wieder, wie es war, als meine Fäden verschwunden sind. Und die von allen anderen.«

Ambras Augen hatten einen glasigen Glanz bekommen. Auch sie schien sich in Erinnerungen zu verlieren, und dabei sah sie aus, als horche sie auf etwas. Carter fragte sich, ob es mit dem Lärm der Schlacht zu tun hatte. Ob die Laute des Krieges etwas in ihr auslösten.

Mit einem Mal war ihre Stimme kaum mehr als ein Flüstern, und die anderen mussten sich anstrengen, um sie zu verstehen. »Die Heere der Roten Königin haben damals große Teile meiner Welt erobert. Sie hat leichtfertig einen Krieg begonnen und dann die Kontrolle darüber verloren. Andere haben die Verbrechen begangen, aber sie war das

Gesicht des Feldzugs, und jeder hat in ihr die erbarmungslose Tyrannin gesehen. Mächtige Männer und Frauen im Hintergrund haben ihr zugeflüstert, was zu tun sei, haben sie als Galionsfigur benutzt und die Wahrheit von ihr ferngehalten. Keiner sonst konnte auch nur in ihre Nähe gelangen. Aber irgendwer *musste* sie aufhalten.«

Carter nahm ihre Hand, sagte aber nichts, weil er ihr ansah, dass es besser war, sie einfach reden zu lassen. Auch die anderen hörten schweigend zu.

»Jemand musste den Kopf des Drachen abschlagen, damit seine Krallen keinen mehr verletzen.« Gedankenverloren rieb Ambra ihre Haarspitzen zwischen Daumen und Zeigefinger. »Also hat sie selbst das getan. Sie hat ein Tor geöffnet und ihre eigenen Armeen ins Nichts geschickt. Sie hat sie alle auf einen Schlag vernichtet. Als schließlich die Agenten des Fürimmerhauses kamen, ist sie aus freien Stücken mit ihnen gegangen … Die Rote Königin war Widersacherin und Erlöserin zugleich.«

Ambra blickte auf, sah erst die anderen, dann Carter an. Da ahnte er längst, was sie als Nächstes sagen würde.

»*Ich* war die Rote Königin.«

# 25

»Ist das denn überhaupt möglich?«, fragte Emmeline, während Galileus sie mehrere Treppen hinunterführte. »Kann man beides sein, Widersacher und Erlöser?«

Galileus zuckte die Achseln. »Abwegig ist das nicht. Bestimmt halten sich die meisten Tyrannen für Befreier. Und sicher gibt es Befreier, die später zu Tyrannen werden.« Er sah unglücklich aus über seine eigene Erklärung. »Ich wünschte, ich könnte dir eine klügere Antwort geben.«

»Es *ist* wahr«, sagte Ambra düster. »Ich weiß, was ich war.«

»Und ich weiß, was du heute bist«, sagte Carter. »Und das ist weder eine Königin noch eine Tyrannin.«

Sie warf ihm einen kurzen Blick zu, aber im schwachen Licht konnte er ihn nicht deuten.

»Wenn hier im Haus aus Archonten Widersacher entstehen«, sagte Hengis, »würde das dann nicht bedeuten, dass Ambra früher schon einmal hier war? Dass sie« – sein unversehrtes Ohr stellte sich steil auf – »selbst mal ein Archon war?«

Ambra starrte finster vor sich hin.

Galileus schüttelte den Kopf. »Nicht jeder, der eine Welt

erobert, ist ein Widersacher aus dem Fürimmerhaus. Manche Menschen werden ganz von selbst zu – verzeih bitte, Ambra – zu Schurken.«

»Zum Bösesein geboren, meinst du?«, fragte sie.

»Das meint er *nicht*«, sagte Carter scharf.

Galileus räusperte sich und schwieg.

Die Treppe führte in einen kurzen Gang, der schon nach zehn Schritten an einer Bruchkante endete. Schutt und Geröll des geborstenen Bodens bildeten eine natürliche Rampe, die hinab in die Finsternis der Keller führte.

»Da wären wir«, sagte Galileus leise. Weit im Hintergrund war noch immer der Lärm der Schlacht zu hören, wenn auch gedämpft durch dicke Mauern. »Das hier scheint mir der beste Weg nach unten zu sein.«

Hengis stieß ein verächtliches Schnauben aus. »Der beste Weg in den Tod.«

»Griesgram«, sagte Emmeline.

Hyazinthe blickte von der schwarzen Öffnung auf zu den anderen. »Müssten wir nicht … ich meine, sollten wir es nicht sagen? Also, den Satz?«

»Wir fordern die Eulenechse auf ihrem eigenen Gebiet heraus«, erwiderte Hengis. »Ich glaube nicht, dass sie viel Wert darauf legt, dass wir vorher gut Wetter machen.«

Emmeline nickte. »Ist eh ein blöder Spruch.«

»Sie wird uns fressen, so oder so«, bestätigte der Kaninchenmann. »Sparen wir uns also unseren Atem für den Abstieg.«

Ambra kletterte kurzerhand von der Kante auf die Schräge. Lose Steine knirschten unter ihren Füßen.

»Warte«, sagte Emmeline. »Du brauchst mein Licht. Lass mich mit dir vorne gehen.«

Carter gesellte sich dazu. »Wir sollten alle eng zusammenbleiben.«

Das stellte sich als schwieriger heraus, als er es sich vorgestellt hatte. Der Untergrund war instabil und geriet leicht ins Rutschen, so dass es klüger erschien, ihn nicht mit allzu großem Gewicht zu belasten. Schon nach den ersten Metern gingen sie wieder auf Abstand zueinander. Kleine Gerölllawinen prasselten abwärts. Einmal zerbrach unter Carters Fuß ein morscher Ziegelstein, und darunter tat sich ein Loch auf, das mindestens knietief war – ganz sicher war er nicht, weil Emmelines Licht auf dem unregelmäßigen Untergrund tiefe Schattenflecken schuf.

Schließlich erreichten sie ebenen Boden. Carter schätzte die Höhe des Kellers auf fünfzehn bis zwanzig Meter, die geborstene Decke war über ihnen undeutlich zu erkennen. Falls sie jetzt aus der Finsternis angegriffen wurden, würden sie nicht mehr schnell genug nach oben fliehen können. Seit der Überquerung der Seilbrücke hatten sie nichts von der Eulenechse gehört, trotzdem mochte sie ganz in der Nähe sein. Und Emmelines glühender Körper war schon von weitem zu sehen.

Galileus deutete nach links. »In diese Richtung«, flüsterte er.

»Du warst wirklich noch nie hier unten?«, fragte Ambra leise.

»Nein. Aber ich war auch noch nicht in jedem Trakt des Hauses, und trotzdem weiß ich immer, in welche Richtung ich gehen muss. Ich schätze, so hat mich der Erbauer erschaffen. Ich sollte nie etwas anderes sein als ein Lotse. Also lotse ich euch jetzt durch diese Keller.«

Es gab leises Gemurmel der anderen, aber Carter hörte kaum hin. Emmeline setzte sich mit Galileus an die Spitze, dann gingen sie los. Das Geisterlicht des Mädchens beschien ziegelrote Gewölbedecken und schmucklose Säulenarkaden, einen steinernen Wald aus Bögen, der in allen Richtungen kein Ende nahm.

»Wenn es hier unten keine Mauern gibt, wird sie uns auf jeden Fall bemerken«, flüsterte Hengis. »Emmeline ist die einzige Lichtquelle. Die kann sie gar nicht übersehen.«

»Ich glaube, die Eulenechse ist blind«, sagte Ambra.

Verblüfft blickte Hengis sie an. »Wie kommst du darauf?«

»Ich hab ihre Augen gesehen. Sie waren ganz weiß und milchig. Wie blind, eben.«

»Meine sind auch weiß«, sagte Emmeline.

»*Anders* weiß.«

»Hm. Na gut.«

Ambra brachte ein blasses Lächeln zustande. »Tiere, die im Dunkeln leben, sind oft von Natur aus blind. Sie brauchen keine Augen, um sich zu orientieren. Dafür haben sie andere Sinne.«

»Ja«, flüsterte Carter, »sie hören gut! Deshalb sollten wir alle jetzt lieber still sein.«

Schweigend folgten sie dem Lotsen und dem Geistermädchen zwischen den Säulen hindurch. Es war kalt hier unten, die Luft roch nach Nässe und Schimmel. Als sie schon sicher waren, dass der gesamte Keller eine einzige, von Säulen gestützte Halle war, stießen sie doch auf eine Wand, gingen ein Stück daran entlang und erreichten eine Öffnung. Dahinter lag ein breiter Korridor, dessen Ende nicht abzusehen war. Zu beiden Seiten zweigten mehrere Durchgänge ab. Die angrenzenden Gewölbe wurden wiederum von zahllosen Säulen gestützt, runden Ziegelpfeilern, die das unfassbare Gewicht des Fürimmerhauses trugen.

»Bist du sicher, dass du hier unten den Weg zur Innersten Kammer findest?«, raunte Hengis dem Lotsen zu.

»Zu einem Aufgang in ihrer Nähe«, antwortete Galileus. »Damit wären wir schon einen guten Schritt weiter.«

Von oben drang dumpfes Rumoren herab, das Getöse all der Kämpfe und Scharmützel. Der Klang war diffus und wurde vom starken Hall der Katakomben verfremdet.

Mehrfach stießen sie auf kleine Wasserläufe, Rinnsale in schnurgeraden, gemauerten Kanälen, die sich mühelos mit einem Schritt überqueren ließen.

Ein ungeheuerliches Brüllen gellte durch das Säulenlabyrinth.

Alle blieben wie angewurzelt stehen.

»Von wo kam das?«, wisperte Hyazinthe.

»Von vorne«, flüsterte Hengis.

»Von hinten«, sagte Galileus.

Der Kaninchenmann sah den Lotsen abschätzig an. »Wer hat hier die größeren Ohren?«

»Trotzdem«, sagte Emmeline. »Galileus kennt sich hier aus und –«

Das Brüllen ertönte erneut, und diesmal schien es von allen Seiten zugleich zu kommen.

»Ach, verdammt«, raunte Ambra.

Galileus zeigte auf einen Durchgang auf der rechten Seite des Korridors. »Dort entlang!«

Dahinter erwarteten sie weitere Säulen, die vorderen Reihen beschienen von Emmelines Licht, die hinteren immer blasser, bis sie in der Finsternis versanken. Carter und die anderen folgten Galileus tiefer in den Raum, der ebenfalls kein Ende zu nehmen schien.

»Weißt du wirklich noch, wo wir hier sind?«, fragte Carter.

Galileus presste kurz die Lippen aufeinander. »Ich spüre die Lichtsäule wie einen Magneten. Ich weiß immer, in welcher Richtung sie sich befindet.«

Carter blieb nichts anderes übrig, als das zu akzeptieren. Auch Ambra zuckte nur mit den Schultern. Am wundersamen Orientierungssinn des Lotsen zu zweifeln half ihnen nicht weiter.

Schleifende Laute drangen durch die Dunkelheit.

»Das ist hinter uns auf dem Gang«, flüsterte Hengis. Und mit einem ernsten Blick in Galileus' Richtung fügte er hinzu: »Diesmal bin ich ganz sicher.«

Der Lotse stimmte ihm zu. »Ihr Körper ist so breit, dass er an den Wänden entlangreibt.«

»Gut«, sagte Ambra. »Dann passt sie nicht durch die Tür, durch die wir gerade gekommen sind.«

Plötzlich brachen die Geräusche ab. Die Eulenechse hatte innegehalten.

»Was tut sie?«, wisperte Hyazinthe.

»Sie wittert«, erwiderte Galileus. »Alle hinter die Säulen!«

270

Einen Augenblick lang hielten sie den Atem an. Irgendwo plätscherte einer der schmalen Wasserläufe im Boden.

Dann war ein Knirschen zu hören, erst nur ganz leise, dann stetig lauter.

»O nein«, flüsterte Galileus.

Seine Worte wurden von infernalischem Krachen und Bersten übertönt. Mit ungeheurer Wucht flogen Steine umher, prallten gegen Säulen, prasselten zu Boden. Eine Staubwolke schoss zwischen ihnen hindurch, und dann sah Carter eine Weile lang fast nichts mehr. In den Schwaden war selbst Emmelines Geisterlicht nur noch als trüber Schimmer zu erkennen.

Die Eulenechse brüllte triumphierend, als sie sich über die Trümmer der eingestürzten Wand schob und die Fährte wieder aufnahm.

»Lauft!«, brüllte Galileus ganz in Carters Nähe. »Lauft, so schnell ihr könnt!«

Inmitten von Staub und Dunkelheit rannten sie los, kamen sich dabei gegenseitig in die Quere, kollidierten fast mit Säulen, die wie aus dem Nichts auftauchten, und versuchten verzweifelt, sich an Emmelines Licht zu orientieren.

»Ambra!«, rief Carter.

»Hier drüben!«

Er war froh, ihre Stimme zu hören, konnte aber nicht ausmachen, von wo sie kam. Das Geschrei der Bestie in ihrem Rücken übertönte einmal mehr alle anderen Geräusche.

»Schneller!«, rief Galileus wieder.

Carter sah jetzt niemanden mehr. Emmelines Lichtschein, eben noch ein blasses Oval weit weg zu seiner Linken, war

271

hinter einer Säule verschwunden und nicht wieder aufgetaucht. Carter rief ihren Namen, bekam aber keine Antwort, und mittlerweile hatte er derart die Orientierung verloren, dass er nicht mal mehr zuordnen konnte, wo er sie vor wenigen Sekunden gesehen hatte.

Von irgendwoher wälzte sich der gigantische Leib der Eulenechse heran, ein knirschendes, schnaufendes Getöse, das Massen von Staub vor sich herschob.

»Ich lenke sie ab!«, rief Carter, und noch ehe irgendjemand widersprechen konnte, schrie er: »Hier bin ich! Na, komm schon!«

Im ersten Moment glaubte er, sie reagiere nicht darauf, doch dann ertönte erneut das trompetende Gebrüll. Diesmal war er fast sicher, dass es sich in seine Richtung bewegte.

»Carter!« Das war Ambras Stimme, zum Glück sehr viel weiter entfernt als gerade eben noch.

»Bleibt zusammen und lauft!«

Er meinte, Ambra etwas rufen zu hören, dann auch Galileus, aber wieder wurden sie vom Geschrei der Eulenechse übertönt. Carter rannte jetzt, so gut es ging, geradeaus, die Hände vorgestreckt, und wich so mehreren Säulen aus, ohne die geringste Ahnung, wohin er eigentlich lief.

»Komm schon!«, rief er noch einmal. »Ich bin hier!«

Die Eulenechse war jetzt ganz nah. Das Reiben ihres riesenhaften Körpers schluckte jeden anderen Laut, und als sie abermals brüllte, spürte Carter die Hitze ihres Atems im Rücken. Der Gestank aus ihrem Schlund fauchte über ihn hinweg und raubte ihm die Luft. Ihm wurde übel, vielleicht auch vor Angst, aber er stürmte weiter, stieß mit der linken

Schulter gegen eine Säule, dann mit der rechten gegen eine andere, und schließlich stolperte er und fiel.

Mit einem Aufschrei landete er auf allen vieren. Genau unter ihm musste einer der schmalen Kanäle sein. Er roch Algen und Nässe, und gleich darauf patschte seine Hand ins Wasser und versank darin fast bis zum Ellenbogen, ehe sie auf glitschigen Grund stieß.

Irgendwo in seinem Rücken tobte die Eulenechse heran, und er dachte flehentlich, dass Ambra und die anderen hoffentlich in die entgegengesetzte Richtung liefen, so weit wie möglich fort von ihm und diesem Ungeheuer, das ihn jede Sekunde einholen mochte.

Etwas glitt an seiner Hand im Wasser vorüber, und als er hinsah, entdeckte er einen schimmernden Punkt, leuchtend orange, nicht größer als sein Daumen – einen Fisch, goldgeschuppt und glühend, der mit wedelnder Schwanzflosse um seinen Unterarm kreiste.

*Du?*, durchfuhr es ihn. Er wusste nicht, woher er die Kraft nahm, sich aufzurappeln und dem schimmernden Tier zu folgen, das jetzt vor ihm her durch den Wasserlauf wuselte. *Bist du das?*

Wie ein Irrlicht glitt der Glutpunkt durch die Dunkelheit und folgte dem Verlauf des schmalen Kanals, der nicht breiter war als Carters Oberschenkel. Es war schlichtweg unmöglich, dass es derselbe Fisch war, der nach Carters Ankunft neben dem Brunnenschacht gelegen hatte. Das war in den Äußeren Sphären gewesen, Tagesmärsche entfernt von hier. Und doch ließ ihn der Gedanke nicht los, dass der Kleine ihm gerade für seine Rettung dankte.

Die Eulenechse brüllte ein letztes Mal und verstummte. Sie war nach wie vor hinter Carter, vielleicht zehn, vielleicht dreißig Meter entfernt.

Der Wasserlauf kreuzte einen anderen, und hier bog der goldene Fisch blitzschnell nach rechts. Auch Carter schlug einen Haken und folgte dem Licht durch die Finsternis. Die Säulen glitten schemenhaft an ihm vorüber. Bald hatte er keine Angst mehr vor Kollisionen, sein Vertrauen in seinen glühenden Führer wuchs, und auch der Abstand zur Eulenechse schien allmählich größer zu werden. Doch er konnte nicht ewig mit dieser Geschwindigkeit weiterlaufen, schon jetzt brannte jedes Luftholen in seiner Kehle, und sein Herzschlag raste.

Der Fisch bog nach links ab. Nun bewegten sie sich wieder in die ursprüngliche Richtung. Und dann, ganz unverhofft, verschwand er. Carter stieß einen überraschten Laut aus, stolperte einen Schritt weiter und wäre fast gegen eine Wand geprallt. Der Fisch tauchte wieder auf, kam ein Stück auf ihn zugeschwommen, und nun begriff Carter, dass der Wasserlauf in einer Öffnung verschwand, etwas breiter als der Kanal und annähernd kniehoch.

Er horchte kurz auf die näher kommende Eulenechse, dann warf er sich auf den Bauch und folgte dem Kanal in die Öffnung. In dem engen Schacht roch es nach Moder und fauligen Algen, und von der Wasseroberfläche unter seinem Körper stieg Kälte auf.

Hinter ihm krachte die Eulenechse gegen das Mauerwerk, schrie wutentbrannt auf und warf sich ein zweites Mal dagegen. Vielleicht glaubte sie, diese Wand ebenso einreißen zu können wie die erste. Doch die hier war um einiges dicker und massiver. Das gesamte Gestein rund um Carter erbebte, Mörtel bröckelte aus den Fugen auf ihn herab, und im Schein des goldenen Fisches sah er, wie auch das Wasser heftig in seinem gemauerten Bett erzitterte.

Die Eulenechse versuchte es ein drittes Mal, während Carter weiterrobbte. Bald ertastete er über sich keine Decke mehr. Die Luft wurde besser, und der Fisch begann, auf der Stelle zu kreisen. Carter kroch aus der Röhre in einen Raum, der durch die meterdicke Wand von der Eulenechse getrennt und vielleicht, nur vielleicht, für den Moment ein sicherer Unterschlupf war.

»Danke, mein Freund«, flüsterte er, als er sich zur Seite rollte und erschöpft neben dem Wasserlauf liegen blieb. Der Glutpunkt verblasste, doch Carter war nicht sicher, ob der Fisch davonschwamm oder ob ihm schwarz vor Augen wurde. In der Dunkelheit der Keller war die eine Schwärze wie die andere. Diese hier brachte ein Gefühl von Linderung mit sich und – für ein paar kurze, kostbare Atemzüge – beinahe so etwas wie heilsames Vergessen.

# 26

Der Fisch war fort, als er erwachte, und dennoch war die Dunkelheit nicht vollkommen. In einiger Entfernung – irgendwo jenseits zahlloser Säulen – fiel graues Halblicht von oben hinab in den Kellersaal. Carter fror und fragte sich, wie lange er reglos auf dem kalten Steinboden gelegen hatte. Minuten? Stunden?

Er setzte sich auf, hielt inne und forschte nach Stellen, die stärker schmerzten als der Rest seines Körpers. Offenbar war er unverletzt, von Schrammen und Kratzern abgesehen. Mit einem halb unterdrückten Ächzen stand er auf und versuchte, sich zu orientieren.

Neben ihm verlief der schmale Wasserkanal und plätscherte mit irritierender Fröhlichkeit. Keine Spur mehr von dem goldenen Fisch. Falls es – passend zu all dem anderen Wahnsinn im Fürimmerhaus – tatsächlich derselbe gewesen sein sollte wie bei seiner Ankunft, dann war seine Schuld nun beglichen.

In weiter Ferne hörte er den Lärm der kämpfenden Famuli, kaum mehr als ein ominöses Rumoren aus unbestimmten Richtungen. Darüber hinaus herrschte Ruhe. Erneut stieg Angst in ihm auf, als er an Ambra und die anderen dachte. Im Augenblick konnte er nur hoffen, dass er ihnen genug Zeit verschafft hatte, um sich in Sicherheit zu bringen – wo immer die hier zu finden sein mochte.

Er gab die Hoffnung nicht auf, auch ohne Galileus zur Innersten Kammer zu gelangen, obwohl ihm bewusst war, wie gering seine Chancen waren. Er wusste weder, wo er selbst sich befand, noch, in welcher Richtung die Kammer lag. Ohnehin konnte er ohne eigene Lichtquelle nur auf die Helligkeit hinter den Säulen zugehen.

Sein Magen knurrte, während er sich auf den grauen Schimmer zubewegte. Je länger er ging, desto mehr löste sich die Steifheit seiner Arme und Beine. Womöglich hatte er wirklich eine ganze Weile dagelegen.

Schließlich erkannte er, woher die Helligkeit rührte. Hoch oben in der Decke klaffte eines der Löcher, von denen sie unterwegs eine ganze Reihe gesehen hatten. Die Trümmer lagen darunter auf dem Kellerboden, bildeten aber keine Rampe, die er hätte hinaufklettern können. Der Abstand zwischen dem höchsten Schutthaufen und der Öffnung betrug mindestens zehn Meter. Carter hätten Flügel wachsen müssen, um dort hinaufzugelangen.

Enttäuscht blickte er sich um, sah aber in allen Richtungen nur Säulen – und dann, ein gutes Stück entfernt, eine weitere Ahnung von Helligkeit. Er machte sich auf den Weg und kam schließlich an den nächsten Einsturz. Auch hier gab es keine Möglichkeit, das Loch in der Decke zu erreichen, obwohl der Trümmerberg um einiges höher war. Es war nicht nur der Hallenboden im Erdgeschoss eingestürzt, sondern auch Teile einer Steinkuppel darüber. Durch die entstandene Öffnung konnte Carter ein Stück des grauen Himmels sehen und – nachdem er seine Position ein paar Mal geändert hatte – auch die Lichtsäule. Nun wusste er wenigstens, in welche Richtung er gehen musste.

Seine Zuversicht blieb gedämpft, denn er würde sich durch absolute Finsternis bewegen müssen. Während er noch darüber nachdachte, fiel sein Blick auf einen menschlichen Arm, der hinter dem Schutthaufen hervorragte. Carter kletterte darauf zu und entdeckte mehrere Famuli, die beim Einsturz des Bodens umgekommen und halb begraben worden waren. Ein paar Schritt entfernt entdeckte er eine Axt, die ihm zu groß und unhandlich war, gleich darauf ein Kurzschwert. Er zog es unter Staub und Ziegelsteinen hervor, wog es in der Hand und entschied, es mitzunehmen, obwohl er nicht das Geringste über den Umgang damit wusste. Wichtiger war, dass er sich damit nicht mehr ganz so wehrlos fühlte.

Wieder blickte er in die Richtung, in der sich die Lichtsäule befand. Hier unten in den Kellern war dort nichts als Schwärze. Er fragte sich, ob es wirklich eine gute Idee war, diesen Weg zu nehmen. Nach spätestens fünfzig Metern würde er sich nur noch tastend orientieren können.

Er war drauf und dran, sich frustriert auf den Trümmern niederzulassen, als er ein Geräusch hörte. Erst glaubte er, es sei nur ein Luftzug, der durch die Keller wehte. Dann wurde aus dem fernen Rauschen ein Surren, das ihm bekannt vorkam, und im nächsten Moment schoss etwas auf ihn zu, stieß ein Knacken und Schnarren aus, schließlich den Ruf eines Kuckucks.

»Ulala!«

Der mechanische Vogel kam vor seinem Gesicht zum Stehen. Seine Schwingen bewegten sich so schnell, dass die Luft um ihn flirrte.

»Haben die anderen dich geschickt?«

Der kurze Anflug von Hoffnung wurde zu Sorge, als ihm klarwurde, dass es eine zweite Möglichkeit gab. Vielleicht war allein Ulala der Eulenechse entkommen.

Trotzdem fragte er: »Kannst du mich zu ihnen führen?«

Der Kuckuck stieß wieder sein Schnarren aus, dann stieg er steil nach oben zum Loch in der Decke.

»Nein«, sagte Carter eilig, »nicht da entlang! Nicht jeder hier kann fliegen.«

Ulala gab ein Geräusch von sich, das verblüffend nach Enttäuschung klang, dann kehrte er zurück, drehte eine aufgeregte Runde um Carters Kopf und flog schließlich in eine Richtung, die ungefähr jener entsprach, in der auch Carter sein Ziel vermutete. Mit einem Seufzen setzte er sich in Bewegung.

Sie hatten gerade die ersten Säulen passiert und verließen die Helligkeit um die Einsturzstelle, als Ulala erneut einen Kuckucksruf ausstieß.

»Das solltest du hier besser nicht so oft tun«, flüsterte Carter.

Aber Ulala surrte schon wieder voraus, jetzt geradewegs in die Schwärze. Carter fürchtete, den Vogel zu verlieren, als der eine kleine Schleife flog und sich ihm wieder zuwandte. Zwei winzige Punkte glühten in der Dunkelheit, nicht so hell wie das Schuppenkleid des Fischs, aber mit etwas Mühe gut zu erkennen. Carter hatte Ulalas Augen für schlichte Glassteine gehalten, geschliffen wie Diamanten, aber nun leuchteten sie aus eigener Kraft, was einiges über das Geschick des Uhrmachers verriet, der den Kleinen gebaut hatte – oder *erträumt,* denn auch der lebende Kuckuck war wohl nur eine Phantasterei des Erbauers gewesen, die sich bei der Erschaffung des Hauses verselbständigt hatte.

Wie lange sie sich durch die Dunkelheit bewegten, hätte Carter nicht sagen können. Er hielt das Schwert jetzt am ausgestreckten Arm vor sich und entging so den meisten Zusammenstößen mit den Säulen. Auch horchte er angestrengt auf weitere Wasserläufe, um nicht blind in einen hineinzutreten und sich das Bein zu brechen. Die ganze Zeit über hoffte er inständig, dass es keine Löcher zu tieferen Kellerebenen gab. Der mechanische Kuckuck drehte sich immer wieder um sich selbst, damit Carter sich an seinen schimmernden Augen orientieren konnte. Meist klappte das recht gut, und er hatte das Gefühl, dass er trotz aller Widrigkeiten ein gutes Stück vorankam.

Als er allein gewesen war, hatten sich seine Gedanken im Kreis gedreht, aber nun, da dieses winzige mechanische Ding ihm den Weg zeigte, stellte er sich andere Fragen. Nicht mehr nur danach, wer er gewesen war. Sondern auch: *Wie* war er gewesen? Wie hatte er gelebt? Hatte er Familie gehabt? Freunde? Nur ein paar oder viele? Und warum war ihm das mit einem Mal wichtig?

Auf nichts davon fand er eine Antwort. Seine Vergangenheit blieb so dunkel und leer wie diese Keller.

Er hörte etwas.

»Warte!«

Er hatte das Wort nur geraunt, kaum lauter als einen Atemzug. Er blieb auf der Stelle stehen und horchte angestrengt ins Dunkel.

Da war Ulalas leises Surren.

Das Wispern unterirdischer Luftzüge.

Und ein rasselndes, schnaubendes Atmen, irgendwo in der Finsternis.

Dann, ganz unvermittelt – Licht.

Die Eulenechse stand vor ihm, ein Berg aus Schuppen und Federn.

Eine ihrer monströsen Schwingen war angelegt, die andere weit abgespreizt – bis vor wenigen Herzschlägen hatte sie damit ein Loch in der Decke verschlossen, durch das nun trübe Helligkeit fiel. Mit einem lauten Rascheln wie von gerefften Segeln zog sie den Flügel an ihren Körper und beugte zugleich den gigantischen Schädel nach vorn, genau auf Carter zu.

Er stand da wie gelähmt und starrte in ihre blinden, pupillenlosen, dunkel umrandeten Raubvogelaugen.

Ihr Kopf war der einer weißen Eule, drei Mannslängen hoch, und der Schnabel größer als Carter. Ihren Leib bedeckte ein Flickenteppich aus Reptilienschuppen und Federn, glänzend von der Nässe der Keller, und so massig wie der einer aufgeblähten Kröte. Außer den gigantischen Schwingen, die trotz der Federn an die eines Drachen erinnerten, besaß sie vier Krallenfüße, groß und gespreizt wie Baumkronen.

Ulala stieß aufgeregt seinen Kuckucksruf aus, wurde von einer vorschnellenden Klaue getroffen und prallte wie ein fortgeworfenes Spielzeug auf den Boden. Dort blieb er liegen, einen Flügel falsch abgewinkelt und leise ratternd wie ein defektes Uhrwerk.

Carter sank neben dem Kuckuck in die Hocke. Davonlaufen hatte keinen Zweck und auch das lächerliche Schwert würde ihm nicht weiterhelfen. Er ließ es fallen und hob mit beiden Händen Ulala auf. Einer der winzigen Kuckucksfüße krallte sich schwach in seinen Handballen, dann erstarrte der Vogel, und das Surren brach ab.

Carter blickte zornig auf und spürte keinerlei Angst mehr. Mit einem Geräusch, als würde zerknülltes Leder auseinandergezogen, schob die Eulenechse ihren riesigen Schädel auf ihn zu, bis ihr Vogelgesicht wie eine Wand vor ihm stand. Die Nasenlöcher zu beiden Seiten des Schnabels waren größer als Carters Kopf, und er sah jetzt die zahllosen Scharten in der verhornten Oberfläche, Spuren von tausend siegreichen Kämpfen gegen die Famuli.

»Bring's schon zu Ende!«, brüllte er sie an, während er die Hand schützend um Ulala schloss.

Er sah, wie sich die weißen Augäpfel der Eulenechse in ihren Höhlen bewegten, konnte ihre geaderte Oberfläche erkennen. Aus dem Schnabel drang scharfer Raubtiergestank.

Sie schien ihn anzustarren, obwohl sie doch blind war, so als könnte sie ihn trotzdem beobachten, regelrecht durchschauen.

»Wir wollten keinen Streit mit dir«, sagte er laut, weil reden das Einzige war, das ihm zu tun blieb. »Wir wollten nur zur Innersten Kammer, ohne diesen verdammten Famuli zu begegnen.« Er konnte nicht kämpfen und nicht weglaufen. Weil er keine Vergangenheit besaß, bedeutete ihm auch seine Zukunft wenig, erst recht allein hier im Haus, wenn alle anderen entkommen waren. Es gab nichts mehr von Bedeutung, das die Eulenechse ihm hätte rauben können. Und wenn es sein Schicksal war, den anderen Erlösern zur Flucht zu verhelfen, dann hatte er seine Aufgabe erfüllt.

Ein heftiges Schnauben drang aus den Nasenlöchern des Schnabels und warf ihn fast nach hinten. Dann schoss erneut eine Klaue vor, packte ihn und hob ihn vom Boden. Ein Schrei stieg in seiner Kehle auf, doch seine Lippen blieben fest aufeinandergepresst. Er zwang sich, die Augen weit offen zu halten. Zugleich drückte er die Hand mit dem leblosen Kuckuck an seine Brust.

Er erwartete, dass sie den Schnabel aufreißen und ihn hineinstopfen würde. Doch stattdessen hob sie ihn über ihren Kopf und setzte ihn fast sanft in ihren Nacken. Ehe er begriff, wie ihm geschah, saß er schon breitbeinig da, klammerte sich an weichen Flaum und blickte durch ihren aufgestellten Federkamm über den Schädel hinweg nach vorn.

Die Eulenechse wälzte sich herum, setzte sich in Bewegung und trug Carter aus dem grauen Licht hinaus ins Katakombendunkel.

# 27

Lange ritt er im Nacken des Ungetüms durch die Schwärze, stocksteif vor Verwirrung, hielt sich erst mit einer Hand fest und dann, nachdem er Ulala in seine Hosentasche geschoben hatte, mit beiden.

Zwischendurch stellte er Fragen, weil es ihn kaum noch gewundert hätte, wenn die Eulenechse mit menschlicher Stimme geantwortet hätte. Aber sie stieß nur dann und wann ein trompetendes Schnauben aus, und so gab er sich schließlich mit der Tatsache zufrieden, dass sie ihn bislang nicht gefressen hatte und das wohl auch nicht vorhatte.

Es war ein holperiger Ritt. Carter schwankte bei jedem ihrer Schritte vor und zurück, nach links und nach rechts. Es blieb ihm nichts anderes übrig, als sich mit beiden Händen im fettigen Federflaum festzuklammern. Er hätte Ulala gern genauer untersucht, aber dazu bekam er keine Gelegenheit.

Die Eulenechse bewegte sich mit unbeirrbarer Sicherheit durch ihr nachtschwarzes Reich. Carter konnte die Hindernisse nur erahnen, die sie unterwegs passierten. Einmal hörte er lautes Wasserprasseln wie von Stromschnellen, ein andermal das schnelle Trappeln zahlloser Füße; erst als sie vorüber waren, fielen ihm die großen Spinnen ein, die Emmeline erwähnt hatte, und er begann so heftig zu frösteln, dass er sich minutenlang kaum festhalten konnte.

Nur noch vereinzelt krachten jenseits der Decke Musketenschüsse. Womöglich verließen sie die Gegend, in der die Schlachten geschlagen wurden, oder aber das Kampfgeschehen verlor an Heftigkeit.

Nach ein, zwei Stunden im Dunkeln hatte Carter längst jede Orientierung verloren. Anfangs war er noch sicher gewesen, dass sie sich in Richtung der Lichtsäule bewegten, doch jetzt blieb ihm nur zu hoffen, dass sie nicht auf dem Rückweg in die Äußeren Sphären waren.

Irgendwann tauchte vor ihnen schemenhafte Helligkeit auf, ein matter Schimmer jenseits der Säulen, von denen es hier unten Millionen geben musste. Sie näherten sich einer weiteren Öffnung in der Decke. Darunter lagen Trümmer, weit verteilt und nicht besonders hoch.

Die Eulenechse verharrte kurz und schien auf Feinde zu horchen. Carter schrie überrascht auf, als sie sich abrupt auf die Hinterbeine stellte und ihn dabei fast abwarf. Ihre vorderen Krallen packten den Rand der Öffnung, dann streckte sie ihren Hals, bis ihr Schädel die Kante berührte. So blieb sie stehen – eine stumme Aufforderung an Carter, über ihren Federkamm nach oben zu klettern.

Er wartete nicht, bis sie es sich anders überlegte, erklomm den Schädel des Ungetüms und kroch schließlich zwischen ihren blinden Augen hindurch zum Rand und ins Erdgeschoss. Hastig entfernte er sich ein Stück von der

Kante, ehe er sich schwer atmend umdrehte und zurückblickte.

Die Eulenechse sank bereits auf alle viere, hob ein letztes Mal den Kopf in seine Richtung und präsentierte ihren monströsen Schnabel, ehe sie schnaubend aus Carters Sichtfeld verschwand. Er hörte, wie sie sich im Dunkeln entfernte, dasselbe Schleifen und Scharren, das ihn noch vor wenigen Stunden in Todesangst versetzt hatte.

Mit einem tiefen Aufatmen ließ er sich auf den Boden nieder. Alles an ihm bebte, und er brauchte ein paar Minuten, ehe er erfasste, was gerade geschehen war. Nichts davon verstand er, aber bald vermischte sich seine Verwirrung mit irrationalem Triumph. Zugleich überkam ihn ein schlechtes Gewissen, als er an Ambra dachte, an Emmeline und Hyazinthe, an Hengis – und an Ulala.

Bevor er den mechanischen Kuckuck aus der Tasche zog, warf er einen sichernden Blick in die Umgebung. Er befand sich in einem ausgebrannten Raum, zwanzig Meter im Quadrat, mit zwei rußgeschwärzten Türöffnungen. Das Loch zum Keller nahm den größten Teil des Bodens ein. Rundum lagen Trümmer der Decke, die teilweise eingestürzt war und den Blick in die Etage darüber freigab. Von dort fiel Helligkeit herab, vermutlich durch Fenster, die von hier aus nicht zu sehen waren. Draußen, jenseits der Türen, war es dunkel.

Behutsam nahm er Ulala mit Daumen und Zeigefinger aus der Tasche und legte ihn auf seine linke Handfläche. Der kleine Metallvogel regte sich nicht, und nun fand Carter auch den Grund. Der Kopf des Kuckucks hatte sich bei dem Aufprall vom Körper gelöst, war nur noch durch einen dünnen Stift damit verbunden. Außerdem hatte sich eine kleine Klappe an der Unterseite geöffnet, dahinter befanden sich mehrere Zahnräder. Eines war aus seiner Aufhängung gesprungen, ließ sich aber mit der Fingerspitze zurück auf die winzige Achse schieben. Prüfend drehte Carter es ein paar Mal und setzte damit auch die anderen in Bewegung. Immerhin, die Mechanik lief reibungslos. Doch sobald er losließ, standen die Räder wieder still. Die Klappe am Bauch hatte sich verzogen und ließ sich nicht mehr ganz schließen. Mit leichtem Druck gelang es ihm, sie ein wenig schief zurück in die Öffnung zu klemmen.

Mehr Sorgen als das Innenleben bereitete ihm der lose Kopf des Kuckucks. Zwar konnte er ihn auf dem Stift zurück an den Körper schieben, aber er hielt nicht und rutschte immer wieder nach vorn. Vielleicht gab es eine Verankerung, vermutlich sehr klein, doch im schwachen Licht von oben konnte er sie nicht erkennen.

Eine Bewegung, rechts von ihm. An einer der beiden Türen.

Eine Gestalt in einem schwarzen Gewand betrat den zerstörten Raum. Ihr Kopf war mit einer enganliegenden Haube bedeckt, gleichfalls nachtschwarz. Ein dunkler Schleier verbarg das Gesicht. Aus den weiten Ärmeln ragten totenweiße Finger.

»Bis hierher hast du es also geschafft«, flüsterte eine brüchige Frauenstimme. Auf unheimliche Weise klang sie vertraut, wie etwas aus seinen tiefsten, verstörendsten Träumen.

Er schob den Kuckuck zusammen, legte ihn behutsam auf

einen kleinen Schutthaufen und richtete sich auf. Das Zittern hatte aufgehört, aber seine Beine fühlten sich nach dem langen Ritt noch immer geschwächt an, ganz zu schweigen von seinem Rücken, der vom Nacken bis zum Steißbein schmerzte.

»Deshalb hat sie mich hergebracht?«, fragte er. »Um mich an dich auszuliefern?«

Die Frau kam langsam näher. Kein Gehen, ein geisterhaftes Gleiten. Kurz neigte sie den Kopf zur Seite und schien durch den Schleier hinab in den Abgrund zu blicken. »Du bist durch die Keller gekommen«, wisperte sie zischelnd, als wäre sie ebenso sehr Reptil wie die Eulenechse. »Wo sind die anderen Erlöser? Alle dort unten?«

Sie weiß es nicht, dachte er und sagte vage: »Ich hab sie verloren.«

Sie nickte langsam. »Sie waren dir ein Klotz am Bein.«

»Sie waren meine Freunde.«

»Das ist rührend.«

Ihr herablassender Tonfall machte ihn wütend. »Das ist die Wahrheit.«

Wieder ließ sie einen Moment vergehen, ehe sie sprach. »Schon möglich. Obwohl ich nicht sicher bin, dass Diabondo das genauso gesehen hat.«

Natürlich kannte die Archontin jeden Einzelnen von ihnen. Und trotzdem fühlte es sich seltsam an, als sie seinen Namen erwähnte.

»Ihr habt ihn vom Zeigermann ermorden lassen«, sagte er.

»Wir?« Das befremdliche Raunen und Wispern ihrer

Stimme klang nicht mehr ganz menschlich. »Da täuschst du dich. Der Zeigermann ist nicht von den Archonten ausgesandt worden.«

»Von wem dann?«

»Er dient allein dem Haus – so wie die Uhr, von der er herabgestiegen ist. Er wurde erschaffen, weil der Erbauer Spaß am Grotesken hatte, ohne tieferen Sinn. Doch dann erwies er sich als recht hilfreich, um die Erlöser einzuschüchtern.« Drei oder vier Meter vor Carter blieb sie stehen. Hinter dem Schleier war nicht einmal die Form ihres Gesichts auszumachen. »Aber das Haus ist schon seit geraumer Zeit geschwächt. Viele seiner Teile sind dem Verfall anheimgefallen. Nichts ist mehr, wie es einmal war.«

»Es ist geschwächt, weil ihr Krieg führt.« Er redete, um Zeit zu gewinnen, auch wenn er nicht wusste, wie hilfreich das war. Er besaß keine Waffe mehr – das Schwert hatte er in den Katakomben zurückgelassen –, und er fragte sich, welche Macht die Archonten tatsächlich besaßen. Bislang hatte er den Eindruck gehabt, dass sie sich auf ihre Famuli verließen, wenn es darum ging, Gewalt anzuwenden. Doch diese hier schien allein zu sein. Ganz sicher war sie nicht wehrlos.

»Dieser Krieg ist eine Torheit«, sagte sie. »Andere haben ihn angezettelt, und er betrübt mich so sehr wie dich.« Sie machte eine kurze Pause und schien ihre Worte abzuwägen. »Nur manchmal verspüre ich den Wunsch, selbst zu kämpfen. Ich würde den Krieg beenden. Aber dafür müsste ich ihn gewinnen.«

»Und die Wucherungen? Ihr führt einen Krieg um die

Herrschaft über das Haus, und zugleich kümmert es euch nicht, dass es dabei zerstört wird.«

»Die Archonten spielen nur die Rolle, die das Schicksal ihnen zugedacht hat. Genau wie die Erlöser. Wie du.«

»Dann bin ich keiner von ihnen?«

Sie beobachtete ihn durch den Schleier. Vielleicht wartete sie darauf, dass er sie attackierte oder die Flucht ergriff. Aber noch rührte er sich nicht. Antworten auf seine Fragen erschienen ihm mit einem Mal wichtiger als sein Leben.

»Bin ich ein Erlöser?«, fragte er.

»Du hast es noch immer nicht begriffen«, raunte es unter dem Stoff hervor. »Weißt du wirklich nicht, was die Erlöser sind? Und was aus ihnen wird?«

»Ich weiß, was aus euch wird«, erwiderte er hasserfüllt. »Archonten werden zu Widersachern. Ihr werdet auf die Welten dort draußen losgelassen, um Krieg und Hass und Zerstörung zu bringen.«

»Und deshalb verachtest du mich?«

Er lachte ihr bitter ins Gesicht. »Dir macht es nichts aus, oder? Dass der einzige Grund für deine Existenz der ist, anderen Menschen Schmerz zuzufügen und sie zu versklaven oder zu töten.«

»So einfach ist das nicht. Wir erfüllen eine Aufgabe, die wir uns nicht ausgesucht haben. Wir dienen dem Gleichgewicht zwischen – «

»Auch ihr könnt euch entscheiden!«, fiel er ihr ins Wort. »So wie ihr euch entschieden habt, den Erbauer einzusperren und um seine Nachfolge zu kämpfen. Ihr müsstet nichts von alldem hier tun.«

»Ich habe den Erbauer nicht eingesperrt.«

»Dann haben es eben die anderen getan.«

»Ja, das haben sie wohl.«

»Niemand hat sie dazu gezwungen. Auch ihr könnt euch weigern, eure Rolle zu spielen.«

»Das ist ein Irrtum.«

»Wegen dem Gerede von Harmonie und Dissonanz? Weil es – «

»Weil es unsere Bestimmung ist«, unterbrach sie ihn raunend, aber Carter kam es vor, als übertönte ihre Stimme jeden anderen Laut. »Und die Bestimmung der Erlöser.«

»Die Erlöser sind hier, weil sie die Widersacher in ihren Welten *besiegt* haben«, widersprach er. »Ihre Bestimmung war es, Ungeheuer wie dich zu vernichten.« Er starrte sie wutentbrannt an und machte dabei langsam einen Schritt nach hinten, dann noch einen, immer an der Kante des Kellerlochs entlang.

»Du verstehst es wirklich nicht«, sagte sie. »Glaubst du, die Erlöser werden hierhergebracht, um sie verschwinden zu lassen? Oder gar als Bestrafung?«

»Warum sonst?«

Sie legte den Kopf ein wenig schräg, während sie ihn ansah, aber keine Anstalten machte, ihm zu folgen. »Aus Archonten werden Widersacher, das hast du selbst gesagt. Aber das ist nicht alles.« Als sie tief einatmete, bildete der Schleier die Form ihres Mundes nach. »Was glaubst du, woher die Archonten kommen? Wer *sie* einmal waren?«

Er blieb stehen, und plötzlich war die Kante sehr nah und der Abgrund eine dunkle Lockung.

»*Erlöser* werden zu Archonten«, sagte sie scharf.

»Was?«

»Die Widersacher werden von Erlösern besiegt. Danach sind die Erlöser überflüssig und unerwünscht – so ist es fast überall, früher oder später. Manche werden hierherge-bracht, während die Menschen, die von ihnen gerettet wur-den, vergessen, dass die Erlöser je existiert haben – denn viel angenehmer ist es doch, den Verdienst sich selbst zuzu-schreiben. Sie reden sich ein, dass sie einander gerettet ha-ben, ein Triumph ihres Großmuts und Gemeinschaftssinns. Und während sie sich gegenseitig auf die Schultern klopfen und sich für ihre edle Gesinnung feiern, werden die wahren Erlöser ins Fürimmerhaus gebracht. Eine Weile lang leben sie in den Äußeren Sphären, bis sie eines Tages verschwin-den … oder sterben. Aber hier zu sterben bedeutet nicht dasselbe wie dort, wo sie herkommen. Im Fürimmerhaus zu sterben heißt, zum Archon zu werden – und irgendwann zum Widersacher.«

»Das ist eine Lüge«, flüsterte er kraftlos.

Sie aber redete unbeirrt weiter: »Erlöser werden zu Ar-chonten, und Archonten werden zu Widersachern – um schließlich wieder von Erlösern bezwungen zu werden. Harmonie und Dissonanz regenerieren sich selbst, und das Fürimmerhaus ist der Ort, an dem das geschieht. Es ist der Garant für das ewige Gleichgewicht zwischen Harmonie und Dissonanz. Ordnung und Chaos. Gut und Böse.«

Der Abgrund war so nah, er musste nur einen Schritt zur Seite machen. Und er würde es tun, wenn das der einzige Weg war, um nicht selbst einer von ihnen zu werden.

»Ich weiß, was du jetzt denkst«, flüsterte sie. »Aber ich bitte dich, es nicht zu tun. Wir alle hier erfüllen eine Aufgabe, du genauso wie ich.«

»Ich will damit nichts zu tun haben.«

»Das zu entscheiden liegt nicht in deinem Ermessen. Es lag auch nicht in meinem. Vorher hätte ich das hier nicht gewollt, natürlich nicht. Aber wenn es so weit ist, wenn die Veränderung eingetreten ist, dann erkennst du schlagartig ihren Sinn. Es ist, als würde dir jemand den großen Plan des Universums bis ins letzte Detail erklären. Plötzlich verstehst du *alles* … Und du begreifst, wie ehrenvoll es ist, deiner Bestimmung zu folgen.« Sie deutete auf die scharfe Bruchkante des Abgrunds. »Wenn du dich dort hinabstürzt, beschleunigst du es nur. Von einem Moment zum anderen bist du einer von uns.«

»Du kannst mir alles Mögliche erzählen …«

Sie nickte kaum merklich. »Wäre ich noch ein Mensch, dann würde ich sagen: Probier es einfach aus. Bring dich um und sieh, was geschieht. Aber Gleichgültigkeit ist die erste Eigenschaft, die du verlierst, wenn du zum Archon wirst. *Nichts* ist dir mehr gleichgültig, *alles* ist wichtig. Nur wenn du die Bedeutung von allem erkennst, erwacht auch dein Wille, es kontrollieren zu wollen. Und der Wunsch nach Allmacht ist der erste Schritt zum Widersacher.«

Sie bluffte, davon war er überzeugt. Sie rechnete nicht damit, dass er sich wirklich in die Tiefe stürzte. Zugleich bemerkte er, dass feine weiße Blitze wie Spinnweben um ihre Finger zuckten, fast verstohlen, so als bereitete sie sich insgeheim darauf vor, ihn mit Kräften zu packen, die er nicht abwehren konnte. Womöglich wollte sie mit all dem Gerede nur Zeit gewinnen.

»Eines bleibt mir zu tun, um dich zu überzeugen«, sagte sie mit ihrer geisterhaften Flüsterstimme.

Er spürte, wie der Untergrund vibrierte. Unmittelbar an der Kante drohte der Boden nachzugeben. Trotzdem blieb Carter stehen, keine Handbreit vom Abgrund entfernt.

Sie sagte: »Sieh her.«

Und hob ihren Schleier.

Im fahlen Licht sah sie noch immer aus wie eine Sterbende. Sie war tot gewesen, als sie sie zurückgelassen hatten, und in gewisser Weise war sie das auch jetzt noch. Kein lebender Mensch mehr, obwohl sie atmete. Ganz sicher nicht mehr diejenige, die sie einmal gewesen war.

Calamina verzog die Mundwinkel zur Andeutung eines Lächelns. »Ich weiß, was du jetzt denkst.«

Aber nicht einmal er selbst wusste, was er gerade dachte. Es war, als wäre ein Sturm durch seinen Schädel gefegt und hätte alle Verknüpfungen von Logik und gesundem Menschenverstand in Stücke gerissen. Übrig war nur ein Wirrwarr, und er fühlte sich wie jemand, der nach einem Hurrikan durch die Trümmer stapfte und Dinge fand, die ihn vage an etwas erinnerten, ohne zu erkennen, was es war.

»Es gibt noch mehr«, sagte sie, »das du wissen solltest.«

»Du warst tot.«

»Ja. Jeder Erlöser muss sein altes Ich ablegen, bevor er einer von uns wird.«

Er machte einen Schritt zur Seite. »Ich werde niemals sein wie ihr.«

Er sah noch, wie sie die Arme ausstreckte, nicht um ihn zu packen, sondern um etwas in seine Richtung zu schleudern, ein feingesponnenes Netz aus Licht.

Sein linker Fuß berührte den Rand des Abgrunds. Zugleich sank er in die Hocke, um ihrem Angriff auszuweichen, aber er ließ sich nicht in die Tiefe fallen, machte vielmehr einen Satz nach rechts.

Das Lichternetz verfehlte ihn und verpuffte irgendwo über der Öffnung.

Calamina fauchte etwas, das er nicht verstand, als er auf festem Untergrund landete und sich unverzüglich abstieß. Diesmal schnellte er geradewegs auf sie zu, unter ihren ausgestreckten, lichtumzuckten Händen hindurch, packte sie mit beiden Armen und riss sie mit sich ins Leere.

Sie fielen gemeinsam, eng umschlungen, während die Blitze wie Tau von Calaminas Fingern perlten und als Funkenschleppe hinter ihnen her wehten. Oben und unten wurden eins, die Helligkeit wurde vom Dunkel verschluckt und der wirre Taumel ihres Sturzes dehnte sich ins Endlose, so als fielen sie nicht nur ein Stockwerk tief, sondern in eine bodenlose Unterwelt aus Schwärze.

Kurz bevor er den Boden unter seinem Rücken spürte, realisierte er, dass aus dem freien Fall ein sanftes Schweben geworden war. Calamina hatte den Sturz im letzten Moment abgebremst, und nun schien sie sich von ihm lösen zu wollen. Doch Carter hielt sie mit aller Kraft fest, rollte sich zugleich auf den Trümmern herum und zog ihren abgemagerten Körper unter sich, spürte, wie ihre Knochen über harte Steinkanten schrammten. Dann war er über ihr.

Er hielt ihre Arme fest, blickte auf sie herab und sah sie lächeln.

»Das ist nicht die Art und Weise, jemanden wie mich zu vernichten«, sagte sie.

»Ich weiß.« Er ließ sie los und taumelte nach hinten, zwei Schritte fort von ihr, schwankend und stolpernd, die schnellste Bewegung, die er zustande brachte.

Sie hob den Kopf, dann den Oberkörper, und streckte erneut die Hände nach ihm aus. Licht floss wie weißes Blut aus ihren Nagelbetten. Jetzt lachte sie ihn aus.

Hinter ihr bewegte sich etwas.

Aus der Finsternis tauchte der mannshohe Schnabel auf, öffnete sich lautlos, holte aus und hackte die Spitze von oben auf sie herab. Carter wandte sich im letzten Augenblick ab.

Calaminas Lachen brach abrupt ab. Sie schrie nicht einmal. Er presste die Hände auf die Ohren, um nicht hören zu müssen, was mit ihr geschah, verlor auf dem losen Gestein das Gleichgewicht und stürzte zwei, drei Meter tief einen Schutthügel hinunter.

Als sein Kopf aufschlug, meinte er den Schrei des Kuckucks zu hören, aber vielleicht war das auch nur ein Trick seines Verstands, der sich an eine Erinnerung klammerte, an ein Geräusch, das nicht jenes war, das er wirklich hörte.

Er dachte noch: Die Eulenechse hat mich nicht ausgeliefert. Sie hat mich gerettet, nun schon zum zweiten Mal.

Dann wieder – der Ruf des Kuckucks.

Und schließlich nur noch Schweigen und Schwärze und ein tiefer, stiller Schlaf.

# 28

Das Letzte, was sie von Carter gehört hatte, war ihr Name.

»*Ambra!*«

Er hatte ihn gerufen, inmitten all des Chaos, und nun war er wie ein Echo, das in ihren Gedanken widerhallte und einfach keine Ruhe gab. Ambra hatte vor Wut geschrien, hatte mit den anderen gestritten, hatte umkehren wollen und zugleich gewusst, dass es hoffnungslos war.

Galileus hatte die Erlöser schließlich aus den Kellern hinauf ins Erdgeschoss geführt, hatte irgendwie den Weg gefunden, mit Hilfe seines rätselhaften Orientierungssinns, und die ganze Zeit über waren sie weggelaufen, verfolgt von einem Inferno aus Staub und dem fernen Geschrei der Eulenechse. Die Wolke hatte sie erst eingeholt, als sie oben angekommen waren, und ein paar Sekunden lang hatte Ambra geglaubt, sie würde ersticken und dass es so enden müsse, auf Knien und im Dreck.

Aber der Staub hatte sich gesetzt und jetzt, eine Stunde später oder zwei, hustete sie noch immer schwarzen Schleim aus ihrer Kehle empor. Wenigstens konnte sie wieder durchatmen. Es machte ihr zu schaffen, dass sie Carter im Stich ließ, mit jedem Schritt ein wenig mehr, den sie in Richtung der Innersten Kammer machte. Hengis, die beiden Mädchen und der Lotse waren genauso grau vom Staub wie sie selbst und sahen aus wie Gespenster; sogar Emmelines Geisterlicht hatte sich eingetrübt wie eine verrußte Laterne.

Eine Weile lang hatte es ausgesehen, als gebe es hier so gut wie keine Wucherungen, doch das hatte sich bald als Trugschluss erwiesen. Das Haus veränderte sich in Schüben, mal hier, mal da, und wo das ungezügelte Wachstum der Architektur besonders schlimm wütete, verknotete es die Gänge zu bizarren Schlingen und Schleifen, presste Säle zusammen wie Wasserschläuche oder füllte sie mit fremdartigen Formen aus zerlaufenem Granit. Sie erinnerten Ambra an die Kunstwerke aus Korallen und Muscheln, die Seefahrer früher als Tribut vor dem Thron der Roten Königin entrichtet hatten.

Immer wieder mussten sie die Richtung wechseln, standen vor zugewachsenen Durchgängen oder folgten Korridoren, die beständig niedriger wurden, bis niemand mehr darin stehen konnte. Sie stießen auf Treppen, die an Decken verliefen; auf einen Wald aus Stein, der aus einem schlichten Kaminschmuck aus gemeißelten Blättern entstanden war; und immer wieder auf Abgründe, die hinab in die tiefdunklen Keller führten. »Die Eulenechse kennt das Geheimnis«, sagten sie schon lange nicht mehr. Stattdessen hielten sie sich so weit wie nur möglich von den Öffnungen fern.

Der Krieg der Archonten und Famuli war näher gerückt, manchmal kam der Lärm von allen Seiten. Dann wussten sie, dass sie von Gefechten umgeben waren und dass sie es einzig Galileus zu verdanken hatten, dass sie nicht blindlings auf eines der Schlachtfelder in den Gängen, Sälen und Kuppelgewölben stolperten.

»Halt!«, sagte Hyazinthe, als sie an die Schattenlöcher im Boden kamen, ausgebreitet von Wand zu Wand wie ein See aus Pech.

»Was ist los?« Hengis hob den Degen und schaute sich wachsam um.

Ambra erkannte gleich, was Hyazinthe meinte. Wahrscheinlich hatte Hengis es auch gehört, aber weil er den Kuckuck seit ihrem Streit ignorierte, reagierte er auch jetzt nicht drauf. Dickköpfiges, verbohrtes Kaninchen.

Hyazinthe näherte sich langsam dem Loch im Boden. Emmeline glitt sofort an ihre Seite. Der Anblick der beiden berührte Ambra, rüttelte etwas wach, keine Erinnerung an bestimmte Ereignisse, sondern an Empfindungen, die Jahre zurücklagen. Oder eher noch an den Wunsch, etwas zu empfinden: Verliebtheit, Zuversicht und Vertrauen. Als Königin hatte ihr Leben vor allem aus Verzicht bestanden. Verzicht auf all die Dinge, die Kinder beim Aufwachsen erlebten und fühlten. Dass sie heute eine andere war, hatte sie dem Vergessen und dem Haus zu verdanken. Nicht alles hier war schlecht gewesen, nicht für sie. Der Drang, wieder *jemand* zu sein, nicht mehr dieses leere Gefäß wie bei ihrer Ankunft, hatte einen neuen Menschen aus ihr gemacht, und der gefiel ihr sehr viel besser als die frühere Ambra, die Stück für Stück aus ihrer Erinnerung aufstieg. Mittlerweile verstand sie Diabondo ein wenig besser.

Emmeline und Hyazinthe hatten den Rand der Öffnung fast erreicht, als Hyazinthe einen Freudenschrei ausstieß, der Emmeline unter all dem Staub kurz aufglühen ließ. Im nächsten Moment schwirrte Ulala aus der Tiefe empor. Er schwankte leicht, als er vor Hyazinthes Gesicht in der Luft stand, und sein Surren klang ein wenig holprig. Dann flog er zwischen den Köpfen der Mädchen hindurch, vorbei an den drei anderen und zu einem Durchgang, der weder vor noch zurück führte, sondern in eine dritte Richtung. Dabei stieß er mehrfach seinen gurrenden Kuckucksruf aus.

»Er will, dass wir ihm folgen«, sagte Hyazinthe aufgeregt.

Galileus hob eine Augenbraue. »Das ist nicht der Weg zur Innersten Kammer.«

»Warum war er überhaupt allein unterwegs?«, fragte Hengis argwöhnisch.

»Ich hab ihn losgeschickt, um Carter zu finden.«

»Heißt das, dass er ihn gefunden hat?«, fragte Ambra.

»Ich glaub schon«, sagte Hyazinthe, und ihr stolzes Lächeln schien sogar Emmelines Licht zu überstrahlen.

Hengis war nicht überzeugt. »Das könnte eine Falle sein.«

»Alles hier könnte eine Falle sein.« Ambra lief los. »Finden wir raus, wohin er uns führt.«

Hengis brummelte vor sich hin, als sie dem Vogel folgten. Nach einer Weile erinnerte Galileus sie daran, dass sie bereits eine halbe Stunde unterwegs waren und den kämpfenden Famuli gefährlich nahe kamen. Tatsächlich war der Lärm viel lauter geworden, kein diffuses Rumoren mehr, sondern das glasklare Aufeinandertreffen von Klingen, das

Abfeuern von Musketen, die stumpfen Schläge von Keulen und Streitkolben.

Der Kuckuck flog aus einem Korridor mit verzogenen Wänden in einen Raum, in dessen Mitte ein weiteres Loch zu den Kellern klaffte.

Unweit des Randes lag eine reglose Gestalt.

»Carter!« Ambra stürzte auf ihn zu, fiel auf die Knie und hob sachte seinen Kopf.

»Ist er tot?«, fragte Hengis.

»Nein, er atmet.«

Galileus beugte sich vorsichtig über den Rand. »Wir sollten ihn von der Kante wegtragen.«

Emmeline hockte sich an Ambras Seite. Obwohl durch eine zweite Öffnung in der Decke graues Licht fiel, beleuchtete sie mit ihrer ausgestreckten Hand Carters Gesicht und seinen Oberkörper. Er war sehr schmutzig, so wie sie alle. Offene Wunden konnte Ambra keine erkennen.

Der Kuckuck hatte sich auf Hyazinthes Schulter niedergelassen und sah gemeinsam mit ihr auf den Bewusstlosen hinab. »Das hast du gut gemacht«, flüsterte sie ihm zu. »Du bist der Allerbeste.«

»Ich mache mir Sorgen«, sagte Galileus. »Hier sollten wir nicht bleiben.«

»Seh ich auch so«, pflichtete Hengis ihm bei. »Bringen wir ihn raus auf den Gang.«

Carter regte sich. »Sie … sie tut uns nichts …«, kam es brüchig über seine Lippen.

Ambra stieß ein erleichtertes Seufzen aus. »Bist du verletzt?«

303

»Nein, ich … ich glaub nicht.«

Hengis blickte in das Loch im Boden, dann auf Galileus. »Wie ist er da hochgekommen? Da ist nirgends ein Seil oder eine Leiter.«

»Sie war das«, sagte Carter und hustete schwarzen Staubschleim aus. »Sie … sie hat mich hochgehoben.«

»Wer, sie?«, fragte Hengis.

Emmeline bekam große Augen. »Die Eulenechse?«

Carter nickte.

Das Kaninchen raufte sich das Fell. »Warum haben hier plötzlich alle irgendwelche komischen Tiere zum Freund?«

»Die Eulenechse wollte uns umbringen«, sagte Ambra. »Warum hätte sie dir helfen sollen?«

»Weiß ich nicht.« Mit Ambras Hilfe setzte er sich auf. »Ehrlich, ich hab keine Ahnung.«

»Mir gefällt das überhaupt nicht«, sagte Hengis.

Ambra gefiel es genauso wenig, aber erst einmal war sie erleichtert, dass Carter am Leben war. Mehr als erleichtert.

»Das ist noch nicht alles«, sagte er.

Hengis ächzte auf. »Ich hab's gewusst.«

»Das hier ist kein guter Ort für lange Erklärungen«, sagte Galileus. »Die Eulenechse – «

»Wirklich«, unterbrach Carter ihn, »sie wird uns nichts tun. Sie hat mir schon zweimal das Leben gerettet.«

»Vielleicht mag sie dich«, sagte Hengis. »Aber schon mal dran gedacht, dass sie uns andere trotzdem fressen will? Und ich würd's ungern darauf ankommen lassen.«

Galileus stimmte ihm zu. »Außerdem sind wir nicht weit entfernt vom Endlosen Efeu, und dort wimmelt es von Famuli. Ich habe große Zweifel, dass auch sie mit einem Mal zu unseren Freunden geworden sind.« Sarkasmus war ein Wesenszug, den Ambra zuvor noch nicht an Galileus bemerkt hatte.

»Und«, sagte Hyazinthe, »dann wäre da noch der Zeigermann.« Nachdenklich streichelte sie den kleinen Metallvogel, der nun auf ihrem linken Handrücken saß. Sein Kopf schien etwas wackelig. Neben ihr verschränkte Emmeline die Arme und blickte erwartungsvoll von einem zum anderen.

Carter stöhnte leise, als er aufstand. Ambra wollte ihn stützen, aber er machte zwei Schritte von ihr fort und drehte sich zu ihnen um. »Das hier kann nicht warten«, sagte er. »Ihr müsst mir zuhören. Und zwar jetzt und hier.«

Dann erzählte er ihnen von Calamina.

# 29

Carter hatte befürchtet, dass sie ihm nicht glauben würden. Er hatte mit Wutausbrüchen gerechnet, mit offenem Streit und mit Ablehnung.

Umso mehr überraschte ihn das Schweigen, das ihm nach dem Ende seines Berichts entgegenschlug. Er sah Ambra an, immer wieder Ambra, und er sagte sich, dass er das ganz instinktiv tat, weil sie Calaminas engste Freundin gewesen war und bis vor zwei Minuten geglaubt hatte, sie getötet zu haben.

Die Wahrheit jedoch war, dass Ambras Anblick ihm genau den Halt gab, den er gerade brauchte. Weil er froh war, wieder in ihrer Nähe zu sein. Weil er sich am allermeisten um sie gesorgt hatte. Weil sie war, wie sie eben war, mit all ihren Launen, ihrer Trauer und ihrem Zorn. Tief in ihr steckte noch immer eine Königin, ob sie das nun wahrhaben wollte oder nicht.

Während er gesprochen hatte, hatte sie seinen Blick erwidert, doch jetzt senkte sie den Kopf und sah zu Boden. Der Widerspruch und die Fassungslosigkeit, mit denen er gerechnet hatte, blieben aus. Womöglich weil sie das alles erst verarbeiten musste. Oder gerade überlegte, ob sie ihm überhaupt ein Wort glauben wollte. Er hätte es ihr nicht übel genommen.

Doch er hatte unterschätzt, welchen Unterschied es machte, dass sie alle schon jahrelang im Fürimmerhaus lebten. Womöglich hatte sich für sie das Wort *unglaublich* schlichtweg abgenutzt.

Und dann war da Galileus.

Noch während Carter sah, wie Hengis sich zu dem Lotsen umdrehte, wurde ihm klar, woran er bislang keinen Gedanken verschwendet hatte: dass Galileus das alles gewusst haben musste.

»Ist es wahr?«, fragte Hengis.

Der Lotse wich dem Blick des Kaninchens aus, als wäre ihm das Eingeständnis überaus unangenehm. »Ja«, bestätigte er dann. »Carter sagt die Wahrheit.«

Die Wut, von der Carter befürchtet hatte, dass sie ihn treffen würde, richtete sich innerhalb eines Augenblicks auf Galileus. Hengis riss den Degen hoch. Selbst Emmeline und Hyazinthe, die manchmal den Eindruck machten, für sie wäre alles nur ein Spiel, sahen Galileus mit einer Mischung aus Zorn und Enttäuschung an.

Allein Ambra verzog keine Miene. »Warum hast du nichts gesagt?«

»Weil euch das abgelenkt hätte«, antwortete der Lotse. »Dabei ist es gerade jetzt wichtig, dass ihr euch auf das konzentriert, was noch vor euch liegt. Wir sind fast am Ziel.«

»Vor uns liegt«, sagte Hyazinthe, »so wie die zu werden. Wie die Archonten.«

Hengis drückte die Degenspitze gegen Galileus' Brust.

»Von allem, was du uns hättest sagen können, wäre das verdammt nochmal das Wichtigste gewesen!«

»Und was hätte es geändert? Es hätte euch nur verunsichert. Alle eure Entscheidungen wären davon beeinflusst worden. Ihr hättet angefangen, Fehler zu machen.«

Hengis' Augen wurden zu Schlitzen. »Vielleicht war ja unser erster Fehler, dir zu vertrauen.«

»Nein«, sagte nun wieder Ambra, immer noch ruhiger als alle anderen. »Ich glaube, er hat recht.«

Carter hatte das Gefühl, etwas sagen zu müssen, aber er hatte schon so lange geredet, und es hatte ihn mehr geschwächt, als er zugeben wollte. Da war noch eine Menge offener Fragen, nicht nur die nach Galileus' Gründen, ihnen etwas so Wichtiges zu verheimlichen.

Ambra wandte sich zur Öffnung im Boden und trat gefährlich nah an den Rand. Falls sie nach Blut suchte, würde sie von hier oben aus keines sehen. Die Eulenechse hatte Calamina mit Haut und Haaren verschlungen. Ein zweites Mal würde sie nicht von den Toten auferstehen.

»Du wirst da unten nichts finden«, sagte Carter. »Keine Beweise.«

»Ich suche nicht nach Beweisen.« Sie sah sehr blass aus. »Ich suche nach Spuren meiner besten Freundin.«

Carter näherte sich ihr und nahm ihre Hand. »Tut mir leid.« Er zögerte kurz, dann sagte er: »Das war nicht mehr die Calamina, die ihr gekannt habt. Das war etwas anderes. Es klang nicht mal mehr wie sie.«

Ambra wandte ihm das Gesicht zu. Eine Träne lief über ihre Wange, aber sie wischte sie sofort mit der anderen Hand fort, ohne ihn loszulassen. »Und du bist ganz sicher, dass wirklich sie es war? Nicht nur etwas, das sich als sie ausgegeben hat?«

»Ich denke schon.«

»Vielleicht hat sie gelogen«, schlug Hengis vor. »Wäre doch möglich, oder? Also, ich finde, dass das möglich wäre.«

»Sie war es«, sagte Galileus. »Und sie hat in allem die Wahrheit gesagt. Erlöser werden zu Archonten, und Archonten werden zu Widersachern. Bis sie wiederum von Erlösern besiegt werden und alles von vorne beginnt.«

Emmeline räusperte sich leise. »Wenn die Eulenechse Calamina gefressen hat, dann ist sie doch jetzt frei. Dann war's das für sie. Endgültig, meine ich.«

Der Lotse nickte. »Sie hat jetzt ihren Frieden gefunden.«

Hengis fluchte lautstark.

Carter war noch ein anderer Gedanke gekommen, aber ehe er ihn aussprechen konnte, sagte Ambra: »Sind wir darum so weit gekommen? Weil die Archonten sich gerade gegenseitig ausrotten und bald neue gebraucht werden? Sind wir nur deshalb hier, und nicht, weil wir es aus eigener Kraft geschafft haben?«

»So was darfst du nicht denken«, sagte Hyazinthe.

»Wie kann ich es denn *nicht* denken?«, entgegnete Ambra. »Wir werden zu ihnen, wenn wir sterben. Statt einen nach dem anderen umzubringen oder zu verschleppen, hat es einfach dafür gesorgt, dass wir freiwillig herkommen.«

»Mit *es* meinst du … das Haus?«, fragte Emmeline.

»Natürlich das Haus!«

»Oder es war der Erbauer«, sagte Carter. »Selbst wenn

er in der Innersten Kammer gefangen ist, zieht er vielleicht noch immer die Fäden. Wie ein Kapitän, den man im Sturm ans Steuer gefesselt hat.« Er sah zu Galileus hinüber, aber der war bereits zum Ausgang der Kammer zurückgekehrt. Er schien auf den Korridor hinauszuhorchen.

Emmelines Gesicht erschien noch schmaler als sonst. »Ich hab's auch gehört.«

»Was?«, fragte Hengis.

»Den Schrei des Zeigermanns«, sagte Galileus. »Wahrscheinlich ist er auf Famuli gestoßen.«

»Vielleicht bringen sie ihn gerade um«, sagte Hyazinthe hoffnungsvoll.

Der Lotse drehte sich zu ihnen, sein Gesicht war von Sorge zerfurcht. »Sie werden ihn nicht lange aufhalten. Und ich fürchte, es ist nicht der Kuckuck, der ihm unseren Aufenthaltsort verrät.«

»Du bist es«, sagte Ambra leise. »Du und der Zeigermann, ihr habt diese Verbindung, genau wie der Haushofmeister und der Kammerherr und die Köchin. Deshalb spürt er, wo du bist.«

»Wenn er nah genug ist, ja. Je näher er uns kommt, desto genauer weiß er, wo ich bin.«

Hengis stampfte mit dem Fuß auf, hielt sich aber diesmal mit Vorwürfen zurück. Sogar die Flüche waren ihm ausgegangen. Für Schuldzuweisungen war es schlichtweg zu spät.

»Schnell!«, sagte Galileus. »Ich bringe euch so nah wie möglich an die Innerste Kammer, dann trennen wir uns. Vielleicht kann ich ihn in die Irre führen.«

»Vorher wird er uns einholen«, sagte Ambra.

Galileus sah sie der Reihe nach an. »Nicht wenn wir mitten durchs Kampfgebiet schleichen. Er ist nicht gut darin, sich zu verstecken. Er wird es mit sehr vielen Famuli zu tun bekommen. Vielleicht sogar mit den letzten Archonten.«

»Sind *wir* denn gut darin, uns zu verstecken?«, fragte Hengis zweifelnd.

Ambra seufzte leise. »Wir werden es drauf ankommen lassen müssen.«

Carter nickte und wandte sich an Galileus. »Du hast vorhin diesen Ort erwähnt …«

»Das Endlose Efeu.«

»Was ist das?«

»Das Schlachtfeld, auf dem sich entscheiden wird, welcher Archon den Sieg davonträgt. Der Kampflärm, den ihr hört, kommt von dort. Vielleicht schaffen wir es unbemerkt hindurch, weil die Archonten gerade andere Sorgen haben.«

Carter blickte sich um. »Versuchen wir's?«

»Bin dafür«, sagte Ambra.

»Mir gefällt das nicht«, sagte Hengis. »Aber ich geh trotzdem mit.«

Emmeline und Hyazinthe nickten.

»Dann los«, sagte Galileus.

Das Kreischen des Zeigermannes folgte ihnen durch die Gänge.

# 30

Sie schlichen hinter einer Reihe von Standbildern entlang. Während der Kämpfe waren die Statuen verstümmelt worden, manche gespalten oder halbiert. Einst mussten sie Heldinnen und Helden dargestellt haben, vielleicht sogar Erlöser. Doch nun sahen sie aus wie Kriegsopfer mit amputierten Gliedern und abgeschlagenen Häuptern. Obwohl Carter schon viele solche Figuren gesehen hatte, fragte er sich, ob diese hier womöglich ein Omen waren. Eine Warnung, dass es noch nicht zu spät sei für eine Umkehr.

Manchmal passierten sie die Mündungen von Seitengängen. Alle waren schon nach wenigen Schritten verschüttet oder von den Wucherungen versiegelt worden. Selbst wenn Carter und die anderen gewollt hätten, hätten sie den Hauptweg nicht mehr verlassen können.

Jenseits der Statuen war der breite Korridor übersät mit den Körpern erschlagener Famuli. Es konnte noch nicht lange her sein, dass hier die Schlacht getobt hatte. Es stank erbärmlich nach Tod, und durch die helle Öffnung am Ende des Gangs schallte das Getöse von weiteren Kämpfen herein.

Mittlerweile hatte jeder von ihnen eine Waffe an sich

genommen. Selbst Emmeline und Hyazinthe trugen ihre Dolche mit einer Selbstverständlichkeit, die Carter im ersten Moment überrascht hatte. Dann jedoch war ihm klargeworden, dass keiner der anderen so etwas zum ersten Mal erlebte. Auch wenn sie kaum darüber sprachen, schienen sich alle wieder an das zu erinnern, was sie getan hatten, um ihre Welten zu retten. Gewiss war auch das nicht ohne Blutvergießen vonstattengegangen.

Galileus blieb stehen und wartete, bis alle aufgeholt hatten. Dann deutete er zum Lichtschein am Ende des Korridors. »Dort draußen liegt das Endlose Efeu. Stellt es euch vor wie einen gigantischen runden Innenhof, dessen Wände mit einem Dschungel aus Riesenefeu bewachsen sind. Die Famuli haben Hängebrücken und Hütten hineingebaut, vielleicht, weil es sie an die Welt erinnert, aus der sie einst hergeholt wurden. Das Endlose Efeu ist das, was einer eigenen Stadt der Famuli am nächsten kommt.«

»Ich wusste nicht, dass sie genug Grips dafür haben«, sagte Hengis.

»Unterschätzt sie nicht. Sie sind den Archonten ergeben bis in den Tod, weil sie in ihnen so etwas wie ihre Götter sehen. Aber nur weil sie keine Münder haben, sind sie nicht dumm. Und sie reden durchaus miteinander, sie haben ihre Kopfhände und ihre Zeichensprache.«

Ambra schnaubte. »Sie sind nur das Kanonenfutter, mit dem sich alle Tyrannen umgeben. Glaubt mir, ich hatte selbst genug davon.«

Emmeline schenkte ihr ein trauriges Lächeln. »Das warst nicht du. Das war eine andere.«

»Nein«, sagte Ambra. »Ich war nur zu jung, um zu begreifen, welche Verbrechen in meinem Namen begangen wurden.«

»Jeder kann sich ändern«, sagte Hengis. »Ich war früher auch kein nettes Kaninchen, und seht nur, was jetzt aus mir geworden ist.«

»Ein Goldschatz«, sagte Hyazinthe.

»Genau.« Seine Nagezähne glänzten.

Galileus hob die Hand, damit sich alle wieder auf ihn konzentrierten. »Natürlich ist es kein Zufall, dass sich das Endlose Efeu so kurz vor dem Tor zur Innersten Kammer befindet. Früher lebten hier Hunderte Famuli, vielleicht ein paar Tausend. Sie waren die Wächter des Erbauers. Dann wurden sie zu seinen Kerkermeistern. Und heute toben dort die heftigsten Kämpfe, weil die Archonten sie gegeneinander aufgehetzt haben.«

»Und da sollen wir durch?«, fragte Carter skeptisch.

Der Lotse nickte. »Wir sind hier im dritten Stock, auf der höchsten Ebene. Über uns sind nur noch die Dächer. Hier oben gibt es einen Rundweg um den Hof des Endlosen Efeus. Das ist der Weg, den wir nehmen müssen. Genau gegenüber liegt der Eingang zu dem Trakt, der die Innerste Kammer umgibt. Bis dorthin bringe ich euch, den Rest müsst ihr allein gehen.«

Er schien noch etwas sagen zu wollen, hob dann aber den Kopf und blickte an ihnen vorbei, dorthin, von wo sie gekommen waren.

»Er ist jetzt ganz nah«, flüsterte er. »Wir müssen weiter.«

Carter warf ebenfalls einen Blick nach hinten, doch die

Statuen verstellten die Sicht auf das andere Ende des langen Korridors. War der Zeigermann dort schon aufgetaucht?

Sie setzten sich wieder in Bewegung, huschten geduckt hinter den Standbildern entlang, auch wenn auf der anderen Seite nur tote Famuli lagen. Carter wurde immer angespannter. Seit der Begegnung mit Calamina traute er an diesem Ort nicht einmal mehr dem Tod.

»Ich glaube, ich kann ihn hören«, sagte Hengis.

Carter horchte auf den metallischen Stechschritt der Zeiger, aber die Kämpfe im Endlosen Efeu waren zu laut.

»Da ist nichts«, sagte Emmeline.

»Doch«, widersprach das Kaninchen, »ich glaube schon.«

Ehe ihn jemand aufhalten konnte, schlich Hengis zwischen den Sockeln der Statuen nach vorn, bis er den Gang hinunterblicken konnte. Carter glaubte, dass Galileus ihn zurückgehalten hätte, wenn er es bemerkt hätte, doch der Lotse lief vorneweg, gefolgt von Hyazinthe und Emmeline. Zwischen den beiden Mädchen flatterte der mechanische Kuckuck. Seit seiner Beschädigung hatte er einen leichten Linksdrall und musste immer wieder gegensteuern.

»Hengis!«, flüsterte Ambra. »Dein Ohr!«

Zwar kauerte der Kaninchenmann hinter dem schützenden Sockel, doch sein aufrechtes Ohr ragte verräterisch darüber hinaus.

»Er hört dich nicht«, sagte Carter leise.

»Er hört doch sonst immer alles.« Ambra stieß scharf den Atem aus. »Ich hol ihn zurück.« Schon lief sie geduckt hinter Hengis her. Nun war auch Galileus weiter vorn stehen geblieben, und seine Miene verriet deutlich, was er vom Alleingang der beiden hielt.

Hengis lugte gerade vorsichtig um die Ecke, als Ambra ihn an der Schulter packte und zurückzog. Augenblicke später waren sie wieder zurück bei Carter und den anderen.

»Und?«, fragte Emmeline.

»Dahinten ist es zu dunkel. Aber irgendwas hat sich bewegt.«

»Das ist er«, flüsterte Galileus unheilschwanger. »Wir müssen uns beeilen!«

Von weitem hatte Carter sich gewundert, dass der Ausgang zum Hof so hell war – zu hell für das aschgraue Tageslicht über dem Fürimmerhaus. Es war, als schiene dort draußen plötzlich die Sonne und tauchte die Mündung des Korridors in strahlende Helligkeit.

Sie mussten den Schutz der Statuen verlassen, um zum Tor zu gelangen. Vor dem Licht würde der Zeigermann ihre Umrisse sofort entdecken.

»Seid ihr so weit?«, fragte Galileus. »Ab jetzt müsst ihr rennen, so schnell ihr nur könnt.«

»Und wenn da Famuli sind, die uns aufhalten?«, fragte Emmeline.

»Dann kämpfen wir«, sagte Hengis.

Carter wechselte einen Blick mit Ambra. Beide lächelten, um einander Mut zu machen.

Galileus holte tief Luft. »Jetzt!«

Sie glitten hinter der vorderen Statue hervor, drückten sich um den Rahmen des Tors und huschten ins Freie. Carter warf einen kurzen Blick über die Schulter, sah im Dunkel hinter sich aber nur einen Schemen.

Die Lichtsäule tauchte alles vor ihm in gleißende Helligkeit. Sie erhob sich senkrecht über den Dächern auf der anderen Seite des Hofs. So nah an ihrem Fuß war endlich ihre wahre Größe zu erkennen. Carter schätzte, dass sie mindestens hundert Meter breit war, eine monströse Wand aus grellweißer Glut, die nach oben hin kein Ende nahm, bis sie die dichte Wolkendecke berührte und dort die Schwaden von innen heraus zum Leuchten brachte.

Hier draußen war die Luft kühler, roch jedoch genauso scheußlich wie im Inneren des Korridors. Galileus hatte von einem Rundweg gesprochen, der den Hof des Endlosen Efeus umgab – tatsächlich war es eher eine Art Terrasse, zehn Meter breit, die in beiden Richtungen weit geschwungen an der Fassade entlanglief. Über eine hüfthohe Brüstung hatten sich mächtige Efeustränge aus der Tiefe des Innenhofs heraufgeschlängelt, lagen quer über dem Weg und bildeten borkige Wälle, manche so hoch wie ein Mann. Mit dünnen Stielen hatten sie sich am Boden des Rundwegs und an der Fassade dahinter festgekrallt. Einige waren weiter hinauf auf die Dächer gewachsen, eine einzelne wand sich als Spirale um einen kleinen Turm.

»Dort entlang!« Galileus zeigte nach rechts. Auf ihrem Weg um den kreisrunden Hof würden sie über eine Menge Pflanzenstränge klettern müssen. Das Efeu würde sie aufhalten, ihnen zugleich aber auch Schutz bieten.

Sie waren zu weit von der Brüstung entfernt, um hinab in den Hof zu blicken. Carter sah Ambra an, dass auch sie darauf brannte, das Endlose Efeu zu sehen, aber solange ihnen der Zeigermann auf den Fersen war, durften sie keine Zeit verlieren. Sie rannten los.

Aus dem Abgrund jenseits der Ummauerung drang der Kriegslärm herauf. Das Klirren von Klingen, das Feuern der Musketen. Aber wie immer, wenn Famuli kämpften, gab es keinerlei Geschrei. Es war verlockend, sich einzureden, dass es keine echte Schlacht war, solange man niemanden vor Schmerzen brüllen hörte, aber natürlich war das ein Trugschluss. Die Famuli fochten und starben stumm für ihre Meister.

Bald erreichten die sechs den ersten Efeustrang, der aus dem Hof herauf über den Rundweg gewachsen war. Wie ein gefällter Baumstamm lag er quer auf ihrem Weg, dahinter folgten weitere.

Carter half Emmeline beim Erklimmen des Strangs, während Hengis Hyazinthe hochhob. Ambra kletterte am geschicktesten von allen und war als Erste auf der anderen Seite. Zuletzt rutschte Galileus über die Rundung abwärts und kam neben ihnen auf.

Als Carter zurücksah, war der Torbogen noch immer leer. Jeden Augenblick musste der Zeigermann dort auftauchen.

Schon erreichten sie den nächsten Strang. Sie waren gerade hinübergeklettert, als das Kreischen ihres Verfolgers ertönte. Carter blickte zurück und sah die groteske Gestalt ins Tageslicht treten, den beinlosen Torso auf seinen spitzen Eisenarmen. Er starrte kurz in ihre Richtung, wandte sich dann dem Hof zu und stakste auf seinen ungleichen Zeigern auf die Ummauerung zu.

»Schneller!«, rief Galileus. »Und bleibt so nah wie möglich an der Hauswand!«

»Was tut er da?«, fragte Emmeline. Sie hob sich jetzt kaum mehr von dem gleißenden Hintergrund ab, so als wäre sie selbst aus dem Licht der Säule geformt.

»Er sieht sich die Schlacht an«, sagte Hengis.

»Nein«, entgegnete Galileus. »Er will wissen, wie viele Archonten noch am Leben sind.«

»Sind sie alle hier?«, fragte Carter.

»Ja.«

»Dann will ich sie auch sehen«, sagte Ambra.

Galileus schüttelte den Kopf. »Wir sollten lieber unseren Vorsprung nutzen!«

Aber sie lief schon an der Efeuranke entlang auf die Brüstung zu. Carter und die anderen folgten ihr. Hengis überholte sie auf halbem Weg und traf als Erster am Rand des Rundwegs ein. Im Hintergrund beschwerte sich Galileus über ihren Leichtsinn, doch keiner hörte ihm zu. Der Anblick des Endlosen Efeus verschlug ihnen allen den Atem.

Es war in der Tat ein Innenhof, an die dreihundert Meter im Durchmesser und mindestens vierzig tief – vielleicht sogar tiefer, denn der Boden war unter dichtem Nebel verborgen, denselben undurchdringlichen Schwaden, die auch den Grund der Wunde bedeckt hatten. Rundum waren die Wände mit einem Urwald aus Efeu bewachsen, segelgroßen, dunkelgrünen Blättern, zwischen denen hier und da feste Stränge zu sehen waren, so breit wie Pferdeleiber. An manchen Stellen konnte man hölzerne Konstruktionen erahnen, Plattformen und Baumhäuser, doch der größte Teil der Famulistadt war unter dem Laub verborgen. An vielen Stellen rumorte es im Blätterwerk wie in einem Ameisenhaufen. Dort mussten die Kämpfe zwischen den verfeindeten Heerscharen toben, tief im Schatten des Riesenefeus. Manchmal stürzten einzelne Famuli zwischen den Blättern hervor in die Tiefe und verschwanden im Nebel. Sobald sie aufschlugen, bildete sich um sie ein Krater aus Dunst, der sich gleich wieder schloss. Demnach befand sich der Boden unmittelbar unter der Nebelschicht. Kurz konnte man sie dann dort liegen sehen, ein Meer aus Körpern mit zu Klauen verkrampften Kopfhänden, erstarrt im Todeskampf.

In der Mitte des Hofes, in der Leere über dem Abgrund, schwebten aufrecht zwei Gestalten in wehenden Gewändern, die eine mit hochgeschlagener Kapuze, die andere mit Haube und Schleier. Die beiden Archonten standen sich in der Luft gegenüber und starrten einander über das nebelige Nichts hinweg an. Nicht einmal zwanzig Meter lagen zwischen ihnen, und keiner von beiden bewegte sich. Ob sie derart in die Kontrolle der Famuli versunken waren oder ob da ein stummes Kräftemessen stattfand, konnte Carter nicht sagen. Die Luft um sie schien zu flirren, und manchmal lösten sich glitzernde Lichterfäden von ihnen und erloschen flackernd.

Er beugte sich vor und blickte an der Brüstung entlang nach links. Der Zeigermann war hinter Ranken und Blättern nicht zu sehen.

Doch Galileus brüllte von hinten: »Er kommt! Beeilt euch!«

Und dann rannten und kletterten sie wieder, halfen

einander über die breiteren Stränge und sprangen über die schmaleren. Sie blieben jetzt unweit der Brüstung, um das Geschehen im Hof beobachten zu können. Carter warf immer wieder Blicke zu den schwebenden Archonten über dem Abgrund. Sie schienen so versunken in ihr stummes Duell, dass sie den Flüchtenden auf dem Rundweg keine Beachtung schenkten.

Zwischen diesen beiden also würde die Entscheidung fallen, wer sich zum Herrscher des Fürimmerhauses emporschwang. Carter fragte sich, wer sie einmal gewesen waren und wie wohl die Welten ausgesehen hatten, die sie in ihrem früheren Leben gerettet hatten. Im Laufen sah er kurz zu Hyazinthe hinüber, die von ihnen allen am längsten im Haus lebte und die beiden womöglich gekannt hatte, bevor sie zu Archonten geworden waren. Aber das Marionettenmädchen konzentrierte sich ganz auf den Weg, der vor ihnen lag, hielt immer wieder Emmelines Hand und schien bemüht, die schwebenden Gestalten nicht anzusehen.

Der Zeigermann kam näher. Carter musste an eine menschengroße Schere denken, die auf ihren Spitzen lief, mit weiten Stelzenschritten und Gliedern aus geschliffenem Stahl.

»Vorsicht!«, rief Hengis, und im nächsten Moment begriffen sie alle, warum Galileus ihnen geraten hatte, lieber nah bei der Fassade zu bleiben und sich von der Brüstung zum Innenhof fernzuhalten.

Mehrere Famuli kletterten an der nächsten Efeuranke herauf auf den Rundweg. Womöglich waren sie vor einem Gefecht weiter unten an der Wand geflohen, oder aber einer der

Archonten hatte ihnen den Befehl übermittelt, die Gruppe um Galileus aufzuhalten.

Hengis stieß einen wilden Schrei aus und stürmte auf die Gegner zu, ehe der Erste von ihnen einen Fuß auf den Boden des Rundwegs setzen konnte. Er stieß dem vorderen den Degen in den Hals und verlor fast die Waffe, als der Famulus zur Seite stürzte. Aber da war schon Carter bei ihm, schwang das Kurzschwert und hielt einen zweiten Angreifer von Hengis fern.

Derweil schob Galileus die Mädchen über die Efeuranke. Hyazinthe und Emmeline gehorchten widerwillig, doch Ambra löste sich von ihm und kam zu Carter und Hengis herübergerannt. Zugleich näherte sich der Zeigermann, war nur noch zwei Ranken hinter ihnen.

Drei Famuli waren noch am Leben. Carter attackierte einen von ihnen mit dem Schwert, als der sich gerade auf der Brüstung aufrichtete. Es war gewiss kein eleganter Angriff, aber der Hieb genügte, um den Gegner auf der Mauer ins Schwanken zu bringen. Als der Famulus seinerseits ausholte, um mit seinem riesigen Säbel einen Schlag gegen Carter zu führen, verlor er das Gleichgewicht und wurde von Carters nächstem Hieb in den Abgrund getrieben.

Auch Ambra kämpfte mit einem von ihnen, ungleich geschickter als Carter; als Königin war sie vermutlich im Fechten unterrichtet worden. Trotzdem machte ihr die rohe Gewalt des Famulus zu schaffen, bis es ihr endlich gelang, seine Gegenwehr zu durchbrechen und ihre Klinge tief in seinen Bauch zu treiben. Die Kopfhand des Famulus spreizte abrupt alle Finger, dann sank er zusammen.

Hengis hatte mit dem letzten Gegner größere Mühe, doch als Carter ihm beistehen wollte, bedeutete er ihm mit einem Wink, sich fernzuhalten. Augenblicke später bohrte er den Degen mit solcher Kraft durch den Leib des Famulus, dass die Spitze dahinter in den Efeustrang drang und stecken blieb.

»Vergiss das Ding und nimm den Säbel!«, rief Ambra ihm zu, während sie mit dem Fuß die Klinge eines Toten zu ihm hinübertrat.

Doch Hengis rümpfte empört die Nase und zerrte weiter an seinem Degen, ungeachtet der Tatsache, dass der Zeigermann weiter aufholte. Er musste nur noch über eine Ranke steigen, dann würde er bei ihnen sein.

Galileus und die beiden Mädchen riefen aufgeregt nach ihnen, als Carter die Hände des Kaninchens mit den seinen umschloss und gemeinsam mit ihm an dem Degen zog. Beide stolperten nach hinten, während die Klinge freikam und der Famulus zusammensackte.

»Kommt endlich!«, brüllte Ambra.

Sie rannten los, während hinter ihnen der Zeigermann herantobte und mit einem grotesken Stelzenschritt über die Ranke stieg. Er war jetzt keine zehn Meter mehr entfernt.

»Beeilt euch doch!« Emmelines Körper flackerte vor Aufregung. »Schneller!«

Sie erreichten den nächsten Efeustrang, hinter dem Galileus und die Mädchen auf sie warteten. Die Ranke bildete nur eine hüfthohe Barriere, kostete sie aber trotzdem wertvolle Zeit. Carter packte Ambra kurzerhand von hinten und hob sie hinauf, ehe sie protestieren konnte. Galileus zog sie von der anderen Seite aus herunter. Hengis stieß sich mit seinen kräftigen Beinen aus der Hocke ab und landete im Stehen auf der Ranke. Er reichte Carter die Hand. »Komm schon, Kleiner!«

Der Zeigermann stieß sein schreckliches Schreien aus, während er die Fläche zwischen den beiden Strängen überquerte.

»Lauft weiter!«, brüllte Carter die anderen an. Hengis zog ihn nach oben.

Während sich Galileus und die Mädchen in Bewegung setzten, bemerkte Carter aus dem Augenwinkel noch etwas anderes. Der Zeigermann hatte ihn fast erreicht, als auch er dieselbe Entdeckung machte und innehielt.

Auf der Brüstung waren neun oder zehn Famuli erschienen, nebeneinander aus dem Abgrund heraufgeklettert, nicht an der großen Ranke wie vorhin, sondern an dem Geflecht der kleineren Stränge. Sie bauten sich auf der Mauer zu voller Größe auf, während immer mehr von ihnen auftauchten, riesige Hände hinter der Brüstung, die nach dem Rand griffen und sich festhielten.

Wütend schrie der Zeigermann auf. Die Famuli sprangen zu Boden und rannten mit ihren Äxten, Säbeln und Schwertern auf ihn zu. Mehrere liefen in die Richtung von Carter und Hengis, die noch immer oben auf der Ranke standen.

Hengis gab Carter einen Stoß, der ihn auf die andere Seite beförderte. Dann sprang er selbst hinüber. »Ich werd' nicht mit denen kämpfen, wenn es sich vermeiden lässt«, stieß er mit wehenden Schnurrhaaren aus.

»Mal was Neues.« Carter lief los.

Hinter ihnen prallten die ersten Famuli auf den Zeigermann. Er schwang seine Klingenarme wie Sensen. Selbst wenn die Famuli ihn nicht besiegen konnten, hielten sie ihn doch auf. Möglicherweise verschaffte das Carter und den anderen den entscheidenden Vorsprung.

Plötzlich bebte der Boden.

Bebte so sehr, dass Carter von den Füßen gerissen wurde, gegen Hengis fiel, und beide in einem Gewirr aus Armen, Beinen und Kaninchenohren zu Boden stürzten. Ambra und die anderen schrien auf, als auch sie ins Stolpern gerieten. Zugleich erklang aus den Tiefen des Hofs ein infernalisches Grollen und Bersten.

Allein der Zeigermann hielt sich mühelos aufrecht, tänzelte auf einer Eisenspitze und schlug mit der anderen auf die überrumpelten Famuli ein. Weitere von ihnen wurden tödlich getroffen. Das Kreischen ihres Gegners klang jetzt fast wie höhnisches Gelächter.

Carter stemmte sich hoch und stürmte über den schwankenden Boden auf die Brüstung zu. Er drohte abermals zu stürzen, ehe er endlich die Mauer erreichte, stützte sich, so gut es ging, darauf ab und blickte in den Abgrund.

»Was beim –« Ambra war neben ihm aufgetaucht. Sie blutete aus einer Platzwunde am Kinn.

Erneutes Getöse schnitt ihren Satz ab, dann erklang ein bestialisches Brüllen, das selbst das Geschrei des Zeigermannes übertönte.

Der Nebelsee am Grund des runden Hofs war in Wallung geraten, der gesamte Boden darunter wogte auf und nieder wie ein Ozean aus Stein. Tote Famuli wurden aus dem

Dunst emporgeschleudert und versanken wieder, während die schwebenden Archonten aus ihrer Starre erwachten und verwirrt versuchten, die Kontrolle zu behalten. Carter hatte geglaubt, dass sie für das Chaos verantwortlich wären, doch nun wirkten sie ebenso hilflos wie alle anderen.

Im nächsten Augenblick explodierte tief unter den beiden der Hof. Der Boden wölbte sich wie eine Schlammblase durch die Nebeldecke und zerbarst. Fontänen aus Gesteinstrümmern prasselten in einer Wolke aus Staub und Dunstfetzen in alle Richtungen.

Danach herrschte für zwei, drei Sekunden Stille.

Irgendwo hinter Carter begann der Zeigermann wieder zu kreischen, dann stieß ein gigantischer Umriss aus dem Zentrum des Hofs empor. Die Eulenechse streckte sich im Sprung, riss den gewaltigen Schnabel auf, verschlang brüllend einen der Archonten und stürzte wieder hinab in den Nebel.

Der zweite Archon war einen Moment lang wie erstarrt, dann schwebte er über den Dunst hinweg auf die Brüstung zu – genau in die Richtung, in der sich die Lichtsäule und die Innerste Kammer befanden, unweit der Stelle, an der sich auch Carter und die anderen aufhielten. Während der Archon immer schneller wurde, stand er weiterhin aufrecht in der Luft, nur sein Gewand flatterte heftig im Gegenwind. Um seine Arme loderte ein ausuferndes Muster aus Lichterfäden, so als könnte er die Kräfte, die er zum Kampf gegen seinen Kontrahenten heraufbeschworen hatte, kaum mehr bändigen.

»Weg hier!«, rief Ambra.

Carter und sie lösten sich von der Brüstung und rannten mit den anderen auf die nächste Ranke zu. Sie war die letzte Hürde zwischen ihnen und dem Tor zum Trakt der Innersten Kammer. Der Archon kam näher, während der Zeigermann mit den Famuli auf dem Rundweg kämpfte. Die Wesen wirkten zunehmend konfus, so als wüssten sie nicht mehr, auf wessen Seite sie standen und was von ihnen erwartet wurde.

Der Archon war noch zehn Meter von der Brüstung entfernt, als die Eulenechse abermals durch den Nebel brach. Sie stieg hinter ihm auf, hieb mit einer Klaue nach ihm, verfehlte ihn knapp und sank unter wütendem Gebrüll zurück in die Tiefe. Carter hörte sie toben und wunderte sich erneut, dass er keinerlei Furcht mehr vor ihr empfand. Es war, als wäre sie wegen ihm hier. Als hätte ein Teil von ihm nach ihr gerufen.

Die fünf kletterten über die Ranke. Keinen Steinwurf entfernt befand sich der hohe Torbogen, ein identisches Gegenstück zu jenem, durch den sie den Weg betreten hatten. Sie hatten den halben Hof umrundet, mehrere Efeuranken überwunden, und nun lagen die letzten Meter vor ihnen.

Der Archon passierte die Brüstung und schwebte über dem Rundweg. Vor der schwarzen Toröffnung stieg er wie auf unsichtbaren Treppenstufen zum Boden herab, warf einen Blick zurück zum Hof, wo die Eulenechse noch immer brüllte und den Nebel aufwühlte, dann wandte er sich Carter, Ambra und den anderen zu. Der Schein der Lichtsäule tauchte alles in flirrendes Weiß, kroch unter die Kapuze und erhellte ein verhärmtes Gesicht, mumiengleich mit hervorstechenden Wangenknochen. Die Augen lagen so tief, dass es aussah, als säße ein Reptil in einem Totenschädel und blickte aus den Höhlen.

»Kennst du den?«, fragte Emmeline.

Hyazinthe schüttelte im Laufen den Kopf.

Der Archon streckte ihnen beide Arme entgegen. Das zuckende Blitzgewitter verästelte sich von seinen Händen bis zu seinen Schultern, fiel aber in der überwältigenden Helligkeit kaum auf. Carter würde nicht stehen bleiben – erst recht nicht mit dem Zeigermann im Rücken –, und er vergewisserte sich mit einem Blick in Ambras Richtung, dass sie dieselbe Entscheidung getroffen hatte. Sie nickte ihm kurz zu. Auch keiner der anderen machte Anstalten, langsamer zu werden. Sogar Galileus, der das nicht hätte tun müssen, rannte zwischen Emmeline und Hyazinthe weiter auf den Torbogen zu, während Hengis im Laufen den Degen ausstreckte, als wollte er den Archon damit aufspießen.

Das Gewirr aus Lichterfäden weitete sich aus, tanzte wie ein Insektenschwarm vor dem Oberkörper des Archons. Carter beschleunigte seinen Lauf, um sich an die Spitze der Gruppe zu setzen und die Aufmerksamkeit ihres Feindes auf sich zu ziehen.

»Ist das alles?«, brüllte er ihn an. »Mehr bringst du nicht zustande?«

Tatsächlich schien der Archon sich nun auf ihn zu konzentrieren. Schon tasteten die ersten Lichttentakel in Carters Richtung.

»Nein!«, schrie Ambra. »Tu das nicht!«

Die Verzweiflung in ihrer Stimme berührte ihn, weil darin so vieles mitschwang, das hätte sein können, und sie bestärkte ihn in seiner Entscheidung.

Die Lichter wanden sich wie zuckende Schlangen auf ihn zu. Unten im eingestürzten Hof schrie die Eulenechse und hinter ihnen der Zeigermann beim Kampf mit den Famuli. Nur der Archon stand noch zwischen ihnen und ihrem Ziel, und Carters Opfer schien ein geringer Preis dafür zu sein, das Fürimmerhaus zu bezwingen.

»Ich geh nicht ohne dich!«, rief Ambra, aber sie beide wussten es besser, denn niemand brauchte ihn, um von hier zu entkommen, während von Ambra das Schicksal aller abhing. Sie musste ihnen das Tor zur Innersten Kammer öffnen und wer weiß was noch, und während Carter das dachte, fragte er sich, woher dieser Gedanke kam, so als wäre er immer da gewesen, mit völliger Selbstverständlichkeit.

Ambra war der Schlüssel, sie war es immer gewesen.

»Lauf weiter!«, rief er ihr zu. »Du kannst sie retten!«

Vor ihm war jetzt nur noch wirbelndes Licht, die ganze Macht des Archon, und Carter wartete auf den Einschlag, fest entschlossen, trotzdem weiterzulaufen, ganz gleich, wie groß der Schmerz sein würde.

»Carter!« Das war Emmelines Stimme, und sie brachte ihn zum Lächeln. Sie hatte ihm als Erste ganz und gar vertraut, und dafür war er ihr dankbar.

Aus dem Torbogen löste sich ein dunkler Umriss.

Wer ist das?, durchzuckte es Carter.

Lange Gewänder und eine Kapuze, die im Laufen nach

hinten wehte. Ein zweiter Archon, der auf den ersten zustürmte. Ein Gesicht, das sie alle kannten.

Der erste Archon bemerkte ihn nur Herzschläge später und fuhr herum, riss all den knisternden Lichterglanz mit sich, wollte ihn dem anderen entgegenschleudern und wurde in derselben Sekunde von der ganzen Wucht ihres Zusammenpralls getroffen.

»Diabondo!«, schrie Hyazinthe.

Ambra bekam Carter zu fassen und brachte ihn zum Stolpern, dann war Hengis bei ihnen, packte sie beide an den Oberarmen und schob sie an den kämpfenden Archonten vorüber in Richtung des Torbogens.

Diabondo hatte den anderen Archon mit beiden Armen umschlossen und riss ihn mit sich nach vorn. Ganz kurz wandte er Carter, Ambra und den anderen dabei das Gesicht zu, und vielleicht war da ein Lächeln, ein Leuchten in seinen Augen, eine Spur des alten Diabondo oder genug von ihm, das sich an sein Leben als Erlöser erinnerte, an ihre Freundschaft und an das, was sie ihm bedeutet hatte. Wohl auch an die Verantwortung, die er immer hatte tragen wollen.

Dann stieß er sich ab, stieg kurz vor der Brüstung mit seinem Gegner in die Höhe, jagte hinaus in die Leere über dem Hof. Sie rangen miteinander, während sie dort draußen im Nichts hingen, umzuckt von den blitzenden Entladungen, und wieder erklang das Brüllen der Bestie in der Tiefe, als sie mit der Gewalt einer Eruption unter ihnen emporstieg, den Schnabel weit aufriss und sie beide damit umschloss, ihre Beute verschlang und zufrieden zurück in den Abgrund stürzte.

Der Weg zum Torbogen war frei.

Noch immer rannten sie, erschüttert und verwirrt. Carter spürte kaum seine Beine, stattdessen fühlte er Ambra gleich neben sich. Hengis und die Mädchen waren hinter ihnen. Galileus hatte sich an die Spitze gesetzt, winkte sie durch den Steinbogen ins Innere, und schließlich blieb die gleißende Helligkeit zurück, während sie ins Herz des Hauses stürmten, geführt von ihrem Lotsen und verfolgt vom Zorn des Zeigermanns.

# 31

»Haben wir ihn abgehängt?« fragte Ambra.

»Nein«, sagte Galileus.

Sie schloss die Augen und spürte jeden Stein der Wand in ihrem Rücken, jede Kante, die in ihre Wirbelsäule drückte, aber es fühlte sich gut an, sich abzustützen, Luft zu holen, neue Kraft zu sammeln. Als keiner der anderen etwas sagte, öffnete sie die Augen wieder und sah Carter an, der auf der gegenüberliegenden Seite des Korridors an der Wand lehnte und genau wie sie darum kämpfte, nicht vor Erschöpfung in die Knie zu gehen.

»So was machst du nicht noch mal«, sagte sie leise und war nicht mal sicher, ob er sie hören konnte. Aber ihre Blicke trafen sich, und sie meinte die Spur eines Nickens zu sehen und hoffte, dass es ihm ernst damit war. Sie hätte ihm ihr Leben anvertraut, aber sie wollte nicht, dass er seines für sie gab.

»Er musste früher oder später auftauchen«, sagte Hyazinthe.

»Diabondo?« Hengis, der neben Carter in die Hocke gegangen war, legte den Kopf nach hinten und blickte zur Decke. »Ich schätze schon. Wenn jeder tote Erlöser zum Archon wird, dann war das unvermeidlich.«

»Wollte er uns helfen oder nur den anderen Archon vernichten?«, fragte Emmeline.

»Da war noch was übrig von dem, was er mal war«, sagte
Ambra. Sie war nicht gänzlich überzeugt von ihren eigenen
Worten, aber sie hatte das Gefühl, dass es Emmeline helfen
würde. Und sie hatte ein wenig Zuversicht genauso nötig
wie das Geistermädchen. So wie sie alle.

»Ihr solltet nicht zu lange warten, ehe ihr weitergeht«,
sagte Galileus, der als Einziger nicht außer Atem war und
mitten im Gang stand.

»Nur wir?«, fragte Carter.

Galileus nickte. »Es ist nicht mehr weit. Ihr braucht mich
jetzt nicht mehr.«

»Komm mit uns!«, bat Emmeline.

»Das kann ich nicht, selbst wenn ich wollte. Ich bin ein
Teil des Hauses. Ich kann nirgendwo sonst existieren.«

»Aber das weißt du doch gar nicht!«

Galileus lächelte. »Glaub mir, ich weiß das.«

»Was, wenn ich das Schloss nicht öffnen kann?«, fragte
Ambra. »Wenn wir vor dem Portal der Innersten Kammer
stehen und keinen Weg hinein finden?«

Hengis verschränkte die Finger und ließ sie knacken.
»Dann war alles umsonst.«

»Folgt einfach diesem Gang«, sagte Galileus. »Ambra
wird euch das Tor zur Kammer öffnen.«

»Und dann?«, fragte Hyazinthe. »Was, wenn der Erbauer
noch immer dort gefangen ist?«

»Dann zwingen wir ihn, uns gehen zu lassen«, knurrte
Hengis. »Ich werd' ihn sicher nicht zweimal darum bitten.«

Ambra sah von einem zum anderen, zuletzt zurück zu Carter. Er war auf den Archon zugelaufen, um sich für sie alle zu opfern, davon war sie überzeugt. Das Gleiche hatte er in den Kellern getan, als er die Eulenechse von ihnen fortgelockt hatte.

Als sich ihre Blicke trafen, sagte sie: »Ich will dich nicht verlieren.« Es kümmerte sie nicht, dass alle es hörten. »Geht das rein in deinen Dickschädel?«

Er sah sie an und lächelte traurig, als wüsste er genau, dass es trotzdem so kommen würde. Am liebsten hätte sie ihn gepackt und geschüttelt, bis er zur Vernunft kam. Stattdessen ging sie zu ihm und küsste ihn auf die Lippen.

Alle schwiegen. Selbst Hengis verkniff sich jede Bemerkung.

Carter legte eine Hand an ihren Hinterkopf und hielt sie sanft fest, während er den Kuss erwiderte.

Ich will dich nicht verlieren, dachte sie noch einmal und hatte die verzweifelte Hoffnung, dass der Satz sich in seine Gedanken brannte, irgendwie, und dass es nicht nötig sein würde, weitere Worte darüber zu verlieren. Plötzlich wollte sie alles über ihn wissen, all die kleinen Dinge, die hier im Haus keine Rolle spielten: was er mochte und gerne aß und an Tagen tat, an denen es regnete. Unwichtige Dinge, die doch die wichtigsten waren. Alles, was ihnen bei ihrer Ankunft genommen worden war.

»Ich öffne diese verdammte Tür«, sagte sie. »Irgendwie bekomm ich das hin.«

Galileus lächelte ihr aufmunternd zu. »Ich bin froh, dass du das so siehst.« Er zupfte seinen lädierten Gehrock und die graue Perücke zurecht, verbeugte sich mit großer Geste in die Runde und ging.

Ulala schlüpfte aus Hyazinthes Kleidung, flatterte über ihrem Kopf und stieß zum Abschied den Kuckucksruf aus.

»So einfach soll das sein?«, rief Emmeline dem Lotsen hinterher. Sie klang niedergeschlagen, aber auch wütend.

Er hielt nicht an. Er hatte gesagt, er wolle den Zeigermann in die Irre führen, doch Ambra verstand jetzt, dass das Unsinn war. Die Famuli hatten den Zeigermann ein paar Minuten lang aufgehalten, aber wahrscheinlich folgte er ihnen schon wieder, und selbst diesem seelenlosen Ding musste klar sein, dass es für die Erlöser nur ein einziges Ziel geben konnte.

Galileus wollte den Zeigermann nicht ablenken. Er wollte ihn herausfordern. Wollte ihnen ein wenig mehr Zeit verschaffen. Und es gab keinen Zweifel daran, wie das für ihn enden würde.

Ambra stieß sich von der Wand ab und folgte ihm. Nach nicht mal zehn Schritten holte sie ihn ein, vertrat ihm den Weg und umarmte ihn.

»Danke«, sagte sie leise.

Galileus lächelte gerührt, und dann waren sie alle da, scharten sich um ihn, schlossen ihn in die Arme, nahmen einer nach dem anderen Abschied. Zuletzt drückte Hengis ihm den Degen in die Hand, für den er eben noch sein Leben riskiert hatte, und Galileus tat so, als wüsste er damit umzugehen. Dann ging er wirklich, ging schweigend davon, bis er Emmelines Lichtschein verließ und wahrhaftig wieder eins wurde mit dem Haus und seiner alten, tiefen Dunkelheit.

# 32

Und so erreichten sie die Innerste Kammer.

Der Korridor weitete sich zu einer hohen Halle, von deren Decke steinerne Strukturen hingen wie baumlange Tropfsteine, übersät mit Bildhauereien von Blattwerk und Blumenschmuck, Schlangen und geflügelten Kindern. Alle diese Reliefs waren grotesk verzerrt und in die Länge gezogen, als wären sie einst aus Honig geformt worden. Die Gesichter schnitten scheußliche Grimassen, und das gemeißelte Gefieder der Schwingen war zu etwas geschmolzen, das mit seinen Zacken und Spitzen aussah wie Fledermausflügel.

An der Stirnseite befand sich der Zugang zum Allerheiligsten des Fürimmerhauses. Carter hatte ein deckenhohes Portal erwartet, protzig wie so viele Tore in den Äußeren und Inneren Sphären. Stattdessen fanden sie eine einfache Tür aus Metall, die von weitem sehr unscheinbar wirkte. Erst im Näherkommen erkannte er, dass sie mit einem filigranen Muster überzogen war, ineinander verschränkten Sicheln und Bögen, deren Anordnung willkürlich erschien.

»Gib mir dein Schwert«, sagte Hengis zu Ambra. »Ich behalte die Halle im Auge, während du das Schloss aufmachst.«

Mit einem Nicken reichte sie ihm die Waffe.

Emmeline betrachtete die Tür mit kritischem Blick. »Da ist kein Schlüsselloch.«

»Nein«, sagte Ambra. »Das hier ist eine andere Art von Schloss.«

»Warum kennst du dich so gut damit aus?«, fragte Hyazinthe. »Eine Königin ist doch keine Einbrecherin.«

»Diejenigen, die in meinem Namen Entscheidungen getroffen haben, haben mich für lange Zeit eingesperrt.« Ambra trat an die Tür und legte beide Handflächen darauf. »Zu meinem Schutz, haben sie behauptet. Irgendwann hab ich nachts heimlich die Gemächer verlassen und zum ersten Mal meine eigene Festung erforscht. Erst da ist mir klargeworden, wie viele Türen zwischen mir und der Welt lagen. Ich musste eine Menge unterschiedlicher Schlösser öffnen.«

»Wie der Erbauer«, sagte Emmeline. »Den halten sie auch in seinen eigenen Räumen gefangen.«

Ambra inspizierte das Muster und folgte nachdenklich mit den Fingerspitzen dem Verlauf der Verzierungen.

Hengis hatte sich ein paar Schritte entfernt und blickte zurück zu der Mündung. »Ein bisschen Tempo wäre schön.«

Carter überlegte, ob er zu Hengis aufschließen sollte, um die Gruppe von hinten zu schützen. Dann aber blieb er lieber an der Tür, weil keiner von ihnen wusste, was geschehen würde, wenn sie sich tatsächlich öffnete. Fasziniert beobachtete er, wie Ambra die Augen schloss und mit den Händen sämtlichen Umrissen und Kerben folgte. Sie konzentrierte sich ganz auf die vielen Bögen, die einander in den unterschiedlichsten Größen umschlossen oder kreuzten. Hätte man Dutzende Eisensicheln willkürlich auf einen Haufen geworfen, hätte das von oben betrachtet ein ähnliches Muster ergeben. Wie Ambra in diesem Durcheinander einen nachvollziehbaren Mechanismus erkennen wollte, war ihm ein Rätsel. Wie so vieles, das mit ihr zu tun hatte.

Es dauerte keine zwei Minuten, da senkten sich unter ihren Händen mehrere Bögen einen Fingerbreit ins Innere der Tür, schoben sich knirschend über- und untereinander. Teile des Musters gerieten in Bewegung und rasteten mit einem Klicken in neuen Positionen ein.

Einige Herzschläge lang geschah nichts weiter. Dann ertönte ein mechanisches Schnaufen, und die Tür sprang ein kleines Stück nach außen auf, nicht weit genug, um hineinzublicken. Ambra schaute sich zu den anderen um, dann packte sie eine der Sichelstreben des Musters und zog die Tür auf.

Gedämpftes Licht drang ihnen entgegen. Der Geruch von abgestandener Luft. Aber kein Laut außer dem Schleifen der Tür in ihrem Rahmen.

Ambra und Carter gingen voran, gefolgt von Emmeline und Hyazinthe. Hengis trat als Letzter über die Schwelle und zog die Tür gerade so weit hinter sich zu, dass das Schloss nicht wieder einrasten konnte – wohl für den Fall, dass sie hier drinnen doch keinen Ausgang aus dem Fürimmerhaus fanden. Um ganz sicher zu gehen, schob er seinen Rucksack in den Spalt, denn nicht einmal der Erbauer selbst hatte diese Tür von innen öffnen können.

Der weite Raum, den sie betraten, war augenscheinlich eine verwüstete Werkstatt. Zu beiden Seiten eines Mittelgangs standen mehrere Tische, manche schräg, so als hätte jemand in Raserei versucht, sie umzustürzen. Darauf und am Boden verstreut lagen unzählige Werkzeuge wie Schraubenzieher und schmale Feilen, Zangen und filigrane Zwingen, Fräsen und Lineale. Tausende Schrauben, die meisten nicht größer als Getreidekörner, bedeckten die Fliesen, dazu herausgerissene Schubladen, ausgeleerte Dosen und andere Behälter. Tischlampen waren umgeworfen und tragbare Laternen zerbrochen worden. Lediglich ein paar Gaslampen an den Wänden flackerten unbehelligt vor sich hin – es war ungewiss, wie lange schon –, konnten aber nicht den ganzen Raum erleuchten.

In der Rückwand gab es einen Durchgang, der in einen helleren Bereich führte. Im Schatten rechts und links davon waren Haufen aus Dingen aufgeschichtet, die Carter erst im Näherkommen identifizieren konnte: künstliche Körperteile, kopflose Torsos und gesichtslose Schädel, in deren Öffnungen metallene Mechanismen schimmerten. Ob es sich um Vorläufer von Galileus und den Bediensteten der Äußeren Sphären handelte oder um Überreste unvollendeter Exemplare, die niemals gelebt hatten, war nicht zu erkennen.

Er geriet ins Taumeln und musste sich an einer der Tischkanten aufstützen, um nicht das Gleichgewicht zu verlieren. Schwindel überwältigte ihn, während er versuchte, durch die plötzlichen Bilder vor seinem inneren Auge die anderen im Blick zu behalten, Ambra vor allem, aber auch Emmeline und Hyazinthe und den Kaninchenmann. Hengis gestikulierte alarmiert, während Hyazinthe verwirrt von ihm zu Ambra sah und Emmeline hektisch flackerte.

Ambra war auf die Knie gesunken, hatte den Kopf in den Nacken gelegt und die Hände vor das Gesicht geschlagen. Ihr Mund war geöffnet, aber Carter hörte sie nicht schreien. Im Gegensatz zu ihm schien sie keine Schmerzen zu verspüren, nur den Ansturm von etwas, das unsichtbar, aber mit ungeheurer Wucht auf sie einprasselte. Der Schock durchfuhr Carter mit solcher Heftigkeit, dass nun auch seine Beine nachgaben und er neben Ambra zu Boden fiel. Sie wandte stockend den Kopf zu ihm um und streckte eine zitternde Hand nach ihm aus, und als er versuchte, danach zu greifen, verfehlte er sie, tastete erneut und schloss dann ganz fest seine Finger um ihre.

Die drei anderen redeten aufgeregt auf sie ein. Hengis umrundete Carter und packte ihn an den Schultern, doch was immer er sagte, drang nicht zu ihm durch, blieb dumpf und fern und unverständlich.

Und dann tauchte noch jemand auf, ein Umriss vor dem hellen Durchgang am Ende der Werkstatt. Er kam auf einem Bein herangehumpelt und stützte sich dabei auf eine Krücke oder einen Stab.

Hengis sprang auf, das Kurzschwert im Anschlag.

Carter versuchte, ihn festzuhalten. »Nicht …«, krächzte er. »Ich weiß … wer das ist …«

»Der Erbauer«, flüsterte Emmeline.

»Nein«, presste Carter hervor.

Die Gestalt kam näher, während Carter darum kämpfte, nicht das Bewusstsein zu verlieren. Was da über ihn hereinbrach, war nicht allein das zersplitterte Mosaik seiner Erinnerungen, ein Chaos aus wirren Gefühlen und Bildern.

Viel schlimmer war das Gefühl, dass da von außen etwas in ihn hineinströmte, das seinen Verstand schier zum Bersten brachte. Die Dämme aus Panik brachen, und alles in ihm wurde erfüllt von einer Macht, die er früher einmal besessen und dann verloren hatte. Eine Macht, die nun heimkehrte.

Er erinnerte sich.

An sich selbst und an dies alles hier.

An die Silhouette, die langsam auf sie zu humpelte.

# 33

Für endlose Augenblicke glaubte Ambra, sie verliere den Verstand. Ihre Erinnerungen kehrten schon seit Stunden nach und nach zurück. Doch was jetzt in ihr aufstieg, waren nicht die Schatten ihrer Vergangenheit, keine Bilder, die sie am liebsten niemals wiedersehen wollte, kein Ansturm von unerwünschten Gefühlen, die besser dort geblieben wären, wo sie sie nicht spüren konnte. Was da wiederkehrte, war etwas, das einmal ein Teil von ihr gewesen war, so wie ihre Sehkraft, ihr Geschmack, ihr Schmerzempfinden.

Es war die Magie, die sie einmal besessen hatte. Damals, bevor sie ins Fürimmerhaus gekommen war. Der Grund, warum sie ihrem Schicksal als Rote Königin hatte entfliehen können – bis man sie hierhergebracht hatte.

Ihre Magie. Ihr Zauber. Ihre Macht, wahrhaftig *jede* Tür zu öffnen. Nicht durch Fingerfertigkeit und Geduld, sondern einzig durch die Kraft ihres Willens. Türen, die nicht mit komplizierten Mechanismen verschlossen waren wie die vor der Kammer, sondern solche, die weder Riegel noch Schlösser besaßen. Türen, die die meisten Menschen nicht

einmal sehen konnten. Geheime, verborgene, vergessene
Türen.

Türen zwischen den Welten.

Und sie begann zu verstehen.

»Was tun wir jetzt?«, fragte Hyazinthe mit wabernder
Stimme. Vor Ambras Augen gewann ihr Gesicht erst allmählich wieder an Kontur.

Die Silhouette, die im Gegenlicht auf sie zukam, war die
eines Menschen, das zumindest stand außer Frage. Das
rechte Bein fehlte, stattdessen stützte die Gestalt sich auf
eine Krücke, die bis unter ihre Achsel reichte.

»Das *muss* der Erbauer sein«, sagte Hengis fast ein wenig
verzweifelt, und erst nach einem Augenblick begriff Ambra,
dass er damit etwas widersprach, das Carter gerade eben
gesagt haben musste. Carter, der neben ihr am Boden des
Mittelgangs kauerte, angeschlagener als sie selbst, und der
zitternd die Hand hielt, die sie nach ihm ausgestreckt hatte.
Ihre Finger umschlossen einander noch immer, und nun
rückte Ambra auf ihn zu, brachte ihre Lippen nah an sein
Ohr und flüsterte: »Wer ist das?«

Carters Lippen lösten sich so mühsam voneinander, als
wäre sein Mund voller Leim. »Ich hab ihm nie einen Namen
gegeben.«

»Du?«, fragte Hengis.

Natürlich er, dachte Ambra. Natürlich, natürlich, natürlich.

Carters entgleiste Miene verfestigte sich. Ambra hatte
nur mit der Rückkehr ihrer Magie zu kämpfen, während auf
Carter seit dem Betreten der Innersten Kammer nicht allein

seine vergessenen Fähigkeiten einstürmten, sondern auf einen Schlag alle Erinnerungen. Viel zu viele, viel zu schnell, dachte sie. Als würde man einen Ozean in ein Wasserglas gießen.

Und doch hielt er stand, wie auch immer er das anstellte. Sogar seine Stimme wurde wieder klarer.

»Ich hab ihn ... nur für diesen Moment erschaffen«, sagte er. »Falls ich mich allein nicht ... erinnern kann. Alles musste sehr schnell gehen ...«

»Mein Bein ist abgefallen«, sagte die Gestalt, als sie wenige Schritte vor ihnen stehen blieb. »Ich bedauere das. Ich wollte es wieder anfügen, aber dies ist keine meiner Kompetenzen. Ich bin kein Erbauer.«

»Nein«, sagte Carter. »Der bin ich.«

Hengis war zur Salzsäule erstarrt, während Emmeline und Hyazinthe Carter mit großen Augen ansahen.

Ambra hingegen nickte langsam, hielt seine Hand und wisperte fast lautlos: »Ich weiß.«

»Seit wann?«, fragte er.

»Nicht länger als du. Aber ich hab schon früher darüber nachgedacht, spätestens nach der Eulenechse. Ich hab mich gefragt, ob es möglich wäre.«

»Wie kannst *du* der Erbauer sein?« Hengis sah aus, als zöge er ernsthaft in Erwägung, Carter den Schädel zu spalten. »Du bist zu jung. Du warst einer von uns.« Seine Miene wurde noch finsterer. »Und jetzt bist du einer von denen?«

Carter schüttelte den Kopf. »Ich ... war nie auf ihrer Seite.«

»Das kann ich bestätigen«, sagte die Gestalt im Gegenlicht.

Unvermittelt löste Emmeline sich von Hyazinthe und
presste die Hände zusammen, als wollte sie einen Schneeball
formen. Tatsächlich erschien darin eine leuchtende Kugel,
die sie fast spielerisch von unten herauf in die Richtung des
Fremden warf. Ehe der reagieren konnte, wurde er an der
Stirn getroffen. Helligkeit floss an ihm herab. Es war nur
Licht, keine Wärme, und es vertrieb die Schatten von seinen
Zügen.

Die Ähnlichkeit mit Galileus war unbestreitbar, wenn-
gleich dieses Gesicht viel glatter erschien, wie ein neuer
Lederhandschuh, der nie getragen worden war. Einsam in
der Innersten Kammer hatte er keine Gelegenheit gehabt,
sein Mienenspiel zu verfeinern.

Emmeline starrte perplex auf ihre Hände. »Bis gerade
eben wusste ich nicht mal, dass ich das kann.«

»Sie sind ein Lichtbringer«, sagte der mechanische Diener.
»Das ist Ihre Magie. Hier in der Innersten Kammer kehrt sie
zurück. Es ist der einzige Ort im ganzen Fürimmerhaus, an
dem Magie möglich ist. Nur von hier aus konnte der Erbauer das Haus wachsen lassen und die krankhaften Wucherungen im Zaum halten.«

»Und die Archonten?«, fragte Ambra. »Um sie waren
diese Lichter, und sie sind geflogen.«

Der Diener winkte ab. »Keine *wahre* Magie, nur Taschen-
spielertricks und Budenzauber. Das gehört zu ihrer Wandlung zum Widersacher. Schweben und Schmerzen zufügen,
darauf verstehen sie sich. Aber erst draußen in den Welten,

wenn sie vollends zu Widersachern werden, erwacht ihre wahre Macht.«

»Was ist mit *meiner* Magie?«, fragte Hengis argwöhnisch. »Ich spüre gar nichts.«

»Sie, mein Herr, haben nie welche besessen. Darum kann auch keine zu Ihnen zurückkehren.« Der Diener blickte von Hengis zu Hyazinthe. »Zu meinem Bedauern gilt das auch für Sie, junge Dame.«

Hyazinthe schüttelte langsam den Kopf. »Man braucht keine Magie, um die Welt zu retten. Nur den Willen, es zu versuchen. Und eine Menge Glück.«

Ambra senkte den Blick. In ihrer Welt hatte sie ein Tor ins Nichts geöffnet und ihre eigenen Heere mit dem Versprechen auf neue Siege ins Verderben geschickt. Die Magie, die sie entfesselt hatte, hatte nur dem einen Zweck gedient – der völligen Vernichtung jener, die in ihrem Namen gemordet hatten.

»Vielleicht möchten mir die Herrschaften in die Bibliothek folgen«, sagte der Diener förmlich. »Ich könnte einen Tee – «

»Spar dir das!«, fuhr Hengis ihn an. »Ich will Antworten, vorher geh ich keinen Schritt mehr.« Er richtete seinen Blick auf Carter. »Und zwar von dir.«

Carter nickte erschöpft, ließ Ambra los und stemmte sich an einer Tischkante auf die Beine. Dann streckte er ihr die Hand entgegen, um ihr aufzuhelfen. Sie atmete erst wieder durch, als sie neben ihm stand.

»Also?«, fragte Hengis ungeduldig.

Ambra platzte der Kragen. »Das Wichtigste weißt du

347

doch längst! Erstens: Die ursprünglichen Widersacher haben Carter gezwungen, das Haus zu erschaffen. Und zweitens: Im Fürimmerhaus wird keiner von uns älter. Das gilt auch für den Erbauer selbst.«

Carter nickte. »Ich war nur ein Junge, als sie mich aufgespürt haben. Der Lehrling eines Uhrmachers mit … besonderen Begabungen.«

»Den *größten* Begabungen«, sagte sein Diener voller Stolz. »Mit der Fähigkeit, Leben zu erschaffen. Der Macht, ganze Welten zu konstruieren, so kompliziert und kunstvoll wie Uhrwerke.«

Carter flüchtete sich in ein Kopfschütteln, obwohl Ambra keinen Zweifel daran hatte, dass der Diener die Wahrheit sagte. »Ich hab nichts davon gewusst«, sagte er. »Alles, was ich wollte, war Uhren zu bauen. Die schönsten und genauesten Uhren, die es jemals gegeben hat. Jeder dachte, das ist alles, was ich kann. Aber die Widersacher haben erkannt, dass da noch mehr war. Sie schmeichelten mir, sie drohten mir. Und schließlich zwangen sie mich zuzusehen, wie sie ganze Welten verwüsteten. Sie haben gedroht, dasselbe mit meiner zu tun, wenn ich nicht mit ihnen gehe und ihren Befehlen gehorche. Ich wusste nicht, wer sie waren und was sie im Schilde führten, aber ich hab getan, was sie von mir verlangten. Sie brachten mich hierher, an diesen Ort im Nichts, und sie sagten, er sei bereit für eine neue Schöpfung. Dies sei *guter Boden,* sagten sie. Also erschuf ich die Felsen und den Ozean und das Fürimmerhaus, den größten Teil innerhalb weniger Tage … aus Bruchstücken von Erinnerungen, viel größer als die Wirklichkeit. Ich dachte an die alten Kathedralen, an Klöster, an Schlösser und Paläste. Ich erschuf das Haus nach ihrem Vorbild, und anfangs fand ich Gefallen daran, es immer größer und größer zu machen. Schließlich gab ich ihm die Kraft, aus sich selbst heraus zu wachsen, ohne mein Zutun, aber unter meiner Kontrolle. Als mir die Herrschaft über das Haus entrissen wurde, ging auch diese Kontrolle verloren, und dann begannen die Wucherungen.« Er seufzte leise, und die Vorwürfe, die er sich machte, standen ihm ins Gesicht geschrieben. »Aber das war erst viel später. Erst einmal machten die Widersacher das Haus zu einem Ort, an dem aus Erlösern ihresgleichen wurde. Anfangs hat mich das nicht interessiert. Ich erbaute weiter Säle und Treppen und bunte Fenster, und als das Haus von selbst zu wachsen begann, fing ich an, Leben zu erschaffen, Galileus und die Bediensteten, die für die Erlöser sorgten. Ganze Trakte waren aus nichts als einem flüchtigen Gedanken entstanden, aber lebende Geschöpfe waren viel komplexer – sie musste ich erst hier in der Werkstatt zusammensetzen, genau wie meine Uhren, bevor ich ihnen Leben geben konnte. Die Widersacher brachten mir alles, was ich dafür brauchte. Ich glaube, damals fingen sie an, mich zu fürchten, und waren froh, dass ich abgelenkt war.«

»Du hast Gott gespielt«, sagte Emmeline tonlos.

»Ja, das hab ich wohl.« Er zögerte kurz, dann sagte er: »Und in gewisser Weise war ich einer. Irgendwann musste ich nicht mal mehr essen und trinken, und es hat mir nicht geschadet. Die Magie hat mich satt gemacht. Ich blieb einfach, wie ich war, wurde nicht älter, hatte keinen Hunger und keinen Durst.«

Hengis rümpfte die Nase. »Du hast all das erschaffen und dich dann einen Dreck darum geschert, was daraus wurde.«

Carter hielt seinem Blick stand. »Für lange Zeit, ja. Das ist die Schuld, mit der ich leben muss.«

Ambra, die einiges wusste von Schuld und Reue, baute sich vor Hengis auf, noch immer wacklig in den Knien, aber fest entschlossen, Carter eine Atempause zu verschaffen. »Mach es ihm doch nicht noch schwerer.«

Der Kaninchenmann musterte sie wütend. »Du hältst Händchen mit ihm. Du bist nicht neutral in dieser Sache.«

Sie versuchte, darüber zu lachen, aber das misslang kläglich. Hengis machte einen Schritt zurück, so als erwartete er, dass auch sie sich in etwas verwandelte, das ihm gefährlich werden könnte. Er lag nicht ganz falsch: Sie *hatte* sich verwandelt. Weil das, was wieder in ihr war, zwangsläufig eine andere aus ihr machte.

Sie wandte sich an Carter. »Es hat niemals einen anderen Ausgang aus der Innersten Kammer gegeben, oder? Nur die Tür, durch die wir gekommen sind.«

Er nickte. »Der einzige Zugang ist vor Jahren von den Archonten verschlossen worden, als sie mich reingelegt und hier eingesperrt haben. Bis du gekommen bist. Eine Türöffnerin.«

*Erbauer. Lichtbringer. Türöffner.* Ambra brummte der Kopf, aber zugleich verstand sie immer besser, wovon er da sprach.

Emmeline sah Carter an. »Wie bist du trotz allem hier rausgekommen?«

»Ich hab das Haus überlistet.«

Hengis schlackerte verständnislos mit den Ohren. »Du redest und redest und sagst doch gar nichts«, sagte er missmutig. »Jedenfalls nichts, das normale Leute verstehen können. Leute ohne euren … magischen Firlefanz im Blut.«

»Ich bin in das System des Hauses eingedrungen, in seinen Kreislauf«, sagte Carter. »Stellt es euch vor wie eine Blutbahn, wie all die Adern unter eurer Haut. Zum ersten Mal habe ich die Mechanismen erforscht, die von den ersten Widersachern ohne mein Wissen eingebaut worden sind. Vor allem den Weg, auf dem die Agenten des Hauses draußen in den Welten die Erlöser hereinschicken. Hier in der Kammer besaß ich noch all meine Magie, und ich fing an, das System des Hauses zu durchdringen und zu täuschen, bis es mich nicht mehr von einem Erlöser unterscheiden konnte. Jahre hat das gedauert. Aber schließlich hielt es mich für einen von euch, und so bin ich nach allerlei Irrwegen in der Halle der Ankunft gelandet. Dass ich genau wie die Erlöser dabei meine Erinnerung verlieren würde – jedenfalls das allermeiste davon –, hatte ich befürchtet. Darum hatte ich Galileus die Botschaft gesandt, sich bereitzuhalten. Für den Fall, dass ich seine Hilfe brauchen würde.«

»Warum hat er dich dann nicht erkannt?«, fragte Hengis.

»Nicht einmal bei seiner Erschaffung hat er mein Gesicht gesehen, genau wie die drei anderen. Ich wollte nicht, dass sie einen einfachen Menschen vor Augen haben, wenn sie an ihren Schöpfer denken. Später bin ich ihm nie wieder persönlich begegnet. Dabei ist er mir in gewisser Weise ähnlich. Galileus unternahm dieselben endlosen Wanderungen durch das Haus und drang viel weiter vor als ich.

Als Erbauer hatte ich andere Möglichkeiten, zu ihm zu sprechen, ich musste ihm dafür nicht gegenüberstehen. Aber ich konnte ihm nicht die ganze Wahrheit sagen, weil ich nicht wusste, ob die anderen mithören.«

Emmeline nickte nachdenklich. »Er hat selbst gesagt, dass er den Erbauer nicht kennt.«

»Aber warum das alles?«, fragte Hyazinthe. »So hast du zwar die Innerste Kammer verlassen können, aber nicht das Haus. Du warst immer noch ein Gefangener, genau wie wir.«

»Vorher, hier in der Kammer, war ich trotz allem immer noch der Erbauer. Wenn Neuankömmlinge ins Haus kamen, habe ich davon erfahren, und ich wusste, was sie in ihren Welten getan hatten und über welche Fähigkeiten sie dort verfügten. So habe ich vor zwei Jahren von der Türöffnerin gehört. Und da ist mir klargeworden, dass der Zeitpunkt zur Flucht endlich gekommen war: Wenn es mir gelingen würde, sie unbeschadet zum einzigen Ort im Haus zu bringen, an dem ihre Magie wieder erwachen würde, dann wäre sie in der Lage, einen Ausgang zu erschaffen.«

Ambra starrte ihn sprachlos an.

Er lächelte. »Ich hab dich nicht gekannt. Aber ich hab gewusst, dass du hier in der Kammer in der Lage sein würdest, eine Tür nach draußen zu öffnen. Oder besser, ich hab's gehofft.«

»Aber ohne deine Erinnerungen konntest du nicht wissen, dass du sie überhaupt hierherbringen wolltest«, warf Hengis ein.

»Galileus wusste, dass er eine Gruppe Erlöser auf der

Flucht zur Innersten Kammer bringen sollte. Das war sein Auftrag. Früher oder später hätte er uns gefunden.«

»Da hätte eine Menge schiefgehen können«, sagte Ambra kopfschüttelnd.

»Das Risiko war mir lieber, als noch länger hier festzusitzen und zuzusehen, wie aus Erlösern Ungeheuer werden. Ich wusste, dass die Archonten begonnen hatten, sich gegenseitig umzubringen – möglicherweise war das eine Folge meiner Eingriffe in das System –, deshalb lief mir die Zeit davon. Nach all den Vorbereitungen musste ich von heute auf morgen aufbrechen. Ansonsten wäre ich Gefahr gelaufen, hier in der Kammer vergessen zu werden. Die ursprünglichen Widersacher existieren schon lange nicht mehr, und nun drohten auch die Archonten sich gegenseitig auszurotten. Bald wäre niemand mehr da gewesen, der sich an mich erinnerte. Auch um euch hätte sich keiner mehr gekümmert. Ihr wäret einfach irgendwann gestorben oder hättet den Verstand verloren. All dem musste ich zuvorkommen.«

Ambra nickte benommen. Carter hatte erkannt, was für eine Monstrosität er mit dem Fürimmerhaus erschaffen hatte. Er hatte sein Möglichstes getan, um all dem ein Ende zu setzen. Und nun war es ihre Aufgabe, sie alle von hier fortzubringen.

»Wie lange?«, fragte sie leise. »Wie lange ist es her, dass sie dich hergebracht haben, um das Haus für sie zu erbauen?«

Er zögerte einen Moment, dann sagte er: »Irgendwann habe ich aufgehört, die Jahre zu zählen. Oder die Jahrhunderte.«

Alle starrten ihn nur an, niemand sagte etwas.

Carter war das sichtlich unangenehm, und er lächelte nervös. »Ihr seid mir mit eurer Flucht zuvorgekommen. Um ein Haar hätte ich euch verpasst, und die Türöffnerin wäre ohne mich hierher unterwegs gewesen.«

»Wir wären niemals angekommen«, sagte Ambra. »Ohne dich und den Lotsen hätten wir keine Chance gehabt. Dann wäre es uns ergangen wie Diabondo und Calamina.«

In weiter Ferne, jenseits des Eingangs zur Innersten Kammer, ertönte der Schrei des Zeigermanns.

Hengis legte das Stirnfell in Falten. »Er ist noch immer da draußen.«

»Vielleicht hat Galileus ihn gerade erledigt«, sagte Emmeline.

»Oder die Eulenechse hat ihn erwischt«, ergänzte Hyazinthe.

Carter atmete scharf aus. »Wir müssen uns beeilen.«

Damit deutete er auf den hellen Durchgang. Der namenlose Diener humpelte bereits voraus. Zögernd setzten sie alle sich in Bewegung.

»Womit beeilen?«, fragte Ambra. »Ich soll eine Tür erschaffen. Aber ich hab nicht die geringste Ahnung, wie das gehen soll.«

»Du hast es schon da draußen auf der Schwelle getan.«

»Das war nur ein Schloss, das ich – «

»Glaubst du das wirklich?«, fragte Carter.

Hengis stimmte ihm zu. »Für mich hat das nicht wie ein normales Schloss ausgesehen.«

Carter warf Ambra im Gehen ein Lächeln zu. »Du wirst

wissen, was zu tun ist, spätestens wenn du es tun *musst*. So ging's mir auch.«

Sie wollte widersprechen, doch die Worte blieben ihr im Hals stecken, als sie einen riesigen, kreisrunden Raum betraten. Eine Kuppel aus trübem Milchglas in verzierten Metallrahmen spannte sich darüber. Durch die gewölbten Scheiben fiel gleißende Helligkeit. Augenscheinlich befanden sie sich im Inneren der Lichtsäule. Bücherregale zogen sich um den gesamten Raum. Einige Regalbretter waren zerbrochen, die herausgefallenen Bände säuberlich am Boden gestapelt.

»Hier war einiges verwüstet, genau wie in der Werkstatt«, sagte der Diener. »Ich habe mich bemüht, alles aufzuräumen und die meisten Bücher zurück an ihren Platz zu stellen.«

»*Du* warst das«, sagte Emmeline zu Carter. »Du hast hier alles durcheinandergeworfen.«

»Ich ... war wütend«, sagte er stockend. »Nein, verzweifelt. Ich war jahrelang hier eingesperrt. Vorher konnte ich mich frei im Haus bewegen und all die neuen Trakte und Winkel erforschen, die nach und nach entstanden waren. Aber plötzlich war ich ein Gefangener, und das hat ... nun, es war nicht immer leicht.«

Der Diener nickte mit ausdrucksloser Miene. »Ich kann das bestätigen.«

»Hört mal«, sagte Hengis. »Mit dieser ... also, eurer Magie ... Könnt ihr das Haus damit nicht ein für alle Mal zerstören?« Er warf Carter einen finsteren Blick zu. »Das willst du doch auch, oder?«

Ambra kam Carter zuvor. Es war, als kehrte die Erinnerung an manches erst zurück, sobald sie davon sprach. »Wenn ich eine Tür öffne, dann öffne ich auch mich. Wenn ich eine Tür verschließe, dann verschließe ich auch etwas in mir. Deshalb kann derjenige, der das Haus erschaffen hat, es nicht zerstören.«

»Weil er damit sich selbst zerstört?«, fragte Emmeline.

Carter sah sie niedergeschlagen an. »Ich würde das in Kauf nehmen. Aber dazu ist es zu spät. Die Sporne auf den Dächern sind in andere Welten gewuchert, und Wesen von dort haben begonnen, das Haus zu besiedeln. Wir haben die Füchse und die Vögel gesehen, und das war nur der Anfang. Mittlerweile sind Menschen unterwegs hierher. Sie wandern in langen Reihen die Sporne herab, um zu erforschen, was an ihrem Fuß liegt. Das sind Männer und Frauen, die nichts mehr zu verlieren haben. Sie sind auf der Flucht vor den Widersachern, vor Kriegen und Katastrophen, alle auf der Suche nach einem besseren Leben. Ich hab sie gesehen, oben auf den Spornen. Selbst wenn es mir gelänge, das Haus zu zerstören, würden sie alle mit ihm untergehen.«

Da endlich begriff Ambra, was er ihnen verheimlichte. Sie packte ihn an den Schultern. »Du willst hierbleiben! Du hast gar nicht mehr vor, mit uns wegzugehen.«

Er sah jetzt nur sie an. Die Wärme in seinem Blick kam nicht gegen sein trauriges Lächeln an. »Ich muss erst versuchen, die Dinge hier in Ordnung zu bringen … Irgendwann, vielleicht, kann ich gehen. Aber nicht jetzt. Das Haus würde sie alle vernichten.«

Wieder erklang das Kreischen des Zeigermannes.

»Er kommt näher«, sagte Hengis.

»Du musst die Tür öffnen«, sagte Carter zu Ambra.

»Und dich zurücklassen?« Sie schüttelte den Kopf. »Das kann ich nicht.«

»Du hast keine Wahl. Du musst die anderen in Sicherheit bringen.«

»Ich kann keine Türen zu ihren Welten öffnen!« Ihr Herz raste vor Aufruhr und Hilflosigkeit. Die Erwartungen, die in sie gesetzt wurden, drohten sie zu überwältigen. Sie war immer stark und entschlossen gewesen, solange es nur um sie selbst gegangen war. Aber das hier war etwas anderes. »Ich weiß nicht mal, wie ich den Weg dorthin finden soll!«

»Das musst du gar nicht«, sagte Emmeline ruhig. »Zuhause sind wir nicht mehr willkommen. Wir können *irgendwohin* gehen, solange wir nur zusammenbleiben.«

»Ja«, sagte Hyazinthe und gab Emmeline einen Kuss. »So seh ich das auch.«

Hengis schnaufte und brummelte, dann nickte er. »Ich schätze, ihr werdet dort jemanden brauchen, der auf euch aufpasst.«

Ambra suchte in sich nach der Kühnheit, mit der sie das Tor auf der Klippe für den Ansturm der Treibholzmenschen geöffnet hatte. Damals war es ihr leichtgefallen, weil sie kaum etwas zu verlieren gehabt hatte. Nun aber schnürte ihr der Gedanke, Carter zurückzulassen, die Luft ab. Es ging längst nicht mehr um eine Entscheidung. Nur um Überwindung. Und um die Bereitschaft, das Richtige zu tun, auch wenn es sich gerade so schrecklich falsch anfühlte.

»Ich finde den Weg zurück zu dir«, sagte sie leise.

Er nahm sie lächelnd in den Arm, hielt sie für einen Augenblick ganz fest, und dann küsste er sie zum zweiten Mal. Es fühlte sich anders an als der erste Kuss, und Ambra fand es nicht weniger verwirrend als das Erwachen ihrer Magie, vorhin beim Betreten der Innersten Kammer.

Der Zeigermann schrie seinen Zorn hinaus ins Fürimmerhaus, mittlerweile ganz nah.

»Er wird dich umbringen«, sagte sie.

»Nein, ich denke nicht.« Vielleicht sagte er die Wahrheit. Vielleicht wollte er sie auch nur beruhigen. »Aber ihr müsst fort sein, bevor er hier ist.« Er ließ sie los. »Du *musst* es jetzt tun.«

Sie hielt den Blickkontakt aufrecht, während sie einen Schritt zurücktrat. Dann wandte sie sich schweren Herzens zur Seite, ging in die Hocke, berührte mit den Fingerspitzen den Marmor und zog beim Aufstehen eine unsichtbare Linie nach oben, von dort aus eine kürzere nach rechts und schließlich eine dritte zurück zum Boden. Es war so einfach – und zugleich das Schwierigste, das sie jemals getan hatte. Ein vages, kaum sichtbares Flimmern erfüllte das Rechteck.

Hengis umarmte Carter, klopfte ihm fest auf den Rücken und sagte: »Mach's wie ich und halt die Ohren steif, mein Freund.«

Hyazinthe stellte sich auf die Zehenspitzen und gab ihm mit ihren kühlen, hölzernen Lippen einen Kuss auf die Wange. »Danke für alles«, flüsterte sie.

Emmeline weinte glühende Tränen, und er nahm auch sie kurz in den Arm, bis sie nicht mehr schluchzte, sich wortlos umdrehte und bei Hyazinthe unterhakte.

Und schließlich Ambra.

Sie nickte ihm nur zu, blendete den Kummer aus und das andere auch, öffnete die Tür, ohne zu wissen, wohin sie führte, und trat mit ihren Freunden hindurch.

# 34

Sie waren fort, und das Rechteck hatte sich aufgelöst.

Obwohl so viel zu tun blieb, fühlte Carter sich leer, als wären alle Aufgaben erledigt, alle Wege gegangen. Was er spürte, war die Leere seiner Einsamkeit hier in der Kammer, ein Echo seiner Erinnerung an damals, aber auch das Wissen um die Zukunft.

»Mit Verlaub«, sagte der Diener, »Sie sehen niedergeschlagen aus.«

Carter gab sich einen Ruck und drehte sich zu ihm um. »Dafür ist jetzt keine Zeit.«

Ein Zwitschern erklang, dann der Ruf eines Kuckucks. Als Carter aufblickte, entdeckte er Ulala, der hoch oben im Zentrum der gläsernen Kuppel kreiste, fast unsichtbar vor dem Gleißen der Lichtsäule. Er musste instinktiv gespürt haben, dass er anderswo nicht existieren konnte, genau wie Galileus und Carters übrige Schöpfungen.

»Ich bin froh, dass du hier bist.«

Der Kuckuck senkte sich flatternd herab und setzte sich auf seine Schulter.

»Du kannst bei mir bleiben, wenn du magst.«

Carter trat vor einen Schrank zwischen den Bücherregalen, wusste aber erst, was er darin suchte, als er die Hand nach dem Knauf ausstreckte. Wahrscheinlich würde es noch Tage dauern, bis jede einzelne seiner Erinnerungen zurückgekehrt war.

An mehreren Haken an der Rückwand hingen große, kunstvoll verzierte Schlüssel. Er musste kurz darüber nachdenken, welche er benötigte, dann nahm er einen silbernen und einen kupferfarbenen. Beide schob er in seine Hosentasche.

»Im Schlafzimmer liegt saubere Kleidung für Sie bereit«, sagte der Diener.

»Das kann warten. Erst mal haben wir Wichtigeres zu tun.«

»Wir, Meister?«

»Du musst hier weiterhin die Stellung halten. Das ist die wichtigste Aufgabe überhaupt. Lass nicht zu, dass sich der Eingang wieder schließt.«

»Werden Sie denn lange fort sein?« War da eine Nuance von Traurigkeit in diesem glatten, faltenlosen Gesicht, das gerade erst damit begann, Gefühlsregungen zu zeigen?

»Diesmal nicht«, sagte Carter.

Der Diener schien kurz nachzudenken, dann deutete er auf den kupferfarbenen Schlüssel, dessen oberes Ende aus Carters Tasche ragte. »Ich kenne diesen Schlüssel. Aber wozu dient der andere?«

»Er wird mir helfen, einen Fehler zu beheben.«

Er warf einen wehmütigen Blick zurück zu der Stelle, an der Ambra und die anderen verschwunden waren, dann machte er sich auf den Weg. Der Kuckuck schnarrte leise an seinem Ohr. Zügig verließ Carter die Lichtkuppel, durchquerte die verwüstete Werkstatt und zog die Eingangstür auf.

Der Zeigermann wartete an der Schwelle.

Er stand schief auf seinen beiden Eisenarmen, dem längeren und dem kürzeren, und wippte leicht auf und nieder. Er hatte zahlreiche Verletzungen davongetragen, klaffende Wunden im Gesicht, am Hals und am Torso, dazu tiefe Scharten in beiden Zeigern. Eines seiner Ohren fehlte. Aus seinem Mund drang ein Rasseln und Surren, das nichts mit Luftholen zu tun hatte. Der Sieg über die Famuli hatte ihn einen hohen Preis gekostet. Carter spürte – nun da er wieder *alle* Regungen seiner Geschöpfe spürte –, dass dem Zeigermann sein bevorstehendes Ende bewusst war.

In dem lichtlosen Durchgang auf der anderen Seite der Halle, gerade eben sichtbar zwischen den tropfsteinartigen Wucherungen, tauchte ein Schemen aus der Dunkelheit auf.

Galileus Laurentin Adoro sah noch mitgenommener aus als zuvor. Der Gehrock hing in Fetzen, die zerzauste Perücke saß schief über dem erschöpften Gesicht, und sein linker Arm hing schlaff herab. Er humpelte, während er mit einiger Mühe näher kam.

Carter trat über die Schwelle der Innersten Kammer hinaus in die Halle. Nun, da er selbst wieder wusste, wer er war, wussten es auch seine Schöpfungen. Der Zeigermann hätte eher sich selbst verletzt, als seinem Erbauer ein Leid zuzufügen.

»Du hast lange genug gelitten«, sagte Carter ruhig, während er um das Wesen herumging, seine Hand hob und es im Nacken berührte, genauso wie er es zu Beginn seiner Reise beim Kammerherrn Kummer getan hatte. Der Zeigermann stieß ein gepresstes Schnaufen aus, dann gaben seine Arme nach. Mit einem Scheppern brach er zusammen und blieb auf dem Bauch liegen. Carter bückte sich und schob mit Daumen und Zeigerfinger eine Hautfalte im Nacken der Kreatur auseinander. In den Schlitz, der dort sichtbar wurde, steckte er den kupferfarbenen Schlüssel.

Hinter ihm blieb Galileus stehen.

Carter drehte den Schlüssel einmal nach rechts, dann einmal nach links. Im Inneren des Torsos – etwa dort, wo bei einem Menschen das Herz saß – klickte es einige Male, dann zuckte der Zeigermann zusammen, alle Muskeln spannten sich ein letztes Mal an und erschlafften abrupt.

Ulala machte einen Hüpfer von Carters Schulter und ließ sich auf dem Kopf des Zeigermanns nieder.

»Ich hätte dich erkennen müssen«, sagte Galileus.

»Das konntest du nicht.« Carter stand auf und drehte sich zu dem Lotsen um. »Nicht, solange ich mich selbst nicht kannte.« Er steckte den Schlüssel ein, trat auf Galileus zu und legte ihm beide Hände auf die Schultern. »Ich bin dir zu großem Dank verpflichtet, mein Freund.«

»Sind wir das jetzt – Freunde?«

»Es wird höchste Zeit, finde ich.« Carter schenkte ihm ein erschöpftes Lächeln. »Ein Schöpfer, der kein Freund seiner Geschöpfe sein will, hätte von Anfang an die Finger vom Schöpfen lassen sollen.«

»Du redest anders als vorher«, sagte Galileus.

Carter lachte. »Ich muss noch versuchen, beides zusammenzubringen: der Erbauer zu sein, aber auch der andere Carter.«

Der Lotse deutete auf den leblosen Zeigermann. »Das war schon mal ein guter Anfang.«

»Ein Anfang. Aber es gibt noch mehr zu tun.«

»Gewiss. Falls dafür die Dienste eines Lotsen erforderlich sind …«

»Danke. Ich kenne jetzt wieder den Weg. Aber ich glaube, dass du deine Dienste schon bald anderen anbieten kannst.«

Galileus neigte den Kopf zur Seite. Er wirkte überrascht und amüsiert. »Du hast die Menschen dort oben also auch gesehen. Und ich dachte, ich wäre der Einzige gewesen. Auch deshalb wollte ich so schnell wie möglich von den Dächern herunter und zurück ins Haus. Mein Auftrag war, dich in die Innerste Kammer zu bringen. Ich konnte nicht riskieren, dass die Erlöser einen der Sporne hinaufsteigen. Der Abstieg ist sicher schon schwer genug, aber dort hinaufzuklettern …« Er zuckte die Achseln. »Und wer weiß, wer euch dort oben entgegengekommen wäre.«

»All diese Leute, die bald das Haus besiedeln werden, werden es nicht leicht haben«, sagte Carter. »Manche sind auf der Flucht vor ihren Widersachern, andere kommen als Eroberer, ein paar auch als Forscher. Es wird ein ziemliches Durcheinander geben.«

»Auch Kriege.«

»Ja, auch die, vermutlich. Ich will zumindest ein paar Vorkehrungen treffen, damit dieser Ort sie nicht umbringt.« Carter seufzte. »Den Rest werden sie unter sich ausmachen müssen. So wie sie es immer getan haben.«

»Du bist nur der Schöpfer«, sagte Galileus.

Ulala erhob sich vom Zeigermann und kreiste fröhlich über ihren Köpfen.

»Sie werden kein Paradies vorfinden. Aber wenigstens kann ich dafür sorgen, dass es keine Hölle ist.« Carter deutete durch die offene Tür in die Innerste Kammer. »Tritt ein. Dort erwartet dich jemand, den du sicher kennenlernen möchtest. Lass dir neue Kleidung geben. Und Tee, wenn dir danach ist.«

Er ließ den Lotsen an der Schwelle zurück und machte sich auf den Weg.

# 35

Als er die Brücke über der Wunde betrat, sah er schon von weitem, dass das große Steintor am anderen Ende offen stand. Kammerherr Kummer beaufsichtigte einen Trupp Famuli, der die Gefallenen aus der Allee der Kopflosen Heiligen über das Geländer in die Tiefe beförderte. Tote Famulisoldaten und Treibholzmenschen verschwanden im dichten Nebel unterhalb der Brücke. Am Grund der Kluft machte sich etwas über ihre Körper her, schmatzte und schnaufte und sträubte die Federn.

Diesmal erkannte der Kammerherr, wen er vor sich hatte; ebenso wie Galileus spürte auch er die Wiederkehr des Erbauers. Als er sich beflissen verneigte, legte Carter die Hand in seinen Nacken, berührte dieselbe Stelle wie beim Zeigermann und raubte dem Kammerherrn zum zweiten Mal das Bewusstsein. Anschließend benutzte er den Kupferschlüssel, um ihn ein für alle Mal stillzulegen.

Die Famuli ließ er ihre Aufgabe beenden. Dann gab er ihnen den Befehl, hinaus in die Weiten des Hauses zu wandern und sich in Zukunft von allen Menschen fernzuhalten. Sie waren zu eingeschüchtert, um seine Order in Frage zu stellen, und er nahm an, dass das eine Zeitlang so bleiben würde. Nicht ewig, denn selbst den schlichtesten Geistern kamen irgendwann Zweifel an ihren Göttern.

Er zog weiter und traf alsbald auf den Haushofmeister Hochmut. Im *Saal des Magiers mit der mahnenden Hand* fiel er vor Carter auf die Knie und stammelte etwas von Uhren, die aus dem Takt geraten waren. Carter ließ sich neben ihm auf dem Boden nieder, besänftigte ihn mit freundlichen Worten und legte ihm die Hand auf. Augenblicke später schob er den Schlüssel in die Öffnung im Genick und schenkte ihm seinen Frieden.

Die Köchin Karbunkel zeigte sich widerspenstiger, hielt sie ihn doch erst für einen Einbrecher auf dem Weg in ihre Speisekammer. Die ganze Küche war von dichtem Rauch aus ihren Töpfen erfüllt, und Carter hatte den Eindruck, dass sie nicht mehr wusste, für wen sie kochte; sie litt unter starker Umnachtung. Ihre Körperpflege war beklagenswert und der Zustand ihrer Haut bedauerlich. Carter gab sich zu erkennen und half ihr dabei, die Kessel zu löschen und die Fenster zum Lüften zu öffnen. Als er schließlich den kupfernen Schlüssel drehte und zusah, wie sie zur Ruhe kam, wusste er, dass er zum rechten Zeitpunkt gekommen war. Manchmal fügten sich die Dinge wie von selbst.

Abermals ließ er die Äußeren Sphären hinter sich und überquerte die Brücke in entgegengesetzter Richtung. Es gab keinen Grund mehr, die geheimen Wege hinter den Wänden zu benutzen, und so wanderte er geradewegs durch die großen Hallen der Inneren Sphären, beobachtete in einem Gang ein Rudel Wölfe und in einem anderen einen Panther.

Wenn erst die Menschen den Fuß der Sporne erreichten, würden sie feststellen, dass ihnen einige ihrer alten Gegner zuvorgekommen waren. Auch in dieser Angelegenheit befürwortete Carter das natürliche Gleichgewicht.

Schließlich erreichte er sein Ziel, zog den silbernen Schlüssel aus der Tasche und schob ihn in das Schloss einer eisenbeschlagenen Tür. Vor ihm spiegelte der Boden wie Glas, doch diesmal legte er den Kopf in den Nacken und sah geradewegs nach oben, hinauf zu den beiden Gefangenen unter dem Dach des Turms.

Der Mond erwiderte seinen Blick wie ein weißes Auge, und darüber dräute die Nacht so sternenreich, dass Carter ein Schauder über den Rücken lief im Angesicht solcher Kälte und Weite und Maßlosigkeit.

Ganz benommen von diesem Anblick trat er an das untere Ende eines Kettenzugs, der mit einem schweren Vorhängeschloss gesichert war. Auch hier passte der Silberschlüssel, und gleich darauf setzten sich die Ketten in einer Wolke aus Roststaub in Bewegung, ratterten und quietschten und knirschten. Jenseits des Mondes und über der Nacht öffnete sich ein weiter Spalt im Dach. Die Schwärze strömte lautlos ins Freie wie aus einem Tintenfass, verteilte sich am Himmel und nahm sanft all die Sterne auf, die sich schimmernd auf ihr niederließen. Zuletzt stieg der Mond aus seinem Kerker empor, suchte sich einen Platz am Firmament und goss seinen Schein wie Milch über das Dächermeer des Hauses.

Carter sah aus dem Inneren des Turmes zu, bis alles an Ort und Stelle war. Es würde ein wenig Gerangel geben, ehe Tag und Nacht zu einem gleichmäßigen Rhythmus fanden.

Die Menschen, die das Spektakel von den Spornen aus mitansahen, würden ihren Kindern und Kindeskindern von diesem Moment erzählen, vom Aufstieg des Mondes und der Nacht, und es würden Mythen entstehen und Legenden und Geschichten über den neuen Anbeginn der Welt.

Carter verließ den Turm und verschloss die schwere Tür. So ließ er den Himmel hinter sich und stieg hinab in die Unterwelt.

# 36

In den Kellern war es so dunkel wie eh und je, aber diesmal kannte er den Weg und fand ihn blind. Die Wesen, die hier unten lebten, hielten sich ehrfürchtig fern. Er war nicht sicher, ob sie genug Verstand besaßen, um ihn zu erkennen, doch selbst sie schienen zu spüren, dass er keine leichte Beute war. Immer wenn er sie in einiger Entfernung huschen und knistern und knacken hörte, rückte Ulala ganz nah an seinen Hals und gab keinen Laut mehr von sich.

Die Ränder der Wunde waren mit wilder Architektur verkrustet, nur hier und da gab es Wege aus den Kellern in die Kluft. Er hoffte, dass die Eulenechse ihren Hunger in der Zwischenzeit gestillt hatte; er hatte nicht die Absicht, sie bei ihrem Mahl zu stören. Durch einen Riss stieg er ins Freie und trat hinaus in die Trümmerlandschaft unter der Nebeldecke. Das Licht war hier gedämpft und zugleich von einer überirdischen Kraft, die selbst das Gestein zum Leuchten brachte.

Er durchquerte ein wildes Auf und Ab aus Schutthügeln, tiefen Spalten und den Überresten ehemaliger Fundamente. Die Eulenechse schlummerte zufrieden im Schatten der Brücke. Sie öffnete das rechte Auge, als er sich ihr näherte, und ließ das linke geschlossen. Erst als er vor ihr stand und dachte, wie schön sie doch war – sie vereinte die Majestät des Greifvogels mit der Eleganz des Reptils –, hob sie ihren Schädel von den Krallen und richtete sich auf. Wachsam sah sie ihn an, so als träfen sich zwei, die einander ebenbürtig waren.

»Ich will meine Schuld begleichen«, sagte er. »Lass uns gehen.«

Die Eulenechse stieß einen schrillen Schrei aus, der ihm durch Mark und Bein ging. Sie richtete sich auf, senkte das Haupt, damit er in ihren Nacken steigen konnte, und setzte sich in Bewegung. Carter wies ihr den Weg, erst durch das geisterhafte Licht der Wunde, dann durch eine eingestürzte Wand in die Keller der Äußeren Sphären.

Viele Stunden lang zogen sie durch unterirdische Hallen und Gewölbegänge, durch ein Labyrinth aus Kreuzungen, Abzweigungen und Gabelungen. Scharfe Luftzüge pfiffen in Ritzen und Spalten eine vertraute Melodie. Carter empfand die Finsternis nicht länger als bedrohlich und spürte den Drang, sie mit neuen Welten zu füllen. Doch anders als früher hielt er seine Schöpfungskraft unter Kontrolle. Er würde nie wieder etwas erschaffen, nur weil er es konnte.

Gelegentlich sah er durch Öffnungen in der Kellerdecke, dass sich dort oben das Licht veränderte. Der Tag wurde zur Nacht, und die Nacht wich dem Tag. Das hatte es hier noch nie gegeben. Einmal sah er Sonnenstrahlen, die schräg durch ein Fenster und einen Einsturz in die Keller fielen, und da ließ er die Eulenechse innehalten, um das ungewohnte Schauspiel zu beobachten. Nach einer Weile trottete sie weiter, geradewegs in das Licht. Dort blieb sie stehen, stand einfach nur da und genoss die Berührung der Strahlen, bis die Sonne weiterwanderte.

Danach wurde es einfacher. In den Äußeren Sphären gab es kaum Wucherungen, und sie stießen nur selten auf Hindernisse. Allmählich näherten sie sich dem Rand des Hauses. Die Luft schmeckte salzig, und in weiter Ferne hörte Carter ein bedrohliches Donnern – die Brandung, die sich an den Klippen brach.

Vor einer Geröllrampe, die zu einem Loch in der Decke führte, blieb die Eulenechse stehen und wartete auf seinen Befehl. Ulala erhob sich von seiner Schulter und flog voraus die Schräge hinauf.

»Du kannst die Keller jetzt verlassen«, sagte Carter. »Diesmal hast du meine Erlaubnis.«

Die Eulenechse zögerte, und er wartete geduldig. Schließlich stieß sie ein Schnauben aus, raschelte mit ihrem Gefieder und machte sich auf den Weg nach oben. Höher und höher kletterte sie, wurde immer schneller und erreichte das Erdgeschoss. Tageslicht fiel aus einem angrenzenden Raum, in seinem Fächer tanzten Insekten.

Carter lenkte die Eulenechse um mehrere Ecken, bis sie in einen breiten Säulengang kamen. An seinem Ende befand sich ein hohes Tor. Der Boden war mit Flecken übersät, vor kurzem hatte hier eine Schlacht getobt. Körper waren keine mehr zu sehen, nicht einmal verlorene Waffen. Die Famuli hatten alles schnell und gründlich beseitigt.

Carter glitt zu Boden und ging voraus. Unter der Decke stieß Ulala aufgeregte Rufe aus. Das Tor ließ sich ohne Mühe öffnen. Als Carter die Flügel nach innen zog, flutete kühle Meeresluft herein. Der Anblick war überwältigend. Obwohl das Panorama vor langer Zeit seiner eigenen Vorstellungskraft entsprungen war, raubte es ihm für einen Moment den Atem.

Die Wolkendecke war verschwunden, der Himmel leuchtete in Azur. Die Sonne war von hier aus nicht zu sehen; sie stand in Carters Rücken, hoch über dem Haus. Ihre Strahlen brachen sich auf dem Ozean, glitzerten auf dem Schaum der Wellenkämme und nahmen dem alten Wrack seinen Schrecken, das wie versteinert auf einem Felsenriff lag.

Carter trat hinaus auf die schmale Klippe vor der Tür, und die Eulenechse folgte ihm. Ihre Schritte ließen den Boden erzittern, während sie mit ihm an den Rand des Abgrunds trat. Sie setzte sich neben ihn wie ein riesiger Hund und blickte gebannt auf das Meer hinaus, von dem sie ihr Leben lang geträumt hatte. Ulala jagte eine Möwe und trillerte übermütig.

»Du bist frei«, sagte Carter. Das Gelb des Eulenschnabels schimmerte im Tageslicht, und er sah all die Scharten darauf, die Verletzungen aus zahllosen Kämpfen, und er dachte, dass seine Gefangenschaft in der Innersten Kammer ein Nichts gewesen war gegen die Einsamkeit der Kreatur in den Kellern.

Er hob eine Hand und strich über ihr Gefieder. »Du kannst gehen, wann immer du willst.«

Sie blieb noch eine Weile lang sitzen, blickte still auf den Ozean hinaus, schien jede Bewegung, jede Reflexion in sich aufzunehmen. Dann senkte sie das Haupt, und ihr

Brustkorb hob und senkte sich schneller. Sie schnaufte vor Aufregung und wilder Freude, breitete die Schwingen aus – hoch über Carters Kopf hinweg – und stieß sich von der Klippe ab.

Leicht wie ein Vogel segelte sie abwärts, stieß durch die Oberfläche hinab in die Fluten, verschwand für einen Moment im Wasser, schraubte sich in einer Schaumfontäne wieder empor, drehte sich in der Luft und sank abermals kopfüber in den Ozean. Carter sah sie unter den Wellen davongleiten, spürte, wie sich ihre Kiemen öffneten, fühlte ihre Euphorie und Erleichterung. Noch einmal sah er sie auftauchen, nur für einen Augenblick, dann glitt sie endgültig unter den Wogen davon.

Ulala krähte zum Abschied den Kuckucksruf.

Carter atmete tief ein und aus, blickte lange zum fernen Horizont, dann kehrte er mit dem Vogel zurück ins Haus, zog die Tür hinter sich zu und legte alle Riegel vor.

# 37

Ein Jahr verging und dann ein zweites.

Nach den Füchsen und Wölfen und Panthern, nach den Insekten und Vogelschwärmen waren die ersten Menschen von den Spornen herabgestiegen. Sie kamen als Siedler und als Pilger, als Flüchtige und Invasoren, als Bittsteller und Tyrannen. Die erste Welle stammte aus drei Welten, die nächste bereits aus einem halben Dutzend. Einige siedelten am Fuß der Sporne, doch die meisten zogen weiter hinaus ins Fürimmerhaus, verfielen der Faszination seiner Baukunst, wurden süchtig nach dem Blick um die nächste Ecke, immer auf der Suche.

Einer ihrer Stämme bemannte die Wachtürme an der Küste und ersann Legenden über das Wrack auf dem Riff. Gelegentlich griffen Treibholzmenschen an, aber nie wieder mit der Wucht jener einen Attacke, die sie bis zur Grenze der Äußeren Sphären getragen hatte. Sie zurückzuschlagen fiel kaum schwerer als die Abwehr der Riesenfledermäuse und Spinnen.

Manche Siedler verbündeten sich, andere gerieten in Streit. Gelegentlich kämpften sie aus Eitelkeit, öfter um Nahrung und die Ackerbauflächen auf den Dächern. So gab es Kriege, wie Galileus es vorausgesagt hatte, aber auch Verbrüderungen und neue Gemeinsamkeiten.

Der Lotse besuchte Carter oft in der Innersten Kammer, dann lasen sie einander vor oder erzählten sich von ihren Wanderungen. Nur selten machten sie sich gemeinsam auf den Weg, denn Galileus folgte seiner Natur und bot sein Wissen den Menschen an, die ihm im Austausch für seine Dienste neue Dinge für seine Sammlungen gaben. Im Laufe der Zeit legte er viele neue Räume an für diese Gegenstände. Seine geheimen Kammern wurden zu Archiven, in denen die Relikte aus halb vergessenen Welten ihrer Wiederentdeckung harrten.

Carter las Bücher, die er einst aus der Erinnerung erschaffen hatte, hielt sich von den Siedlern fern, wanderte unerkannt über die Dächer und gab dem Diener einen Namen. Derweil kam Galileus immer häufiger vorbei und begann, sich häuslich in der Innersten Kammer einzurichten. Ulala und er wurden unzertrennlich.

Je öfter die Sonne aufging, desto blasser wurde die Lichtsäule, bis sie eines Tages ganz erlosch. Da wusste Carter, dass seine Aufgabe erfüllt war.

Es war der Tag, an dem Ambra den Weg zurück zu ihm fand.

Sie war zwei Jahre älter geworden, und sie hatte viele Welten gesehen auf der Suche nach der einen Tür, die sie zu ihm zurückführen würde. Ihr Haar war so rot wie die Sonne, wenn sie den Ozean berührte, und ihre Augen leuchteten.

»Ich glaube, du bist meine Bestimmung«, sagte sie, als sie aus dem Nichts in die Innerste Kammer trat.

»Du glaubst nicht an Bestimmung,« erwiderte er. »Das hast du noch nie.«

Da mussten sie beide lächeln.

Sie ergriff seine Hand, hielt sie ganz fest und trat mit ihm durch die Tür aus dem Haus.

Kai Meyer
**Die Seiten der Welt**

»Während sie die Stufen zur Bibliothek hinablief, konnte Furia die Geschichten schon riechen: den besten Geruch der Welt.«

Furia Salamandra Faerfax lebt in einer Welt der Bücher. Der Landsitz ihrer Ahnen birgt eine unendliche Bibliothek. In ihren Tiefen ist Furia auf der Suche nach ihrem Seelenbuch, um mit ihm die Magie der Worte zu entfesseln. Denn Furias Familie wird von mächtigen Feinden bedroht – und die trachten auch ihr nach dem Leben.
Der Kampf gegen die Herrscher der Bibliomantik und die Entschreibung aller Bücher beginnt …

576 Seiten, broschiert

Weitere Informationen finden Sie auf
*www.fischerverlage.de*

AZ 596-19852/1

Kai Meyer
**Die Seiten der Welt**
Nachtland

Furia rief die Bücher aus den Regalen herbei. Hunderte lösten sich von den Brettern, flogen durch den Raum auf sie zu und bildeten einen kreisenden Schutzwall, einen rotierenden Panzer aus Papier. Einige öffneten sich, mehrere Seitenherzen spalteten sich inmitten des Büchertornados. Licht strahlte in alle Richtungen. Wütend setzte Veit zu einer Attacke an und stieß eine Flammenlanze mitten in die schwebenden Bände. Feuer raste auf Furia zu …
Der zweite Teil des Bestsellers »Die Seiten der Welt«

608 Seiten, broschiert

Weitere Informationen finden Sie auf
*www.fischerverlage.de*

AZ 596-19853/1

Kai Meyer
**Die Seiten der Welt**
Blutbuch

Das große Finale der Bestseller-Trilogie »Die Seiten der Welt«

Das Sanktuarium ist untergegangen, aber die Bibliomantik wird von einer neuen, übermächtigen Gefahr bedroht. Die Ideen steigen aus dem goldenen Abgrund zwischen den Seiten der Welt auf und verschlingen ein Refugium nach dem anderen. Bald ahnt Furia, dass sie die einzige ist, die die Katastrophe abwenden kann, und dass sie dafür einen sehr hohen Preis zahlen muss. Doch ist sie dazu bereit?

»Wer nicht an die Magie von Büchern glaubt, hat die ›Seiten der Welt‹ noch nicht gelesen« *Spiegel*

528 Seiten, broschiert

Weitere Informationen finden Sie auf
*www.fischerverlage.de*

AZ 596-03430/1

Kai Meyer
**Die Spur der Bücher**
Roman

London – eine Stadt im Bann der Bücher. Mercy Amberdale ist in Buchläden und Antiquariaten aufgewachsen. Sie kennt den Zauber der Geschichten und besitzt das Talent der Bibliomantik. Für reiche Sammler besorgt sie die kostbarsten Titel, pirscht nachts durch Englands geheime Bibliotheken. Doch dann folgt sie der Spur der Bücher zum Schauplatz eines rätselhaften Mordes: Ein Buchhändler ist inmitten seines Ladens verbrannt, ohne dass ein Stück Papier zu Schaden kam. Mercy gerät in ein Netz aus magischen Intrigen und dunklen Familiengeheimnissen, bis die Suche nach der Wahrheit sie zur Wurzel aller Bibliomantik führt.

448 Seiten, broschiert

Weitere Informationen finden Sie auf
*www.fischerverlage.de*

AZ 596-29648/1

Kai Meyer
**Der Pakt der Bücher**
Roman

Londons Straße der Buchhändler – Mercy Amberdale führt hier das Antiquariat ihres Stiefvaters und praktiziert die Magie der Bücher. Als man sie zwingt, das letzte Kapitel des verschollenen Flaschenpostbuchs an den undurchsichtigen Mister Sedgwick zu übermitteln, gerät das Reich der Bibliomantik aus den Fugen. Vergiftete Bücher, ein magisches Luftschiff und ein mysteriöser Marquis reißen Mercy in einen Strudel tödlicher Intrigen. Denn wer alle Kapitel des Flaschenpostbuchs vereint, kann die Grenze zwischen Wirklichkeit und Fiktion niederreißen. Wenn Mercy ihre Gegner nicht aufhält, droht ihrer Welt der Untergang – und die Invasion der Antagonisten.

400 Seiten, broschiert

Weitere Informationen finden Sie auf
*www.fischerverlage.de*

AZ 596-29649/1